千年學府文庫

疏庵藏牘

王嘯苏 撰
呂芳文 周亞平 整理

湖南大學出版社・長沙

圖書在版編目（CIP）數據

疏庵藏牘/ 王嘯蘇撰；吕芳文，周亞平整理.
長沙：湖南大學出版社，2024.9 --（千年學府文庫）
ISBN 978-7-5667-3758-8
Ⅰ.I265
中國國家版本館CIP數據核字第2024P18H68號

疏庵藏牘

SHU'AN CANG DU

撰　　者：王嘯蘇
整　　理：吕芳文　周亞平
責任編輯：王桂貞
印　　裝：長沙超峰印刷有限公司
開　　本：787 mm × 1092 mm　1/16　　印　　張：13.75　　字　　數：115千字
版　　次：2024年9月第1版　　印　　次：2024年9月第1次印刷
書　　號：ISBN 978-7-5667-3758-8
定　　價：78.00圓

出 版 人：李文邦
出版發行：湖南大學出版社
社　　址：湖南・長沙・岳麓山　　郵　　編：410082
電　　話：0731-88822559（營銷部），88821594（編輯室），88821006（出版部）
傳　　真：0731-88822264（總編室）
網　　址：http://press.hnu.edu.cn
電子郵箱：wanguia@126.com

ISBN 978-7-5667-3758-8
9 787566 737588 >

『千年學府文庫』編輯出版領導小組

組　長：鄧　衛　段獻忠

成　員：曹升元　李樹濤　蔣健暉

汪衛斌　孙　煒　李肯立

唐珍名　陳仁朋　姜　潮

出版説明

湖南大學歷史上承嶽麓書院，書院肇建於公元九七六年，爲我國古代四大書院之一，歷經宋、元、明、清，朝代更迭，學脉綿延，弦歌不絶。一九〇三年，書院改制爲湖南高等學堂。清末民初，學制迭經變遷，黌宫數度更易。一九二六年定名爲湖南大學，一九三七年改歸國立。一九五三年全國高校院系調整，學校更名爲中南土木建築學院，一九五九年恢復湖南大學校名。享有千年學府之盛譽，承載着我國教育的發展歷程和厚重的文化積澱，是中國教育史、學術史、思想史、文化史的一個縮影。

惟楚有材，於斯爲盛。從嶽麓書院到湖南大學，一批批學者先賢在此教書育人、著書立説，人才之盛，達成之功，史有明徵，班班可考。爲表彰前賢之述作，昭示後生以軌節，開啓學海津梁，溝通中西文明，弘揚大學之道，傳承中華文化，值此嶽麓書院創建一千零四十周年暨湖南大學定名九十周年華誕之際，中共湖南大學委員會、湖南大學決定編纂出版『千年學府文庫』。兹謹述編纂原則如次：

一、以『成就人才，傳道濟民』爲主綫，以全面呈現千年學府發展歷程、辦學模式、師生成就、學術貢獻爲目標，收録反映千年學府學制變遷與文化傳承的學術著述。

二、選録人物係湖南大學及前嶽麓書院、時務學堂、湖南高等學堂、高等實業學堂、優級師範學堂、高等師範學校、公立工業專門學校、法政專門學校、商業專門學校、國立商學院、國立師範學院、省立克强學院、私立民國大學、省立音樂專科學校、中南土木建築學院、湖南工學院、湖南財經學院之卓有成效并具有重要影響之師生員工。

三、收録文獻，上起九七六年，下訖一九七六年，既合千年之數，更以人事皆需論定。

四、收録文獻，以學術著述、校史文獻、詩文日記爲主，旁及其他，力求精當，不務恢張。

五、收録文獻，有原刻者求原刻影印，無原刻者求善本精印，無善本者由本校校印。排版形式根據著述年代而定，古代著作采用繁體竪排；一九一九年至中華人民共和國成立前，原則上簡體橫排，根據版本情況，亦可用繁體竪排，規範標點；中華人民共和國成立後的著作，用簡體橫排。

六、文獻整理，只根據底本與參校本、參校資料等進行校勘標點，對底本文字之訛、奪、衍、倒作正、補、删、乙，有需要説明的問題，則作出校記，一般不作注釋。

七、收録文獻，均由整理者撰寫前言一篇，簡述作者生平、是書主旨、學術價值、版本源流及所用底本等。

八、『千年學府文庫』圖書，尚待徵求選定，徵求所得，擬隨時付印，故暫無總目。

『千年學府文庫』卷帙浩繁，上下千載，疏漏缺失，在所難免，尚祈社會各界批評指正。

『千年學府文庫』編輯出版委員會謹識

二〇一六年十月

前言

王嘯蘇（一八八二至一九六〇），名王兢，以字行，号疏庵，文史學家。漢族，祖籍湖南攸縣。早年曾在清華學校（今清華大學）研究院學習和從事研究，自一九二八年任教於湖南大學，直到新中國成立，為中文系教授。一九五三年，任湖南師範大學中文系教授；一九五八年，任湖南省文史研究館館員。著有《校勘學》《疏庵詩稿》等。

鄧洪波先生整理的王嘯蘇《嶽麓書院一千年》一書《序》中載：『王家世爲望族，久居長沙城白鶴樓，第宅櫛比，有「王半街」之稱』；王嘯蘇『幼讀詩書，生活無憂』；八歲時，『「挈讀城南書院」，眼界大開』；九歲『南下廣東前山寨（今屬珠海）省父，隨侍軍營』，『先後師從湘潭李國蘭、長沙周廣、善化張瓚、清泉胡家寅、番禺梁石樵等人問學』。①『清光緒戊戌、己亥間，肄

① 王嘯蘇编撰、鄧洪波整理：《嶽麓書院一千年》，湖南大學出版社，二〇二一年版，序第八頁。

業嶽麓書院，时年十七』①，『其時，風雲际会，古老的學府正開啓近代化進程，除經史之外，算學、譯學也成爲課程内容』②。王嘯蘇的學業進步大長，其詩文常被先生評語雲：行文頗顯才氣。

王嘯蘇從嶽麓書院肄业後，进入青年时期。据他的學生張舜微教授在《湘賢親炙録》一書中説，王嘯蘇在長沙『初以课徒自給，後爲中學师而業』。直到二十世紀二十年代，因五四運動而改變命運，此時王嘯蘇也進入了不惑之年。

當時，北京政府教育部改派曹雲祥擔任清華學校第十任校長，清華教育宗旨一時刷新：提倡中西學并重，改良課程及教授方法；同時，積極創辦大學及研究院。校制與校風爲之一變。清華學校進入歷史上的發展和改革時期。清華學校研究院國文科開始籌辦以後，特聘梁啓超、王國維、趙元任、陳寅恪、李

① 王嘯蘇编撰、鄧洪波整理：《嶽麓書院一千年》，湖南大學出版社，二〇二一年版，序第九頁。

② 王嘯蘇编撰、鄧洪波整理：《嶽麓書院一千年》，湖南大學出版社，二〇二一年版，序第九頁。

濟之諸先生爲研究院教師。報考者不遠千裏，慕名而來。

一九二五年夏天，王嘯蘇聽聞清華學校研究院招生，便以王競名，與其他5名湖南籍同學於武昌考點考試，後被録取入校，那時他已年過四十。九月，他與全國各省共31名年輕學子一起，唱著清華學校校歌：『西山蒼蒼東海茫茫，吾校莊嚴巍然中央。東西文化薈萃一堂，大同爰躋祖國以光。……』激情滿懷，走進清華。

此時的清華學校，程、朱、韓、柳、陸、王、老、莊、馬克思、考茨基，紛然雜陳。學子們刻苦學習，相互切蹉砥礪，雖或高談雄辯，刺刺不休，但情至誼篤，可謂學術上之樂事。至於團體生活，研究院組織同學會，每月開常會一次，借以交流智識、聯絡感情。對於本國固有之文獻，研究院尤函思盡其一分保存與宣揚之責任，凡舊有典籍之整理、新出史料之搜集，皆文任上重大之事業；發語言文字之變遷、政教風俗之因革，苟有科學上完密之方法，亦在在有考訂研究之資。王嘯蘇在該院國學科就讀，於同學中年最長，又因功課十分努力，成績優异，深得同學的敬愛，并尊稱其爲王先生而不敢名。王嘯蘇在校期間，選學經學、古文字學，深得導師王國維、梁啓超的喜歡。王、梁擔任其尚書、古史、説文和中國文化史等課程教師，兩位導師常給他加任務、開小灶。這引起同級同學的議論，説他們三人是『親兄弟』。因爲王嘯蘇的年齡與導師王國維、梁啓超相差無幾，一些同學竟將他們編成笑話，畫成漫畫，題曰『老當益壯』，列在校刊年報的『餘興』欄中，在清華園中頌傳一時。

一九二六年六月，王嘯蘇在清華學校研究院國學門研究一年期滿，經導師審查，成績合格，獲畢業證書。

清華學校研究院畢業證書

研究生王嘯蘇係湖南省長沙縣人在本校研究院國學門研究一年期滿經導師審查成績認為合格特給予畢業證書此證

校　長　曹雲祥

教務長　梅貽琦

導　師　王國維

梁啓超

陳寅恪

趙元任

李　濟

中華民國十五年六月廿五日

畢業後，經導師梁啓超推薦，王嘯蘇被留院，專事國學研究工作。暑假裡，他没有回湖南，而是一頭埋進圖書館，查找相關資料，製作研究卡片，終於完成《東原著述考證》一文，并經梁啓超推薦，發表在《晨報》副刊上。

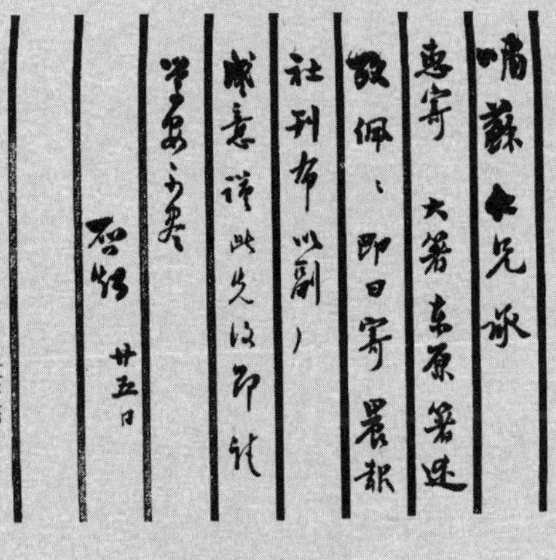

上圖便是梁啓超給王嘯蘇的復函復印件，復函22厘米×27厘米，每頁十行，質白書宣紙，大紅粗格。具體内容如下：

嘯蘇仁兄：承惠寄大著：《東原著述考》，佩佩！即日寄晨報社刊布，以副盛意，謹此先復，即請學安！不盡。

啓超，廿五日

一九二八年，王嘯蘇回到湖南長沙，以詩文先後講授於湖南大學國文系和湖南師範學院中文系，完成著作《校勘學》，培養弟子數千。他的學生、我國現代著名湘籍文史學家、華中師範大學教授張舜徽先生在《湘賢親炙録》一書中回憶：『先生謙謹和易，藹藹若無能，雖對後生，必肅必恭。語聲從容低下，不發高談劇論，一望而知爲厚德長者也』；先生身爲教授，『講學不倦』，『其謙謹自抑如此，人尤服其德量。一生摩挲書卷，不涉外事。臧否不出於口，榮利不係於心；恬淡寡欲，無慕於物。蓋内重外輕，潛修於已者深也』。①王嘯蘇一生致力於文史研究與教學，著書寫詩無數，留下大量手稿於世，經其兒子珍藏至其去世。後散落民間，其中有不少是他與梁啓超、王國維等民國時期著名文人學者的書信。前文提到，梁啓超、王國維均爲王嘯蘇的導師，梁、王二人又是國内公認的中國近現代國學大師，對他的影響自然很大，『親兄弟』仨感情也很深，相互之間有許多的書信往來。一九二七年六月二日，王國維投北京頤和園昆明湖自盡。斯人已去，墨寶長存。王嘯蘇返湘後，將導師們的手書信函裝裱藏牘。王嘯蘇生於憂患年代，没於國家艱困時期。在抗日戰爭時期長沙大火中，其傾家細軟資財焚毁殆尽，惟與導師的往來書信完好保存下來。

這本《疏庵藏牘》正是王嘯蘇的後人保存遺留的手稿真迹，後被湖南省社會科學院吕芳文研究員收藏。吕先生從長沙等地的一些舊書店及文物市場收購，共兩百餘通。作者均爲民國學者名流，如王先謙、梁啓超、王國維、陳寅恪、

① 張舜徽：《湘賢親炙録》，齊魯書社，一九九八年版。

楊樹達、馬宗霍、郭沫若、王嘯蘇、王渭賢、胡元倓、趙啓霖、鄭家溉、徐楨立、曹典球、薑濟寰、陳繼訓、孙文昱、黄牖、錢次郇、黄兆枚等，内容涉及政治、軍事、新聞、詩詞、歌賦、文字、音韵、宗教、旅遊等各方面，箋紙、書法均可稱道爲上佳。信札收信人多爲王嘯蘇，可见这些信札都是从其家中流散到社会上的，又經呂芳文先生之手彙於一体，实屬珍貴。

我們知道，民間家書是指尚未被各大圖書館、檔案館、博物館等公藏機構收藏，散落在民間的家書，它是中國傳統文化遺产的重要組成部分。二〇〇五年開始，國家在全國各地實施搶救民間家書的項目。一批有識之士出於保護文化遺产、傳承家書文化的考慮，致力於民間家書的搶救性保護與收集活動。《疏庵藏牘》从嚴格意義上來講，也屬於被搶救的民間家書，今由湖南大學出版社與藏者商定，正式納入『千年學府文庫』，公開出版。此舉，是契合當今文化傳承、文化與邦精神的一大盛舉，其文化價值和收藏意義顯而易見。

其一，民間家書是中國傳統文化遺产的重要組成部分，它不僅記録了文人之間的日常生活和情感交流，更爲重要的是，反映了那個時代的政治、經濟、文化等方面的歷史狀況，也見證了那個時代的風貌和文化變遷，極具史料價值。民國時期是一個相對来説思想開放活跃的時期，封建制剛結束，新舊思想和觀念交匯碰撃，尤其是五四新文化運動後，受西方思潮的影響，文人之間的交往也越來越密集，彼此之間思想不斷撞撃，書信便成爲他們影響社會輿論的媒介。《疏庵藏牘》中收録的均爲民國時期大學者的書信，比如陳寅恪、梁啓超、王國維等，他們揮毫紙上，暢談己見，或糾正史之訛，或補野史之闕，令今人從這些經年泛黄的紙上，窺見社會歷史的變遷，感慨歲月的流逝，悟出生命的智慧，無疑是我們研究民國時期文化、社會、歷史的寶貴資料。

其二，民间家書具有學術價值。這些藏牘，是一筆重要的學術研究資料，集政治、軍事、新聞、詩歌、文字、音韵、宗教等内容於一體，成爲傳承中國傳統文化的一個重要載體。我們從一幀幀信札手迹中，可見這些大文人對學問研究的透徹與細緻，其學術精神更令人敬佩。這裏摘取一幀細讀便可見一斑。一九二六年下學期，王嘯蘇留校從事教學輔助工作，他一邊工作一邊學習。在學習語言修辭和古文字學中，他遇到了一些難題，如：文字起源是先有聲還是先有形，教學實踐中先教形還是先教聲，以及金石文字、反切諸文字學的教學方法。對於上述问题，他都分别羅列并以書信形式請教他的導師王國維。他的書信是這年雙十節後發出的，没想到導師王國維十一月七日便給他作了回函：

嘯蘇仁弟左右：前奉手書，敬悉一是。兹將承詢各條奉答如左：

（一）文字起源自先有聲音，而後有字。然教授文字，却不必先講音韵。從説明上之便宜，先形後聲，未爲不可。

（二）金石文字是訂正《説文》諸書者，不妨於每字下附説之。

（三）反切下一字用『東』『冬』諸字，上一字用『見』『溪』諸字，於識字誠爲便利，然於讀古書仍多窒礙，因古書反切不勝改且不可改故也。《説文》《廣韵》反切字面雖有异同，然實際不殊。

（四）近世説古韵之書，如江晉三、王懷祖二家之書，甚爲重要。江書『廣倉學宭叢書』曾刊其一部分，王書近天津羅氏印《高郵王氏遺書》中有之。

（五）段氏轉注之説，本於戴氏。其説雖不能視爲定論，然從其説，可不致糾纏不清。因六書乃後人從文字中歸納得之，并非造字時所已有。又古人分類殊不精密，如六詩之比賦興即在風雅頌中。故轉注、假借不妨寓六書之前四項中也。

草此奉複，即候近祺。

兄王國維頓首，十一月七日

复函字字句句浸透著學述内涵，其内容主要是關於文字學的，也涉及音韵與訓詁。复函簡潔、精到，有强烈的學術指示性和針對性，反映了一代先師的學識和素養。

其三，民间家書具有藝術欣賞和收藏價值。文人書信不僅是傳承中華优秀傳統文化的重要載體，也是文人之間展現才華的一種獨特藝術形式。這種形式的表達，更能體現文人的人文情懷和藝術造詣，因爲書信就是『親筆信』，隨性率真，没有太多修飾，可謂方寸之中見洞天，具有極高的審美意義和欣賞價值。《疏庵藏牘》中的每一幀，都是精美的書法藝術作品，它們布局錯落有致，用紙和書寫非常講究且各具特色，字裏行間透著舊時光裏的清雅，透著歲月曾經的滄桑，透著文人不朽的智慧。这些手札，其書面印箋，或以室（如《饮冰室》）、軒（如《朵云轩》）、齋（如《易简齋》）、屋（如《皇田書屋》）名而有别，或加金石、淡彩、漢镜、條格而造笺，行書高雅，让人乐於珍藏。王嘯蘇稱得上是從封建舊時代過來的文人，舊文人的風雅嵌入骨髓。自京返湘後，他以詩文教授於湖南大學中文系，常常於教學之外，間作小詩，極有思致，即使是歷經戰火，仍困頓不掩風華，所作詩文，皆具有很强的藝術感染力。如抗戰時期，王嘯蘇曾與楊樹達在長沙組織五溪詩社，極一時風雅之盛，著有《疏庵詩稿》等，其中有不少名句爲後人傳誦。如題岳麓山北海詩，雲：『筆端宛帶江千裏，眼底猶看廊萬家』；又題嶽麓書院詩，雲：『題額不隨黌宇廢，摩沙殘石意悠悠』；等等。

所辑《疏庵藏牘》，主要爲信札手稿，按照作者生年先後顺序排列，生卒年不详者排在其後。

周亞平

二〇二四年八月十七日於長沙

目録

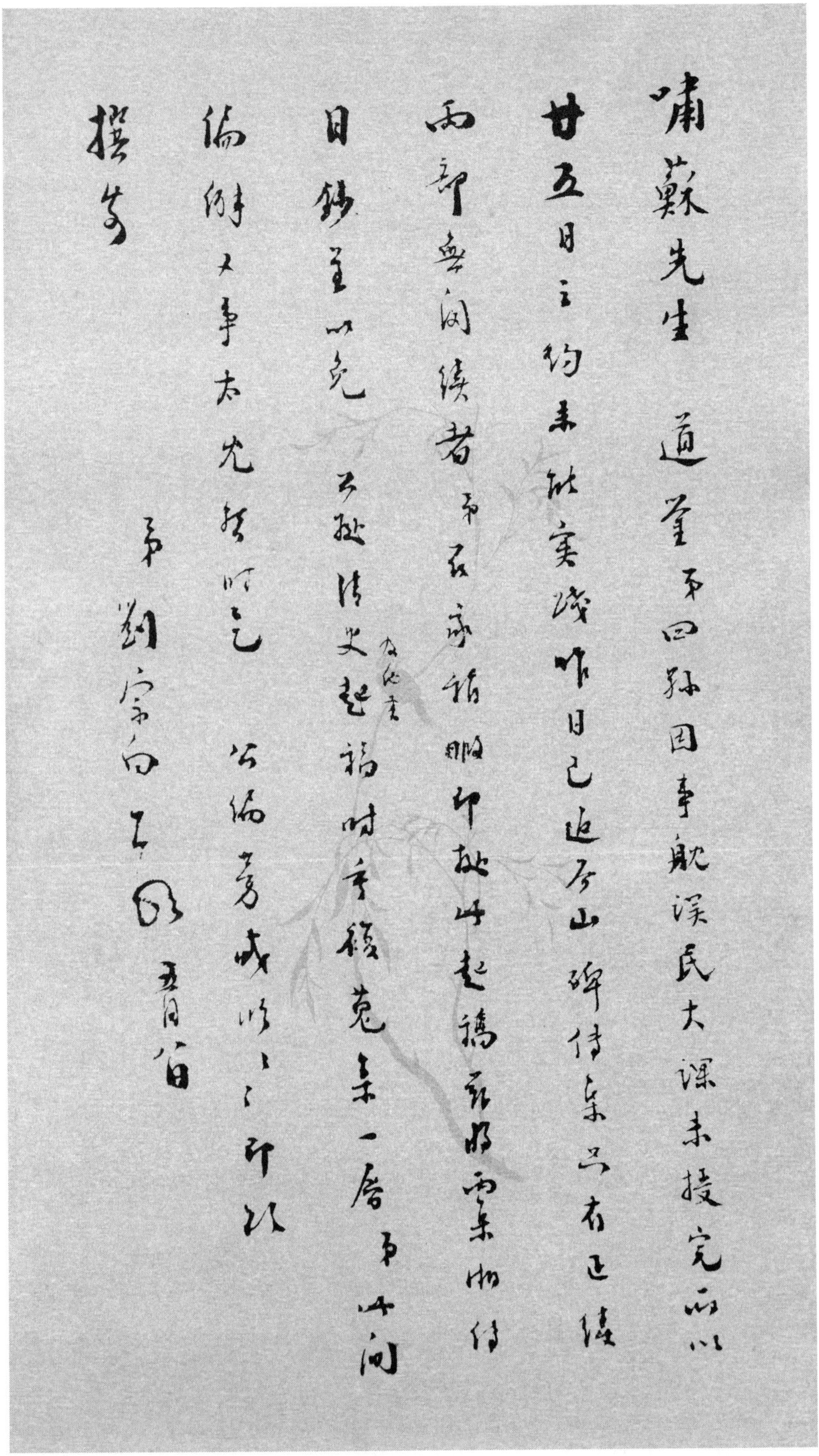

嘯蘇先生道鑒：弟回豫因事耽誤，民大課未授完，而以
廿五日之約未能實踐，昨日已返石山。碑傳集只有正續
兩部，無閔續者。弟處所存稿，删印拙作此起稿，兹將原稿附
日錄呈，以免不拙清史稿時手録苑集一卷。弟此間
編纂大事太尤費時也。公編著成帙，乞印行以
攬等
弟劉宗向頓首 五月日

劉宗尚

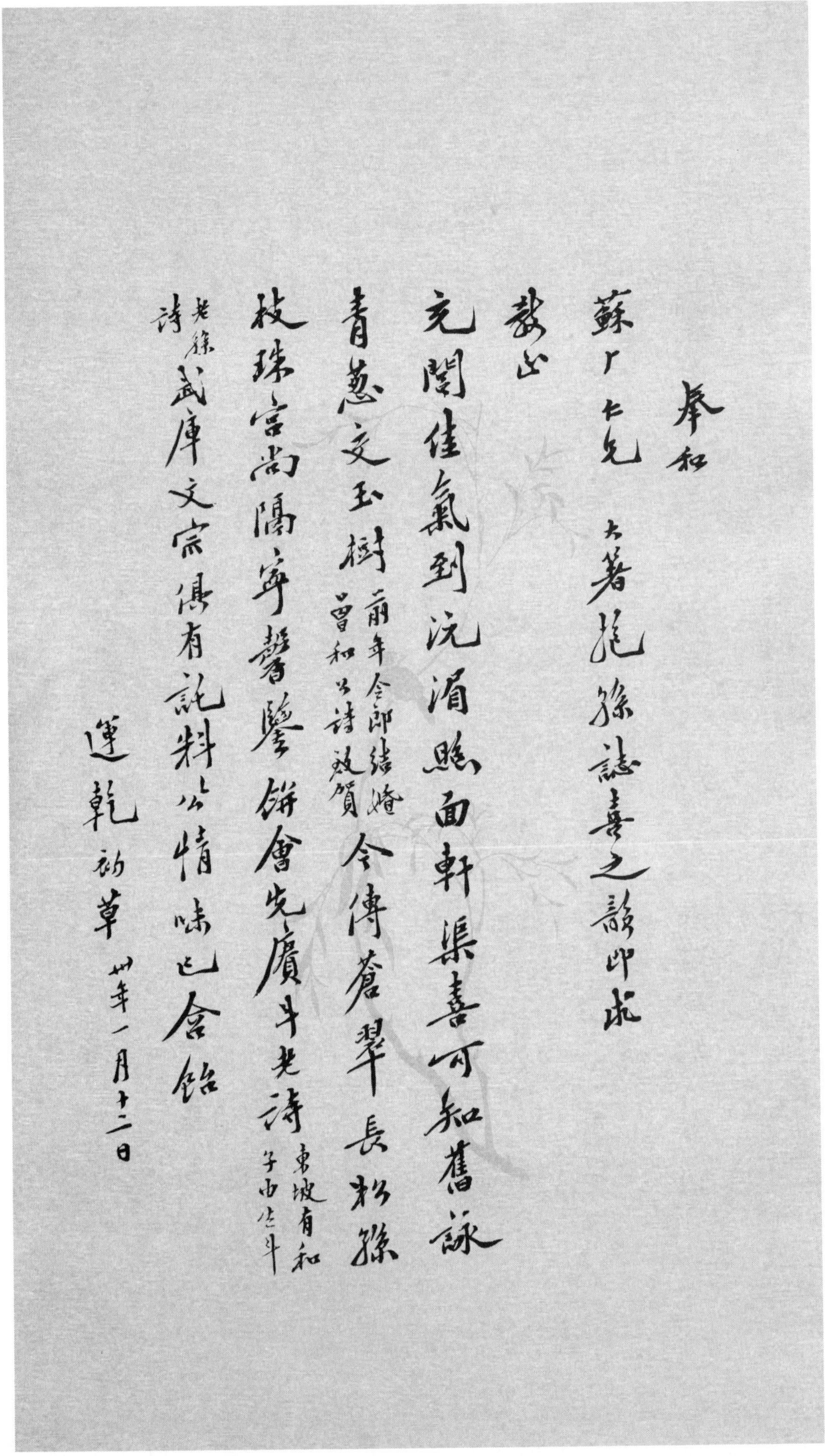
奉和
蘇广先生大著悼孫誌喜之韻即求
教正
充閭佳氣到沅湄照面軒渠喜可知舊詠
青葱文玉樹前年令郎結婚曾和其詩致賀今傳蒼翠長松孫
枝珠宮尚陽寧馨餅會先賡斗老詩東坡有和子由生斗老孫詩
武庫文宗俱有託料於情味已含飴
運乾初草 卅年一月十二日

次韻奮入新樓余韻

旌旆西來又晚秋
小山叢桂與淹留
機雲窗適三間屋
李郭相望一葉舟
不犯風塵尋遠志
安陵冰雪種忘
憂開陽隊史如堪訪
擬伴張華福地游

和韻奮讀山谷詩五疊秋字韻

霜鶻盤空凜凜秋
硬黃詩卷古今留
文章自享千金帚
潮海能浮萬斛舟
直寫江花存史筆
更搴芳州
廣騷憂平生展誦低徊處
便欲相從鵬鷃遊

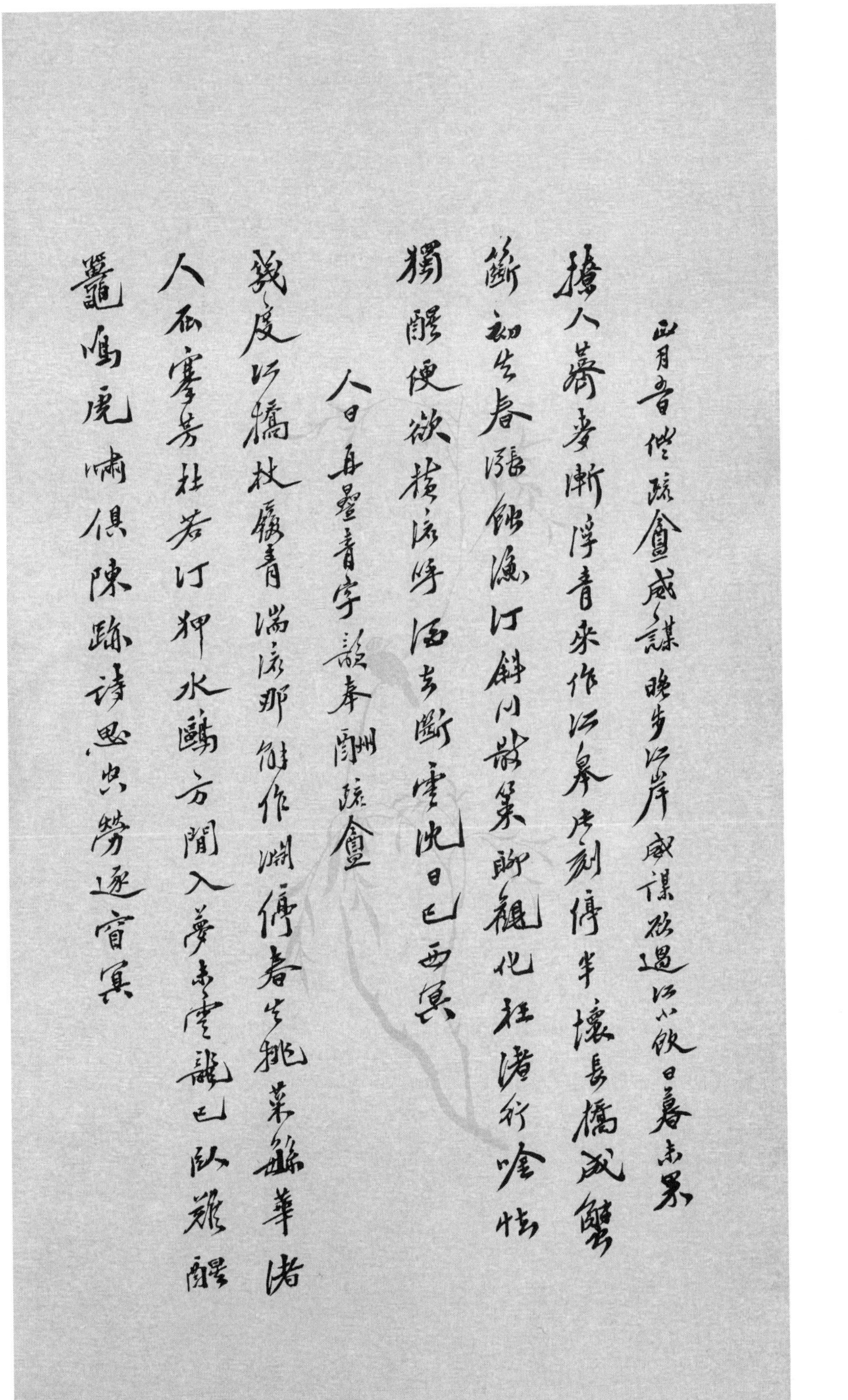
正月晉僊疏盦威謀晚步江岸威謀欲過江小飲日暮未果
撩人暮麥嘶淳青來作江皋片刻停半壞長橋成蟹
斷初生春漲蝕漁汀斜川散策聊觀化杜渚行吟性
獨醒便欲放流浮酒去斷雲沈日已西冥
人日再疊青字韻奉酬疏盦
幾度江橋杖履青端流那能作淵停春生桃菜蘇華渚
人在寒芳杜若汀狎水鷗方閒入夢未雲龍已臥蘇醒
讋鳴虎嘯俱陳跡詩思空勞逐窅冥

金縷曲 和誦帚戲效漁村體韻呈疏广

大夢醒來否算從頭竟因繇放魚龍虎亂魏闕功名江海
思誰信買山巢許莫浪作狙公忻懸千古丹青留粉本畫
葫蘆依樣矣嬉譜神光乍天魔儛 縱然且作閒賓主
奈當前腥風怯雨助成狂語天半朱霞雲中鶴憑識
歸休何處誰覓得金剛長住自此盡源供煦沫問
伯鸞底用長憂盍心莫逆相勞苦

疏盦老兄方家教正 運乾

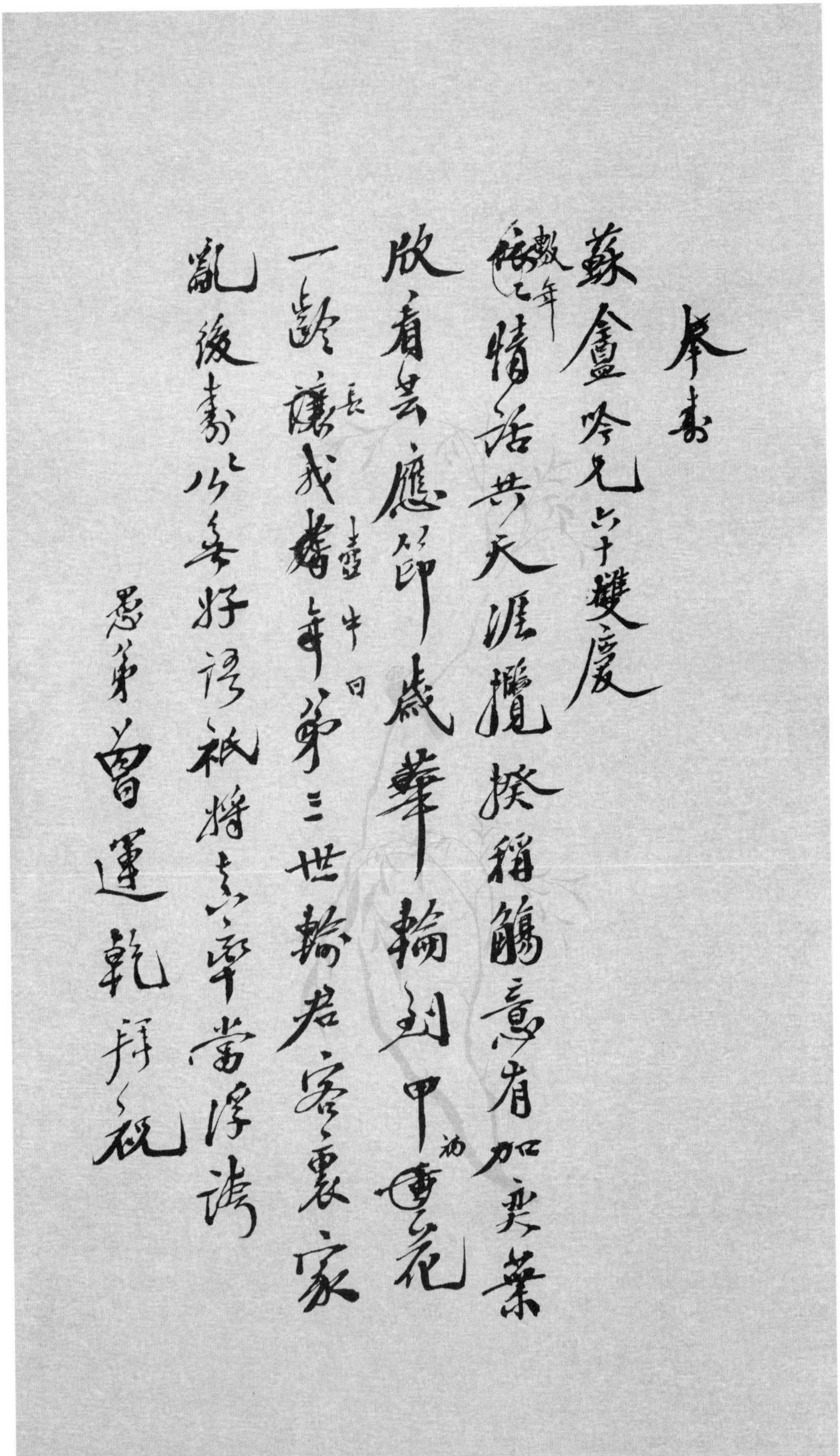

奉壽

蘇盦吟兄六十雙慶

依依數七年情話共天涯攬揆稱觴意有加奕葉

欣看雲應節歲華輪到甲初重花

一齡讓我長壽年生日弟三世輪君客裏家

亂後壽壽以來好詩祇將長樂當浮誇

愚弟曾運乾拜祝

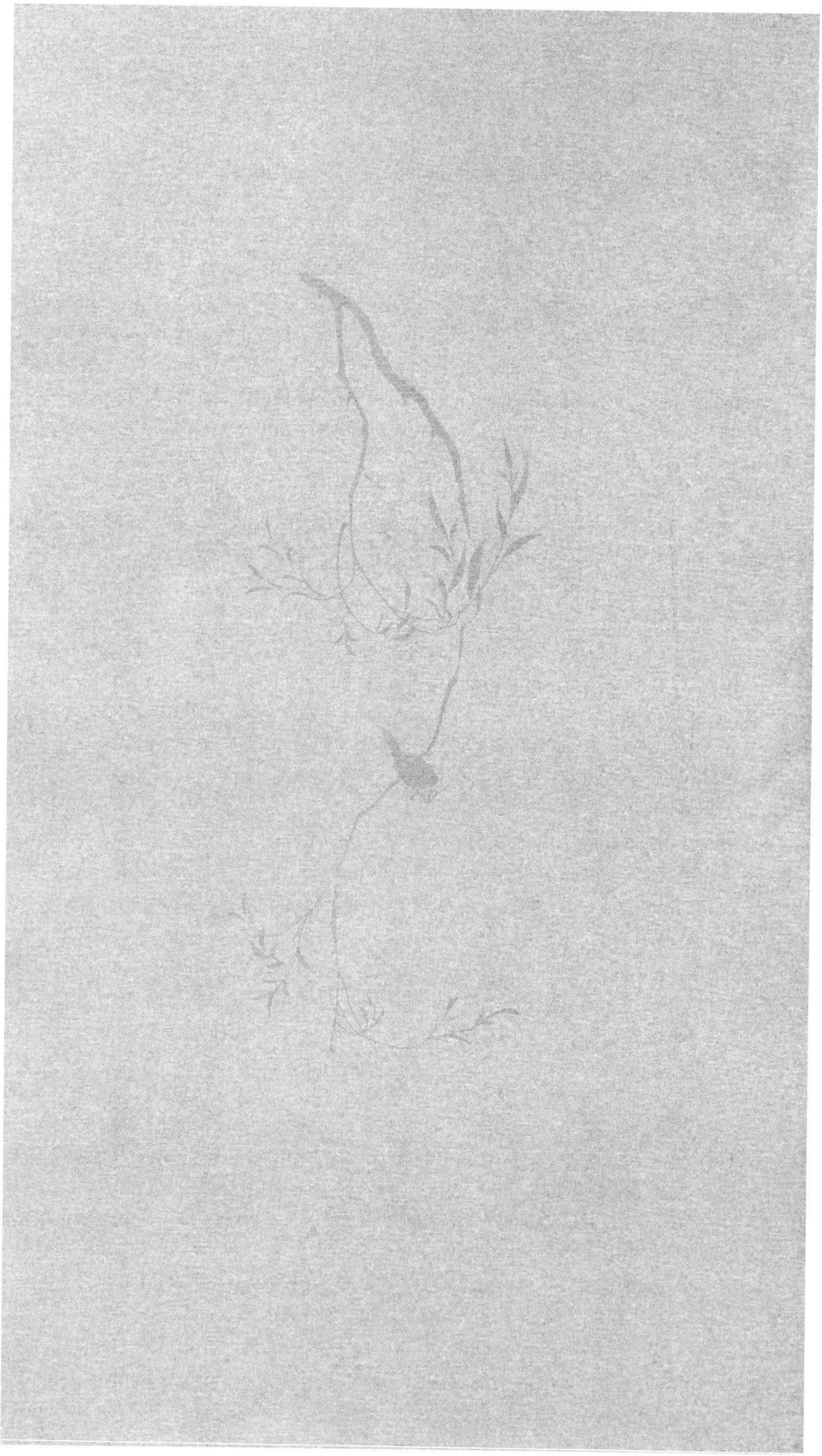

贈疏庵星笠暨疏庵喜星笠再來辰韻

兩君有佳句下筆若神來媿我詩腸儉難
供笑口開長宵真漫漫天網詎恢恢且共
盟寒友青松竹與梅
息國誠多事江湖一褐夫刀頭空有夢
匕首已窮圖翠石來江右機雲粲洛都
文章真價在安用事吹歔

疏庵入居新舍有新詩刻畫入神星笠次

韻余之有作

满目干戈天地秋知非吾土却淹留迷離

心似孤飛雁漂泊身同不繫舟湘水有情

應念我杜康雖好不銷憂伏波當日傾筲

話歎段鄉屋憶少游

星笠入城以疊端字韻詩見示即席賦荅

老不中書此筆端坐慚飯顆貫三餐欲從

赤誦玉喬去却恐瓊樓玉宇寒楚國使來

挑戰急催家向好著吟難早知一飽煩詩報

悔不乘槎約汗漫

次星笠戊寅除夜感懷均

荒陬珠米桂為薪逋債河前集此辰負宴

縱教今日逐亂離爭奈暫時人終宵爆竹

催年去比屈詩人琢句新兩載民勞供儲

箴小休吾欲乞天神

坐看紅燭數殘更更戀舊懷新送歲迎愁思

沸如初熟醪病妻瘦對短燈檠深邊悵遠綢繆意門外佳詩剝啄聲癡絶兒垂〻書思〻忘世亂呼盧依舊到天明

送曾威謀歸湘鄉

困臥荒城猝見汝未驚勝世忽回車識知别去增懷愴欲辭留行橐囁嚅墮溷人慈花縝涌泉夜夜夢於菟君家舊有蔬魚鼓櫂釣淵來好甚也

次韻疏菴星笠自益陽来索詩

佳人去後倦成詩，寂寞辰陽歷一時。月到上弦初弄影，蠶纏三俯後抽絲。欣兔尾餘生在，難遣龍頭矮屋悲。白社風流定堪羨，吟壇况有遠公持。

避地辰陽与疏菴星笠時有酬唱

疏菴先生屬錄數首希　郢斲之

積微生楊樹達初稿　廿八年九月十二日

疏庵仁兄有抱孫之喜賦此奉
賀敬求
是正

參天松幹茁孫枝，老友拈髭喜可知。三十年來無此樂，林頭今日聽兒啼。
君家有子不羈才，掉卻毛錐志壯哉。贏得塗山乘橇去，呱呱兒泣望翁來。

弟楊樹達初草　卅九年十二月八日

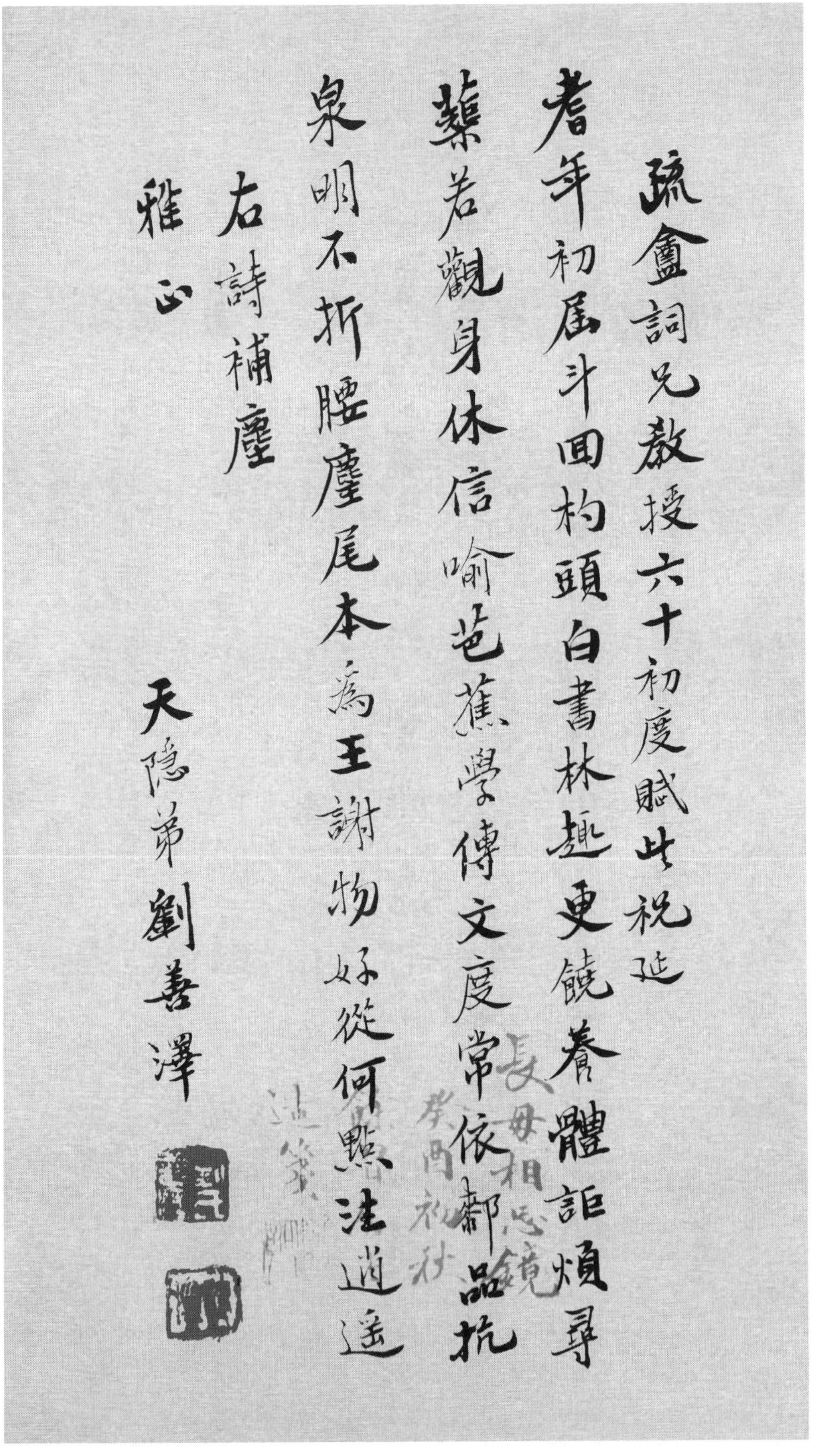
疏盦詞兄教授六十初度賦此祝延
耆年初屆斗回杓頭白書林趣更饒養體詎煩尋
藥若觀身休信喻芭蕉學傳文度常依郗品抗
泉明不折腰麈尾本爲王謝物好從何點注逍遙
右詩補麈
雅正
天隱弟劉善澤

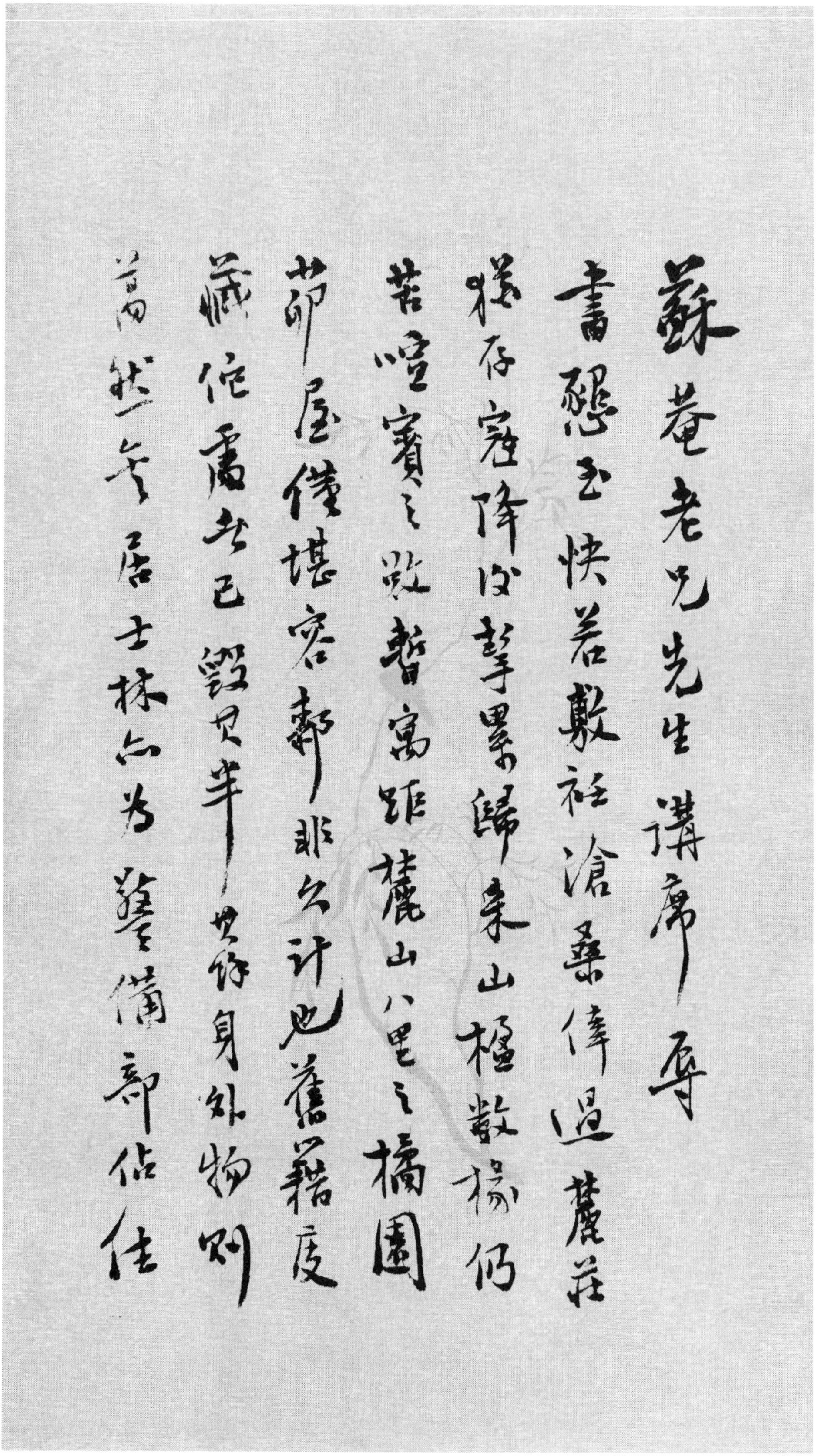

蘇菴老兄先生講席：辱

書懇至，快若數祛。滄桑偉過，麓莊

樸存。寇降以挈累歸來，山極數椽仍

昔憧賓之蹤，暫寓距麓山八里之橘園

茆屋僅堪容膝，非久計也。舊藉度

藏作，霑盡已毀見半，其餘身外物則

蕩然無。居士林亦為警備部佔住

紅魚浩瀚早已窮以微波搖人帷有
小立以待其完先是淪陷中劍林長鄭
僅結太史殞身於湘鄉傳首於不佞處
以高位相要逃竄窮陬乃免亡命竟
慘死敵手年廿二歲幸方張之寇轉為受降
之俘不然飢寒流離不知死所矣讀二壽
訪舊半為鬼之句能無慨然遇夫肖耕

諸兄數〻把晤已勉就湖校講學之聘
藉遣無憀從周六兄前得京覲摯
影渝西不恆入市故舊多時睽別欣兒大
抵就衰年亦不如從前遠甚班荊何日臨
穎悵然專覆敬頌
撰安不一

弟 劉善澤頓首
嘉平既望

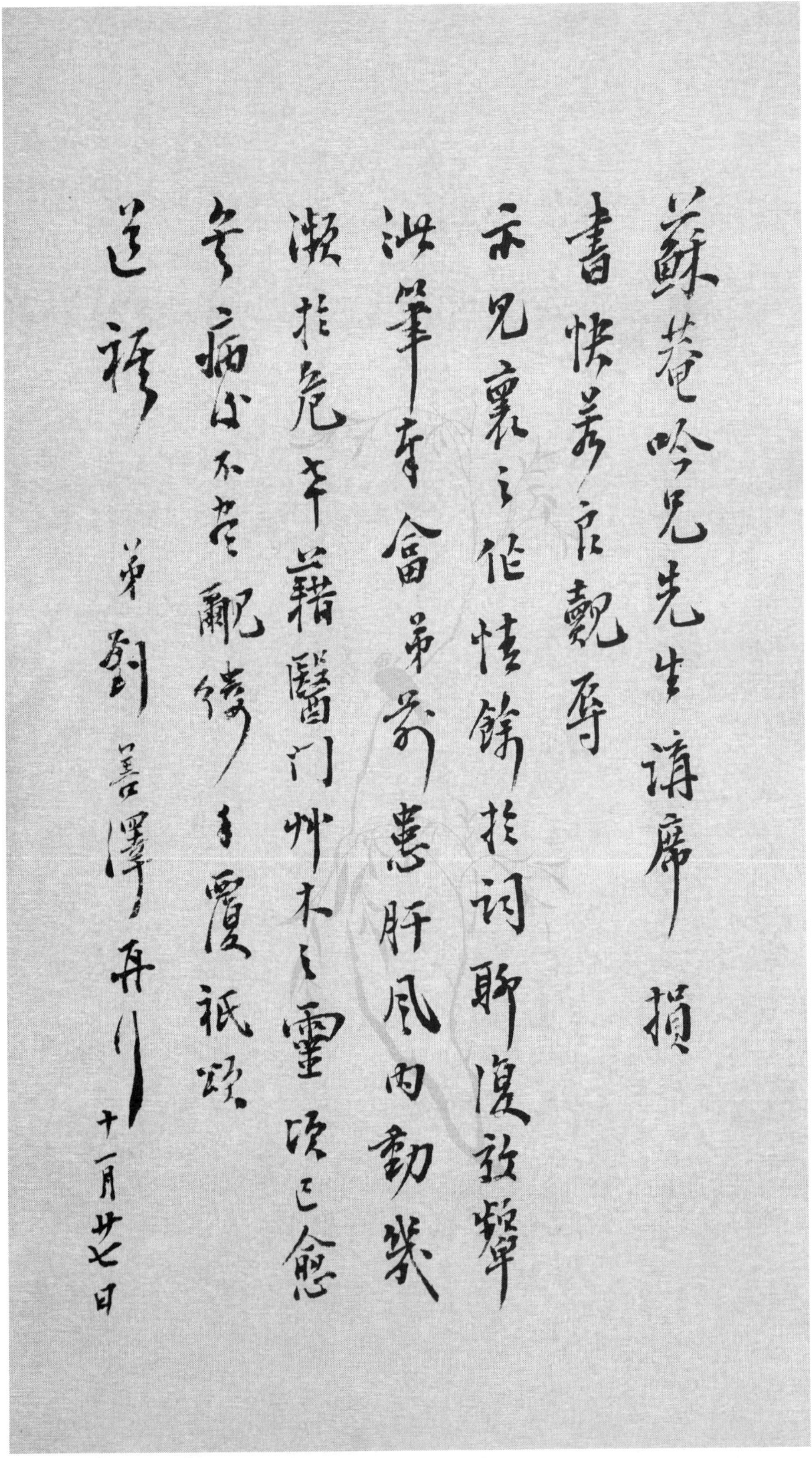
蘇菴吟兄先生講席：損書快若良覿。辱
示見懷之作，情餘於詞，聊復致謝。
拙筆奉答。弟前患肝風內動，幾
瀕於危，幸藉醫門妙手靈效，已愈。
今病後不克酬繼，手覆。祇頌
道祺
弟劉善澤再拜
十一月廿七日

次均 蘇菊兄襄 天隱
氣候消長靜方知木脱霜飛一
卷帷橋蠹乾螢窮士帙衰懷
勞雁報人詩近年歡少吟常
苦遠道書多函每遲悵
望鄉心事隔楚雲何限別來思

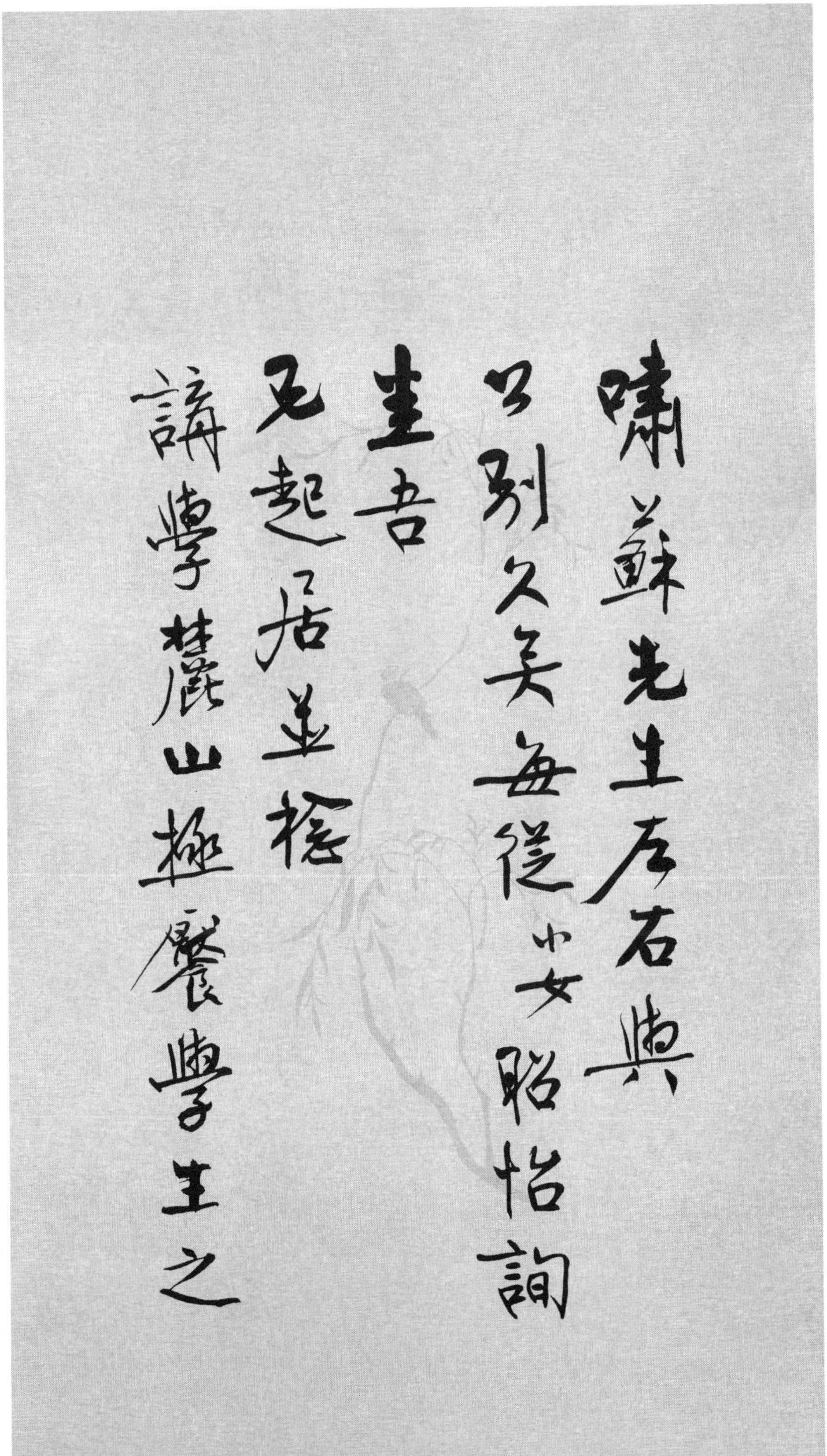
啸蘇先生左右與
公別久矣每從小女昭怡詢
生吾
兄起居並稔
講學楚麓山極饗學生之

望甚幸幸，奉
手教，並讀泳兄聯，情文
並茂，實大聲宏，至為珮
仰。泳兄之喪，實出意外，弟
今年兩度入京，皆以友朋

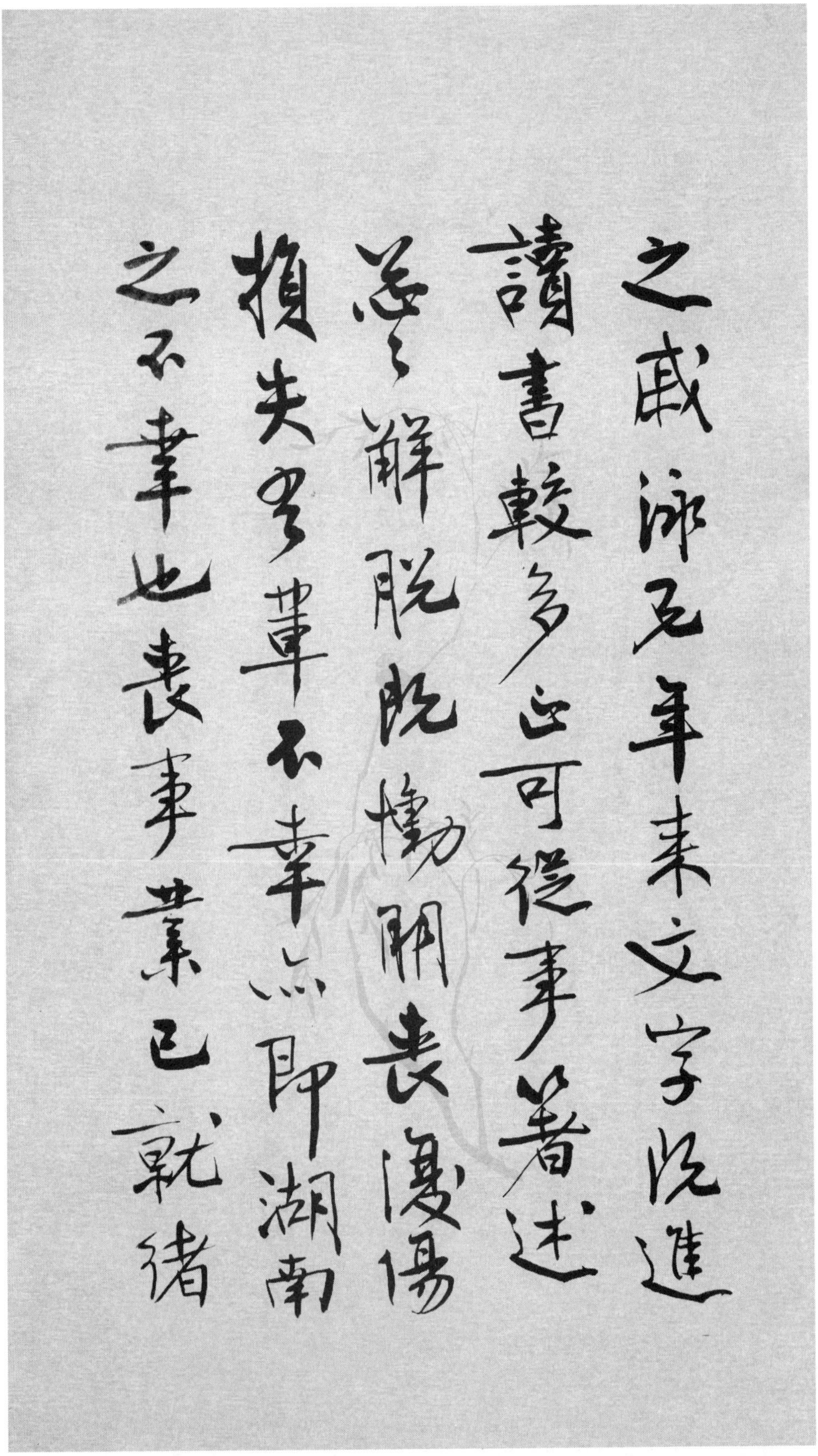
之戚祁兄年來文字既進
讀書較多正可從事著述
遽鮮脫既慟聞喪復傷
損失多輩不幸亦即湖南
之不幸也喪事業已就緒

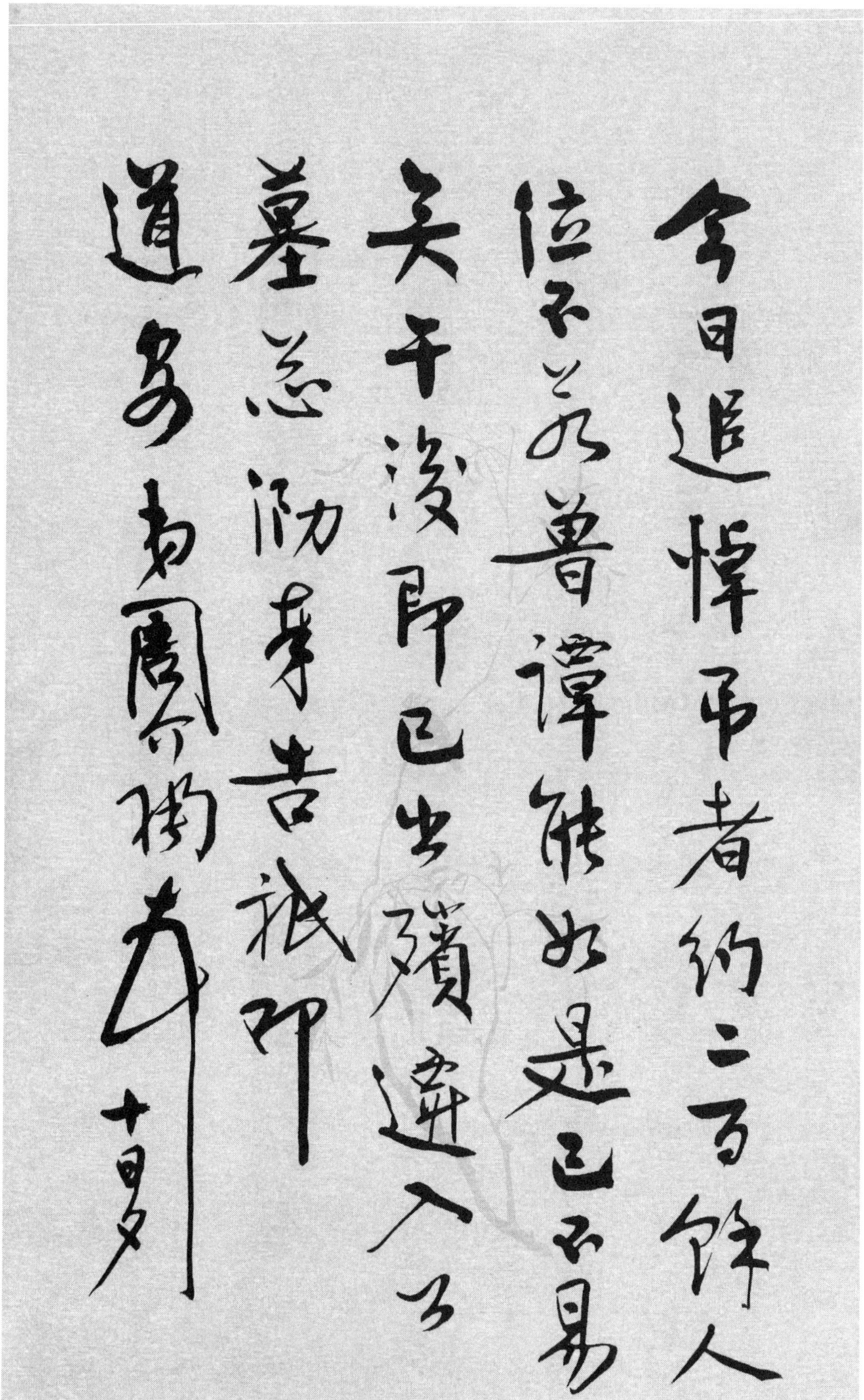
今日追悼會者約二百餘人
位不之及普譚能如是已不易
矣午後即已出殯送入之
墓總仍弟吉根即
道安 弟園樹
十日夕

慈衛先生五十壽言

民國十七年時憲曆十二月十四日　慈衛先生登
壽五十於是　先生當國重任二十有餘年矣始光
緒癸卯元倓歸自東京與倣龍硯僊黄溪兄弟𠍠設
學堂得芝生三丈提挈賴以有成英彥雲從氣象甚
偉　先生莅學參觀顧語元倓吾昔意輕學校今見
明德規模吾誠服子元倓初議設學本以師效日本
慶應自詭實內憂同志之孤助之無人聞　先生
言感慶交至因請主辦此學　先生訢然許諾立畀
千金自是明德始議擴充而人或疑譚氏舊家處有
撓者元倓以陳　先生笑言吾幸者母子同心吾出
贊教育實秉吾母李太夫人命故先生與元倓書自
署慈衛生元倓亦用以歸　先生繼是明德事　先
生皆與聞凡分立經正中學聘黄公克強教授及護
之之命胥其計慮　先生既居長沙元倓終年奔走
於外丁未之冬校用奇絀元倓計無復之自滬書抵

先生告將以身殉學　先生與黃公澤生定議亟
召元俠歸洎元俠已酉返校與設內部維持會　先
生遂綰校財訖辛亥革命為都督乃已而此三年中
明德次第興建校舍殫費至國幣十萬自院司暨銀
行假三萬數千外他皆仰先生舉債致受重困累負
至今焉然　先生四督湘軍未嘗以此債融銷官金
元俠亦不敢用以上請蓋吾二人平昔交厲義不許
靡公振私固如是也歐戰事興袁氏移國　先生自
青島旅滬與唐少川輩謀踣帝制寓書元俠謂我等
惟君為有事歷吾近益感國人失教明德責重君宜
加勉元俠敬承此言罔敢自逸今距　先生見勗時
又十餘年矣　先生位業益高而明德獲公私補助
僅能自存傳曰美成在久詩稱壽考作人斯學之興
垂三十年肇基宏鉅經遠匪易今　先生精力雖無
殊前時而元俠邁益加長須鬚皤然已成老翁念為
明德計長久尤非　先生莫屬用述締構始末書壽
先生亦以幸明德也胡元俠撰并書

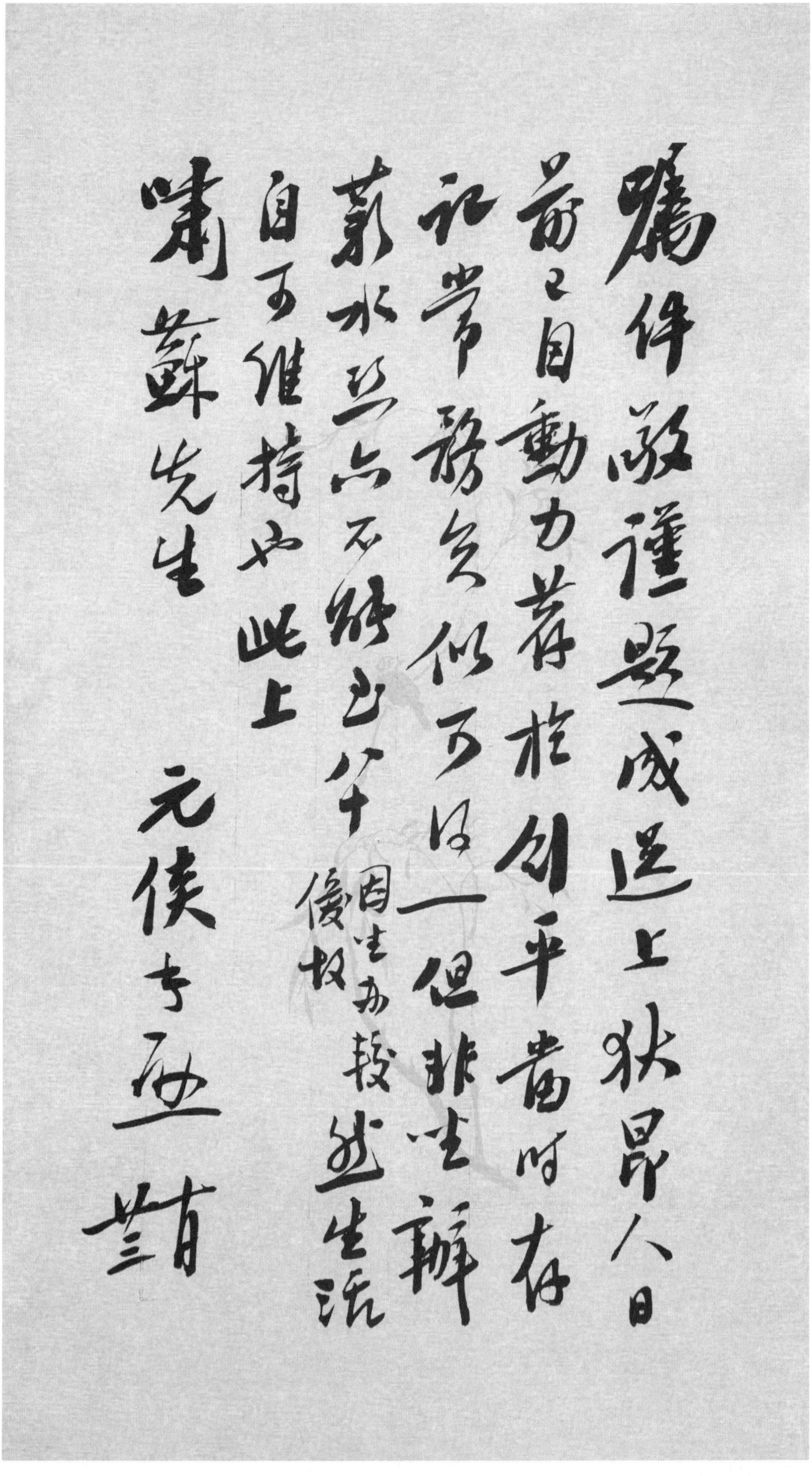
嘱件敬謹題成送上，狀昂八日
前已自動力薦於創平，當時存
記，常務會似可得一。但非先生辦
薪水只六不經也八千，因先生辦較優故，然生活
自可維持也。此上
嘯蘇先生
元倓手函 廿三日

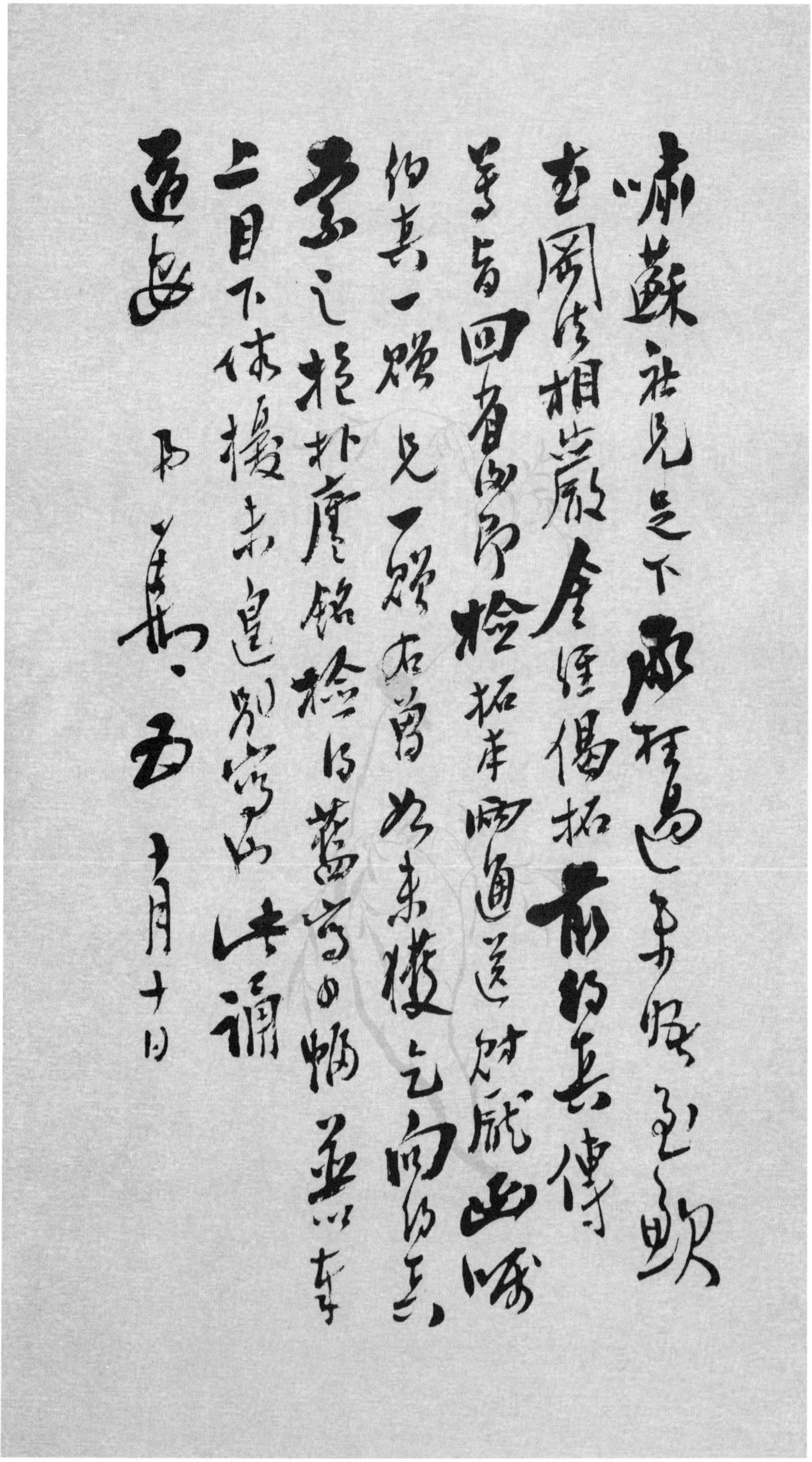

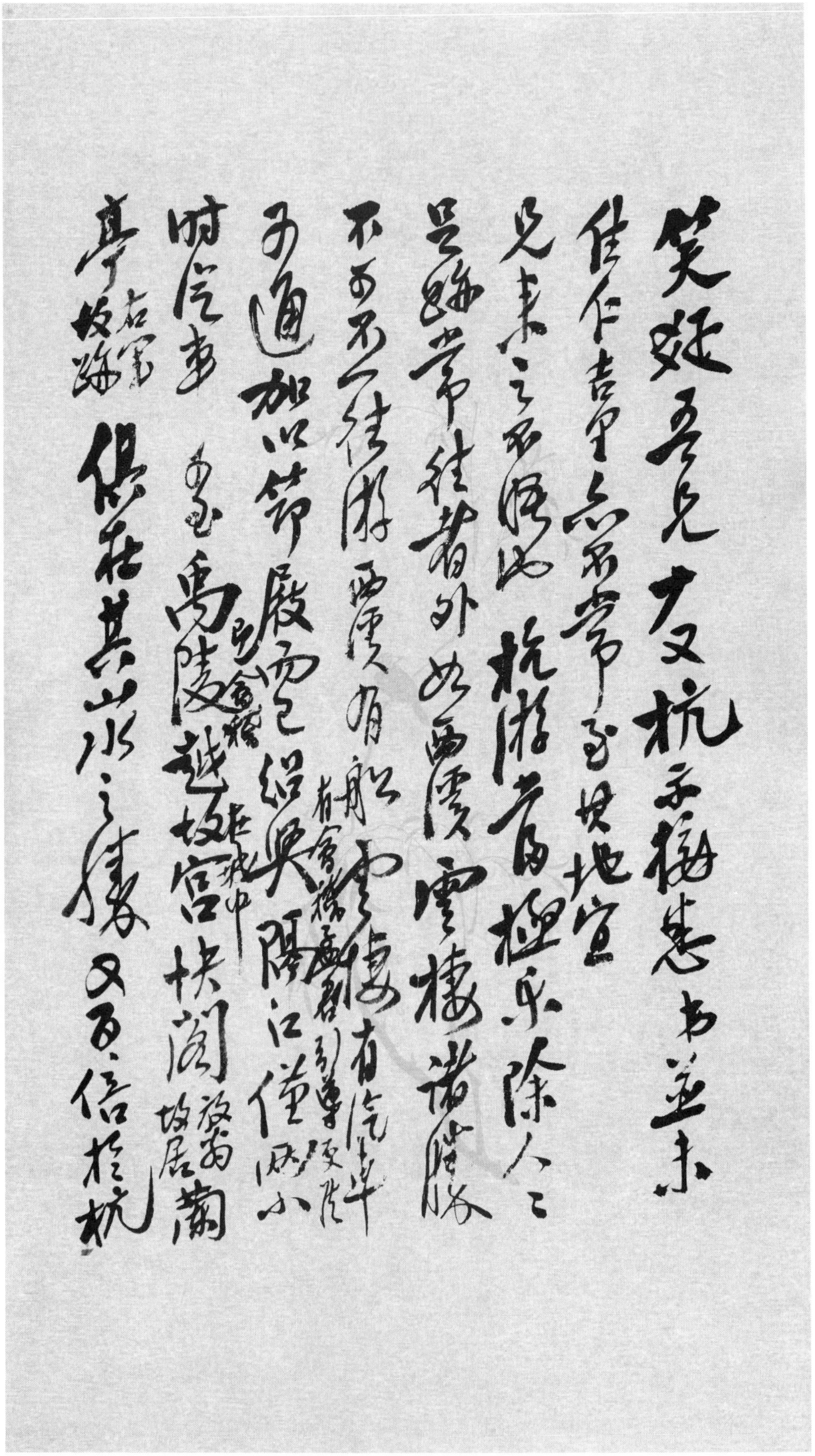

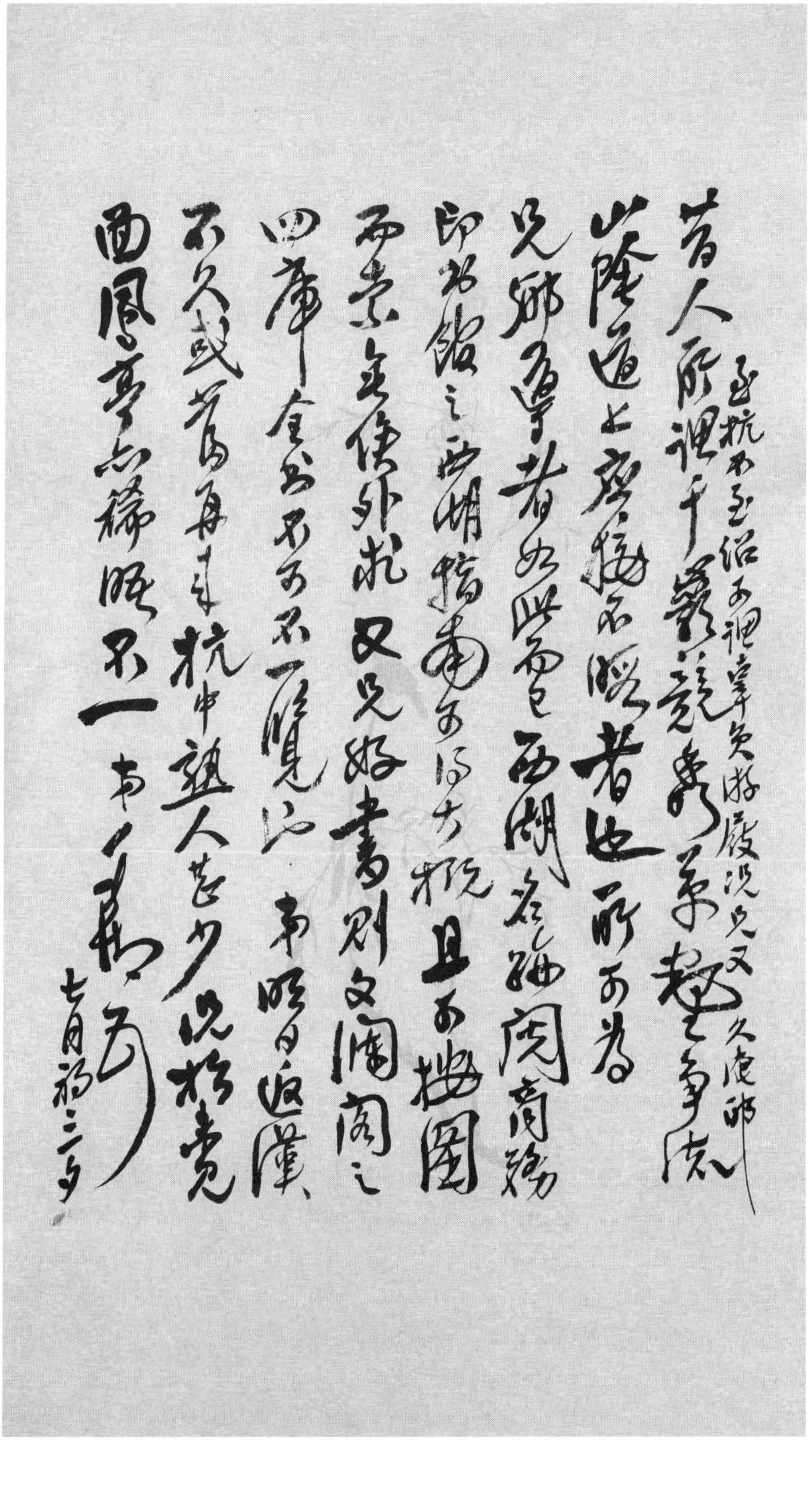

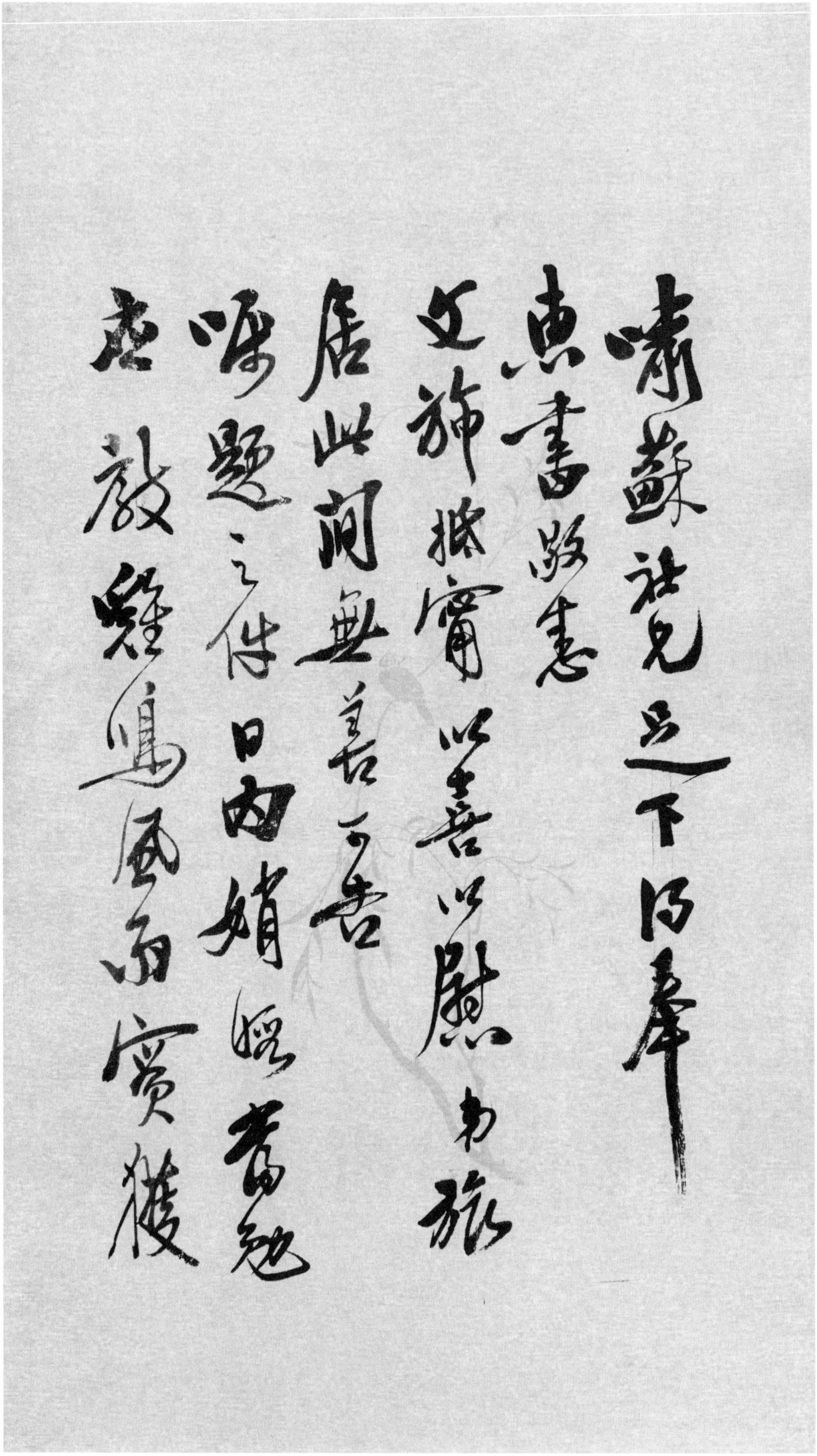
靖蘇社兄足下：昨承
惠書，敬悉
文旆抵甯，以喜以慰。弟旅
居此間，無善可告。
囑題之件，日內[illegible]
[illegible]

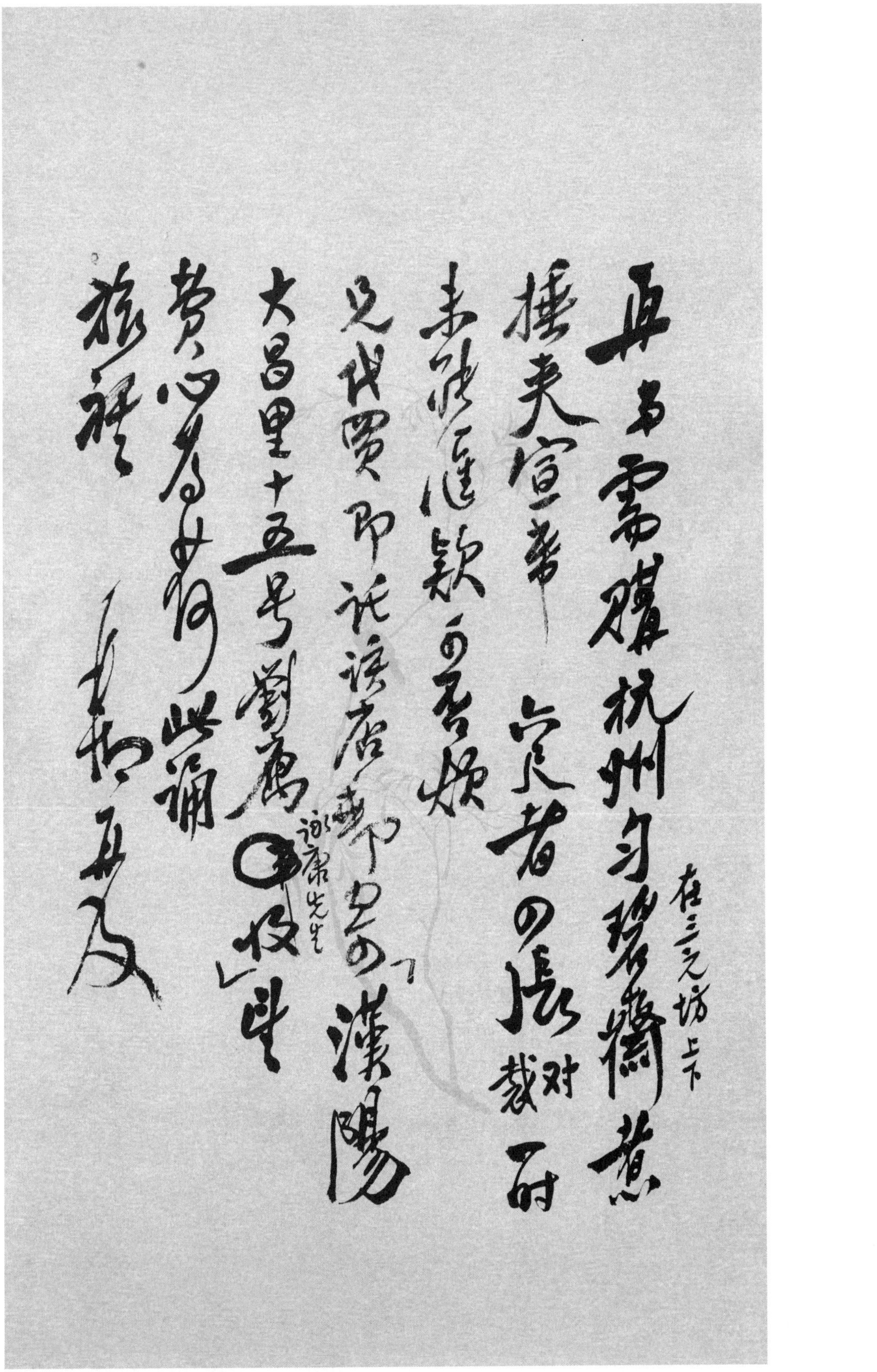

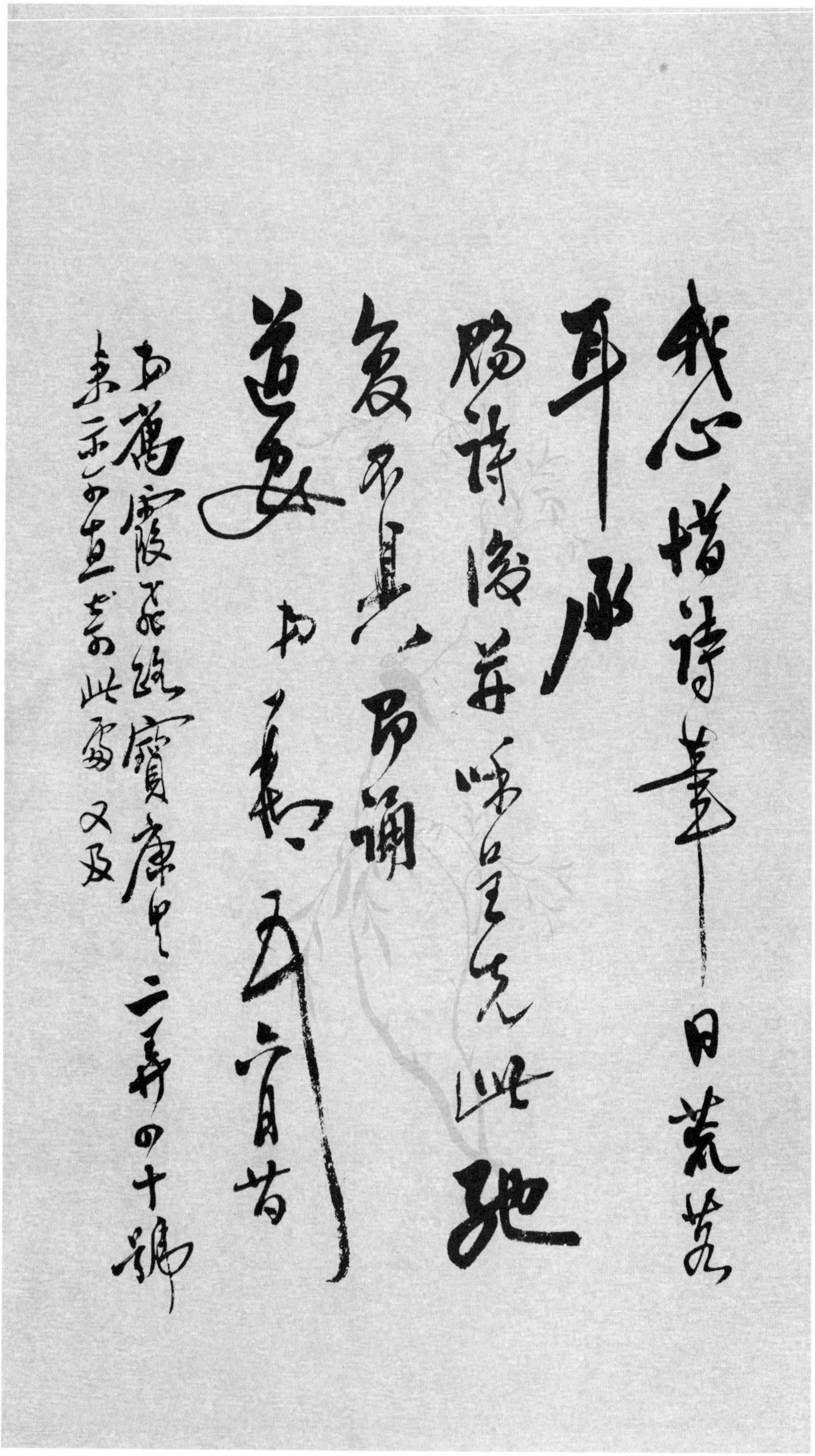

男德鄰跪禀

慈親大人膝下　男現在身体尚無病，湖南同鄉諸人都好。日本近来海軍得勝回國，沿街遍户揚旗掛綵、英國有一大將（海軍）统領二千餘英兵。到日本祝捷，日本禮待甚隆，開歡迎會于日比谷公園，砲聲振天地、中國學生到此地者约計有萬多人，日本人接待甚是冷淡，不如英国二十人之勢力，可見中国弱到極處。日本人之性質無論貧富，於一切飲食衣服之備費甚儉省。而于国家大事無不克己奉公。即如昨日英国海軍大將到时，有某帽子店及某某靴子店、某某漆店皆特别製一帽子、靴子、漆[illegible]器送与海軍紀將。上[illegible]刻"英日聯盟"四字，以表英日兩国歡情此等事、皆不待国家號令，人人踴躍去做。他看日本國，就是自己一家；所以看国事，就是自己身分上事。中国人以為国家事，只有国家擔任，与我不相干。所以中国弱，日本強。他的女子，都要幹国家的事。日俄之戰，日本女人集貲開一愛國婦人協會。

張將軍會。以為將來戰事地步。此等思想皆中
国史上向來所無。現在日俄戰事雖已結局。然日
本想打中国主意。其心甚深。各街上都有清國語
學堂。少年子弟、多是講求英国語、法国語、朝
鮮語、俄国語、清国語的。所以講求英語、法語、者。

国書上無間上之交涉也。所以講求俄国語朝
鮮語清国語者。打三国之主意也。現在俄国已
被他打敗了。朝鮮已被他壓制了。我們中国以日
本者。人雖多，懂日本話者很少。于他国的事情，
打听很难。他的学生，来游中国者，都能通中国
語。是以中國的事情，一点都被他採听了。我們

鄉間人、聽見有人學東文學英文必然罵他是洋教。說鬼子話。殊不知世界各国凡稍有學問、人必懂得二三国的語言不獨日本為然（日本為然……必懂得英國法國……）

今比較日本與中国之性質。

（1）日本女子人人讀書。（女子暇時）學堂之多。遍地皆是。中国女子人人以為讀書是女子之害全然無學

（2）日本女子。十四五歲時。就可以從容看書。獨有門面。中国女子十七八歲時。止有從小姐

(三) 日本女子。堂堂正正。不知畏人。中國女子。見人就躲。縮頭縮尾。

(四) 日本男子人人看報。以不曉得世界事為可恥。中國男子。人人不看報。講到世界上的事。如在雲霧。

(五) 日本男女。人人勤快。人人儉省。(日本吃食。多半生冷。且極少。每餐生白菜一碟。醬油一碟。或豆腐二片。或小魚一隻。中國人多半吃不下口。) 中國男子多賭嫖。又好吃懶惰。

(六) 日本無不做事之人。(自貴人至下等人) 中國人大半睡覺。(日本人不吸紙烟。比做紙烟。多半吸旱烟了) 開牀舖吃洋烟抹紙牌。

(七) 日本人做事之時。也要讀書。無一时閒。中國人讀書者不做事。做事者不讀書。(日本人拖東洋車的。站門面做生意的。皆手中拿一本書。)

（八）中国人好咒人，好打架。日本街上從未見過。

（九）中国讀呆（槑）書。不求其所以然。日本教子弟，讀活書。第一要曉得眼面前的事，剖他以世界上之事。

[redacted]

（十）日本人人尚武。凡學堂内、高等學生，人人已經學到打槍，能騎馬。所以一有戰事，人人能出頭。中国早數十年，尚有此風。今則不獨讀書人不能尚武，即做粗工的人，亦很不能武

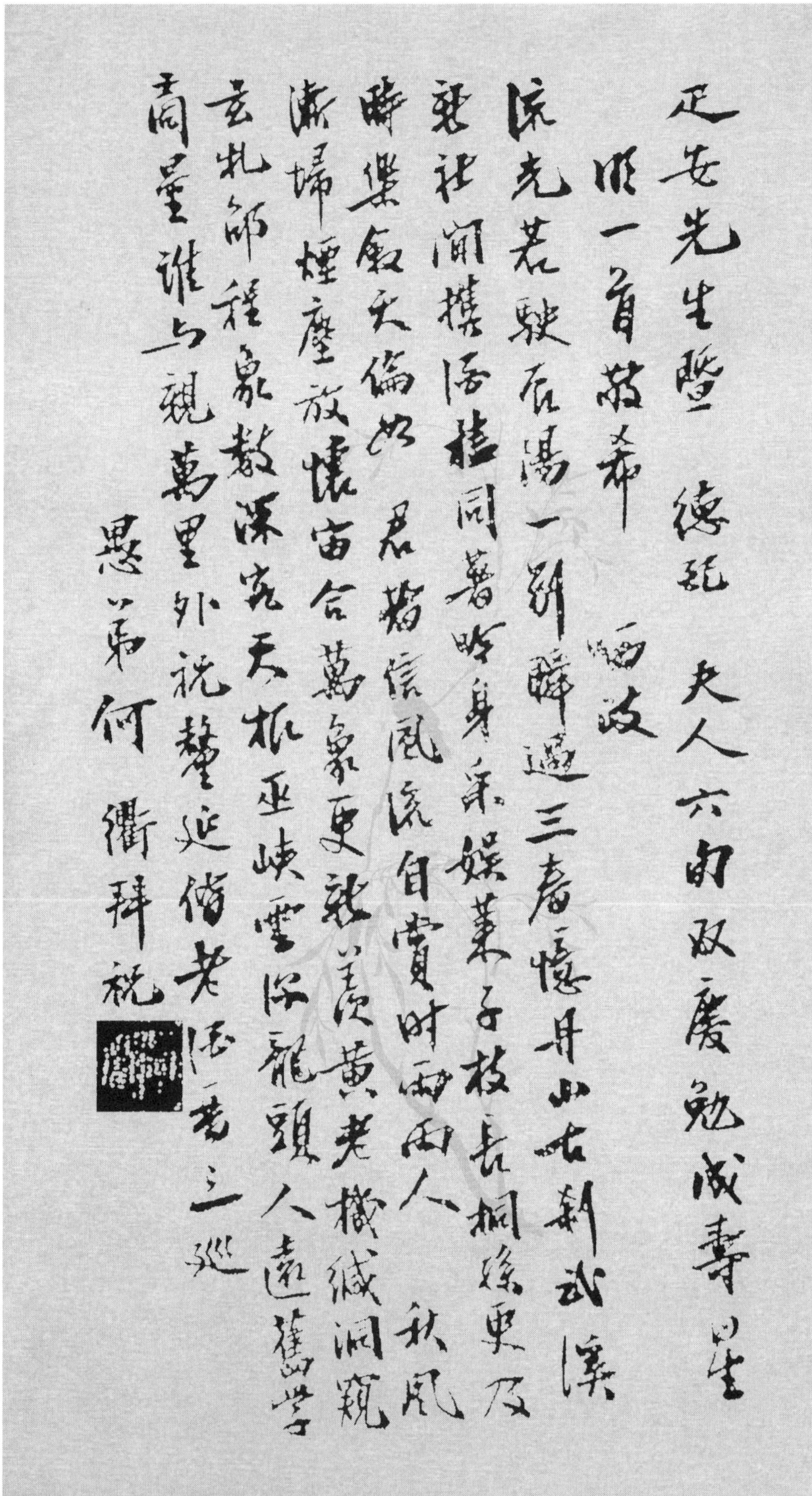
正安先生暨德配夫人六十雙慶勉成壽星
非一首敬希兩政
流光若駛居湯一別瞬逾三春憶丹山古刹武溪
社間棋酒桂同著昨身隶娛萊子枝長桐孫更及
時樂敘天倫如君諧信風流自賞時兩兩人秋風
蕭掃煙塵放懷宙合萬象更新黃老識洞觀
玄扎部程象數深究天根亟峽雲深龍頭人遠舊學
商量誰與親萬里外祝椿延偕老百歲之一巡
愚弟何衢拜祝

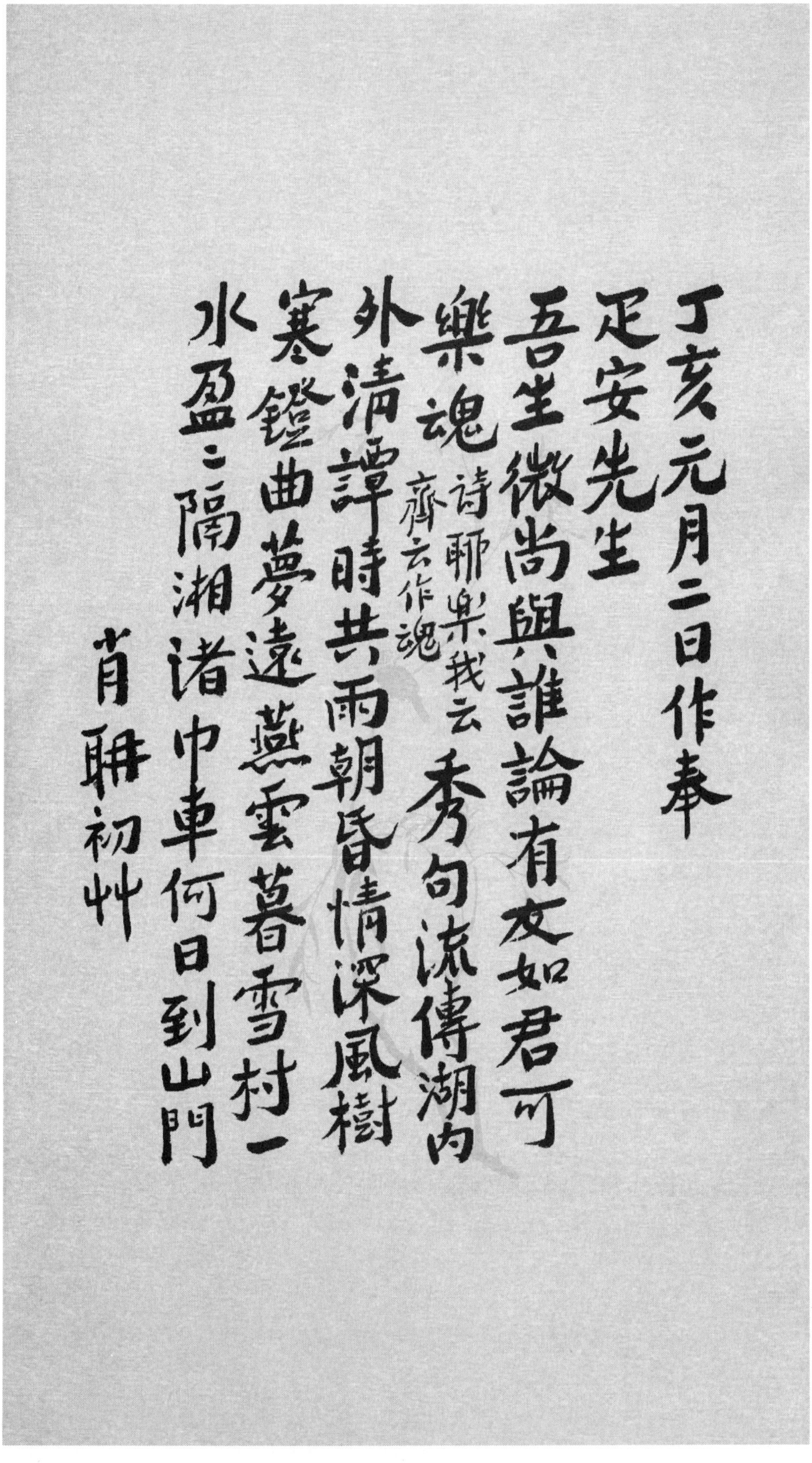
丁亥元月二日作奉
足安先生
吾生徽尚與誰論有友如君可
樂魂（詩聊樂我云　齋云作魂）秀句流傳湖內
外清譚時共雨朝昏情深風樹
寒鐙曲夢遠燕雲暮雪村一
水盈盈隔湘諸巾車何日到山門
肖聃初艸

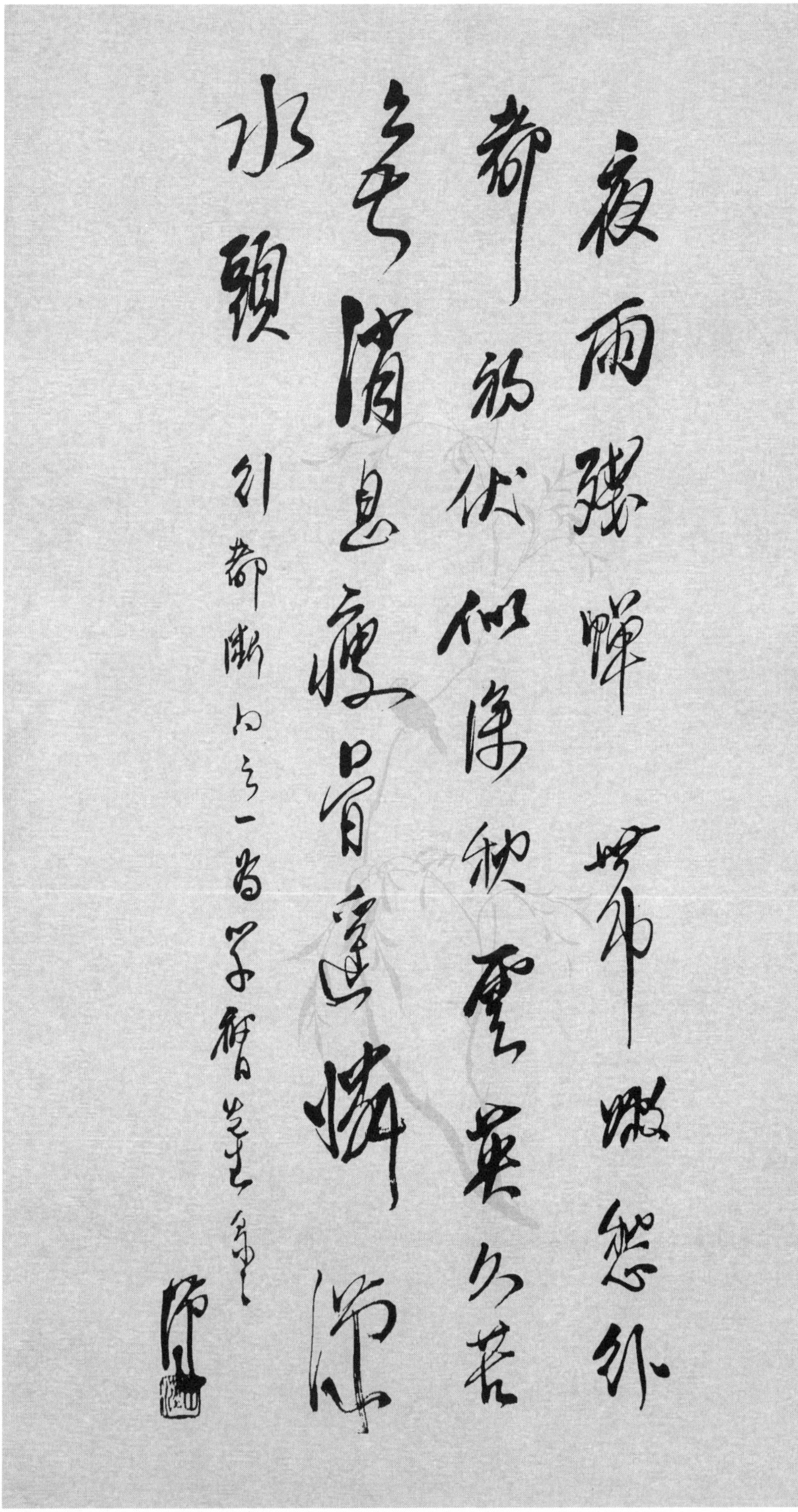

田漢爲王學膺題詩一首

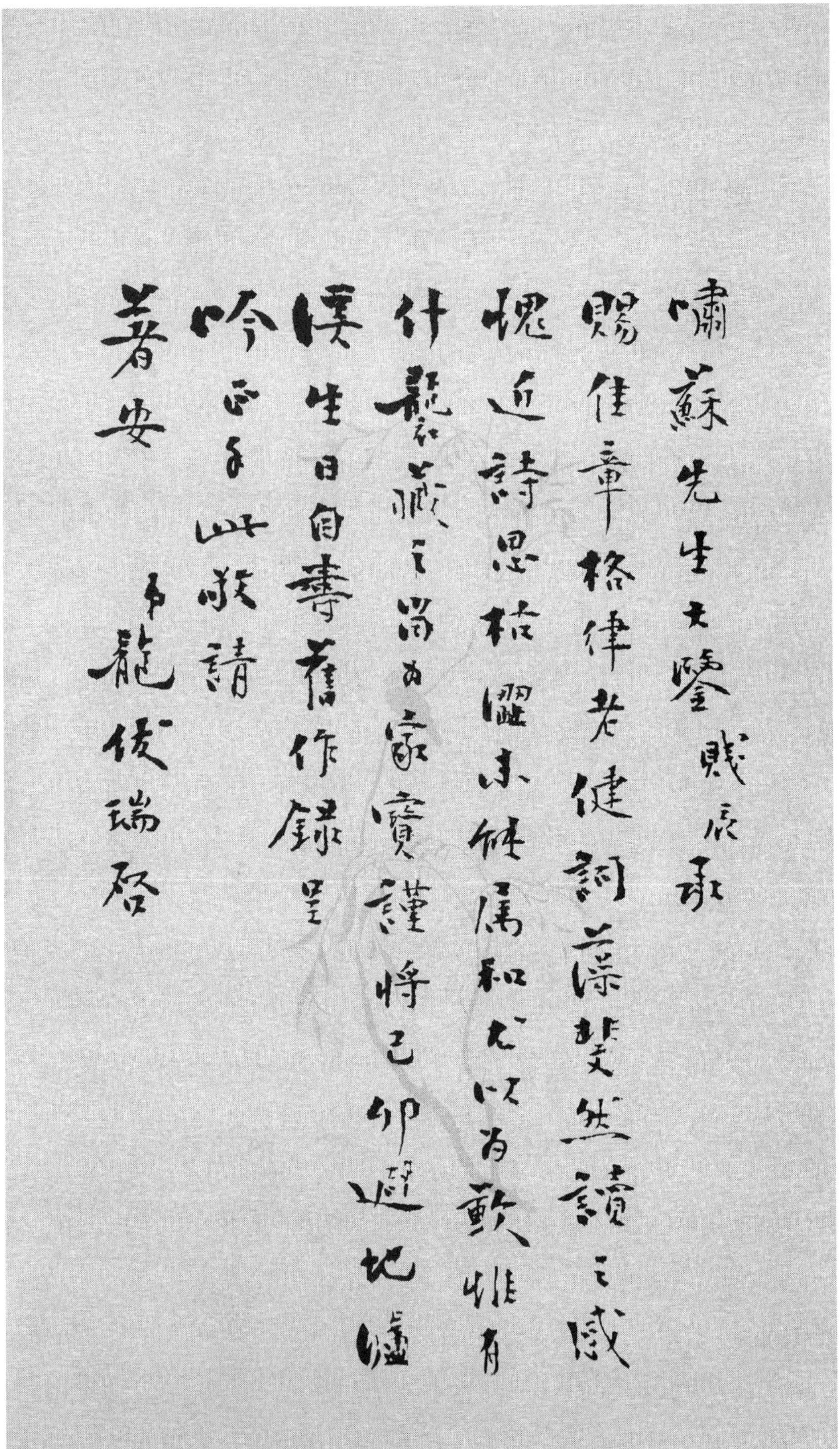

嘯蘇先生大鑒：賤辰承
賜佳章，格律老健，詞藻斐然，讀之感
愧。近詩思枯澀，未能屬和，尤以為歉。惟有
什襲藏之，留為家寶。謹將己卯避地滬
濱生日自壽舊作錄呈
吟正。手此敬請
著安
弟龍紱瑞啟

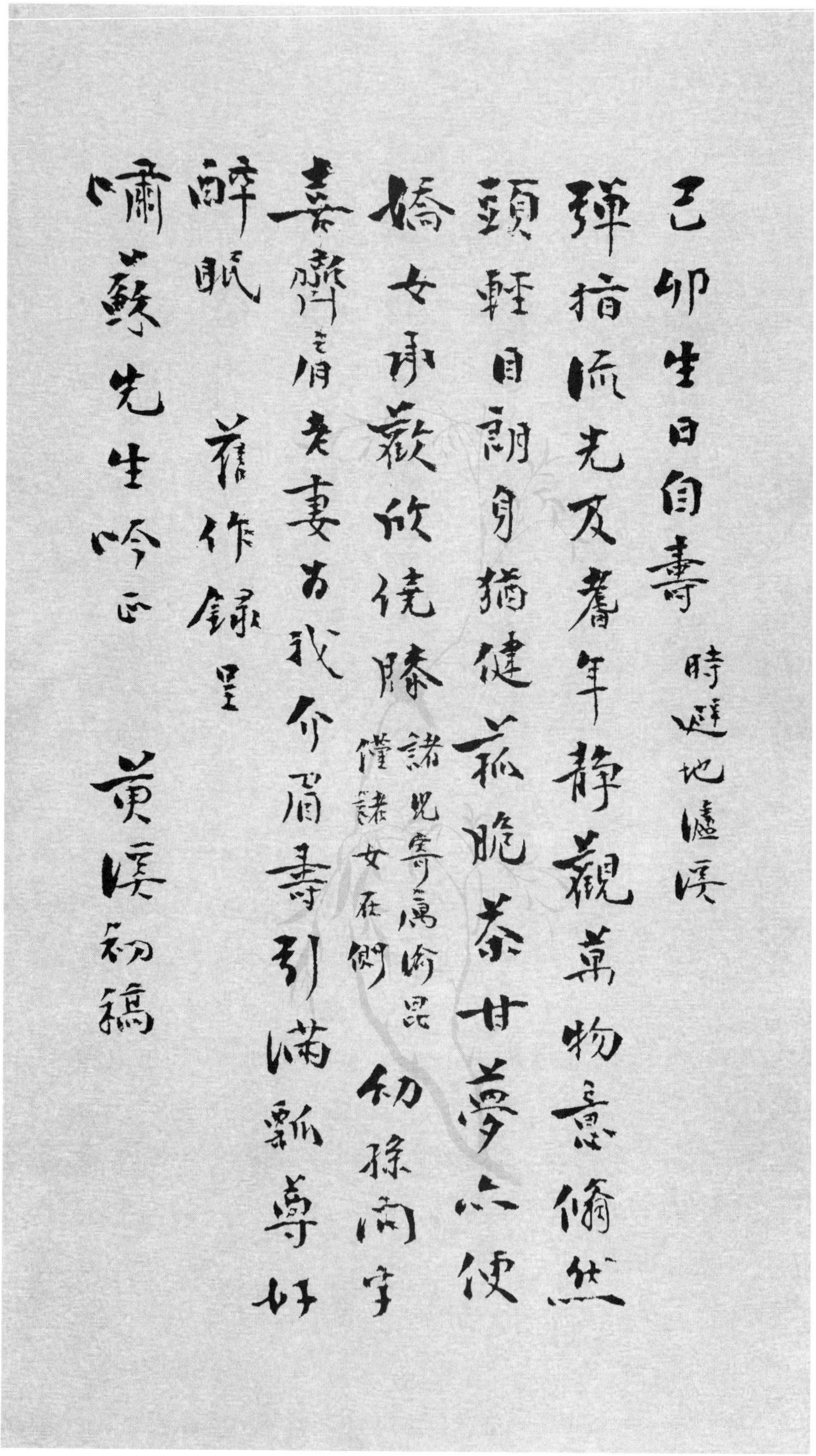
己卯生日自壽　時避地滬濱
彈指流光及耄年靜觀萬物意翛然
頭輕目朗身猶健菰脆茶甘夢亦便
嬌女承歡欣繞膝 諸兒寄寓渝昆 僅諸女在側 初孫兩字
喜齊之眉老妻爲我介眉壽引滿瓢尊好
醉眠　舊作錄呈
嘯蘇先生吟正　黃溪初稿

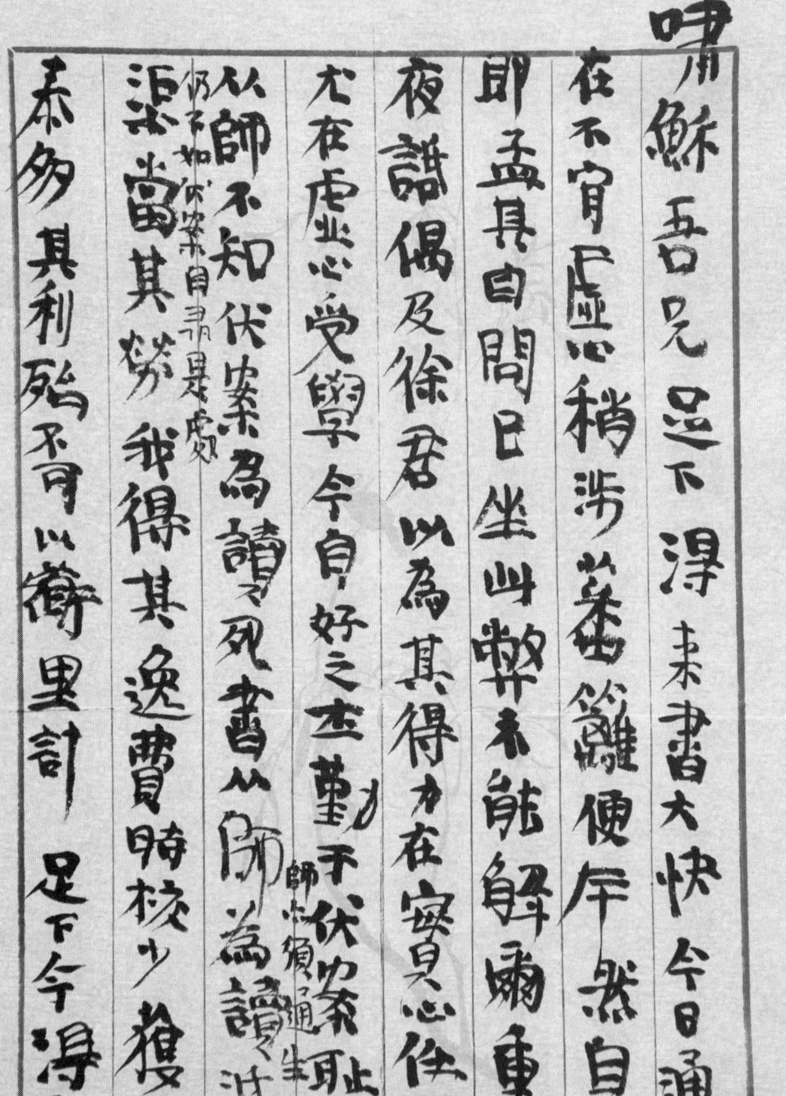
嘯穌吾兄足下 得來書大快 今日通病
在不肯虛心稍涉藩籬便岸然自足
即孟其自問已坐此弊未能解兩重陽
夜誦偈及徐君以爲其得力在寧息心任事
尤在虛心學今自好之者董于伏案恥于
師不須通生如爲溫人
從師不知伏案爲讀讀死書從師爲讀讀活書
仍不知伏案自須是處
渠當其勞我得其逸費時校少獲益
冬多其利殆不可以道里計 足下今得之矣

孟其以貧故所然請學除在群治教課
五點鐘外又在大夏任三點鐘名爲國學其
實只于時象音均之（方言今均講稿求劃一紛絕我）要長多隔閡內閒清
明等于掣手編此間無師友相与學習亦疾
扁事也行嚴寅村遇夫海凡諸君子常見
面否淥淡在廣州高第街二百廿五號　足下
知桐皆先生近狀否惡疾漸瘳讀書漸
孄　孟其如是不堪爲　足下語　孟其

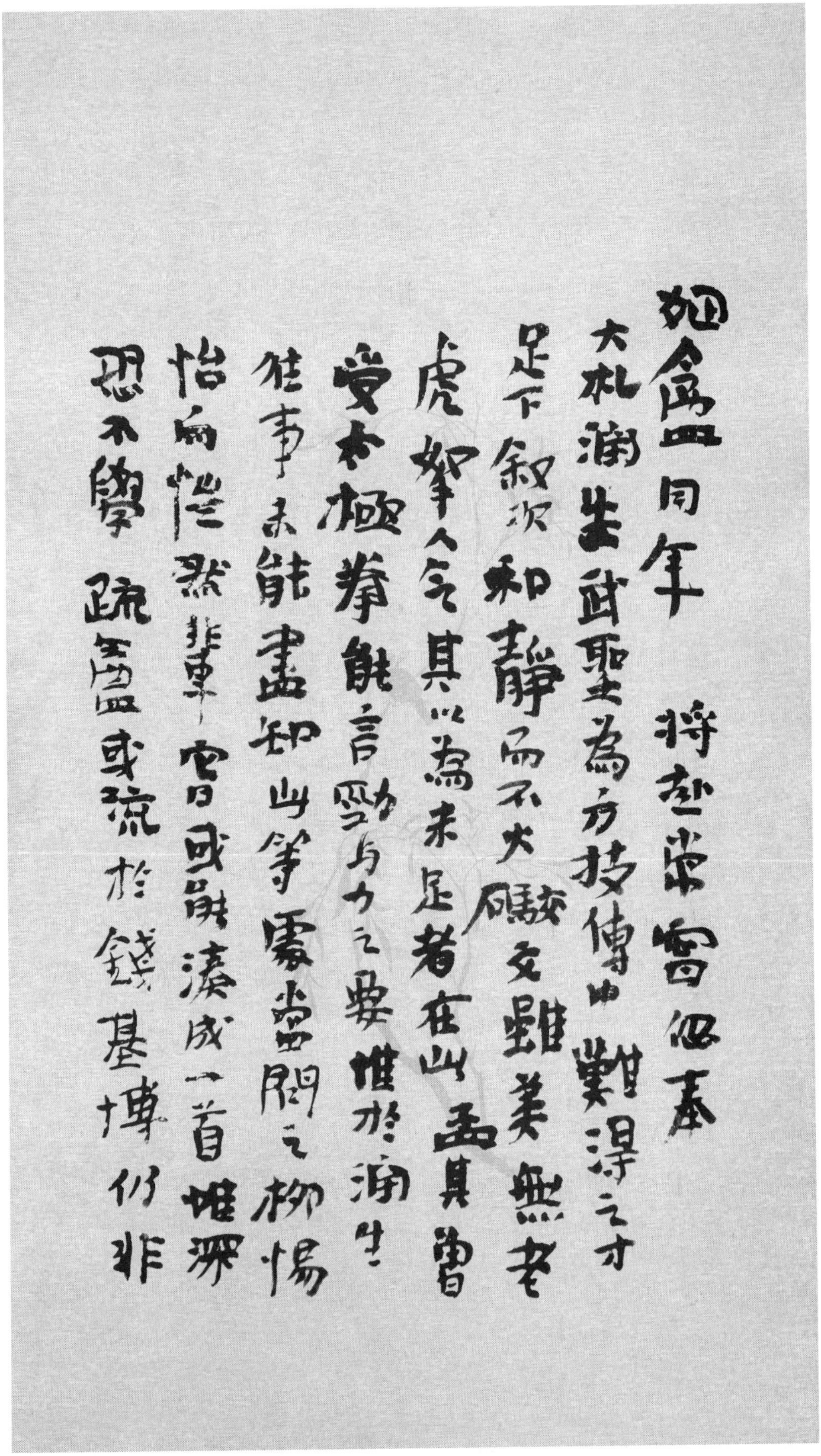
姻盦同年　將赴棠會以奉
大札潤生武聖為方技傳中難得之才
足下敘次和靜而不失駿文雖美無老
虎筆之氣其以為未足者在山孟其曾
受太極拳能言勁與力之要惟於潤生
往事未能盡知山箏零當䦨之柳惕
怡而惶悚非草曾國藩湊成一首惟深
恐不學疏盦或流於錢基博似非

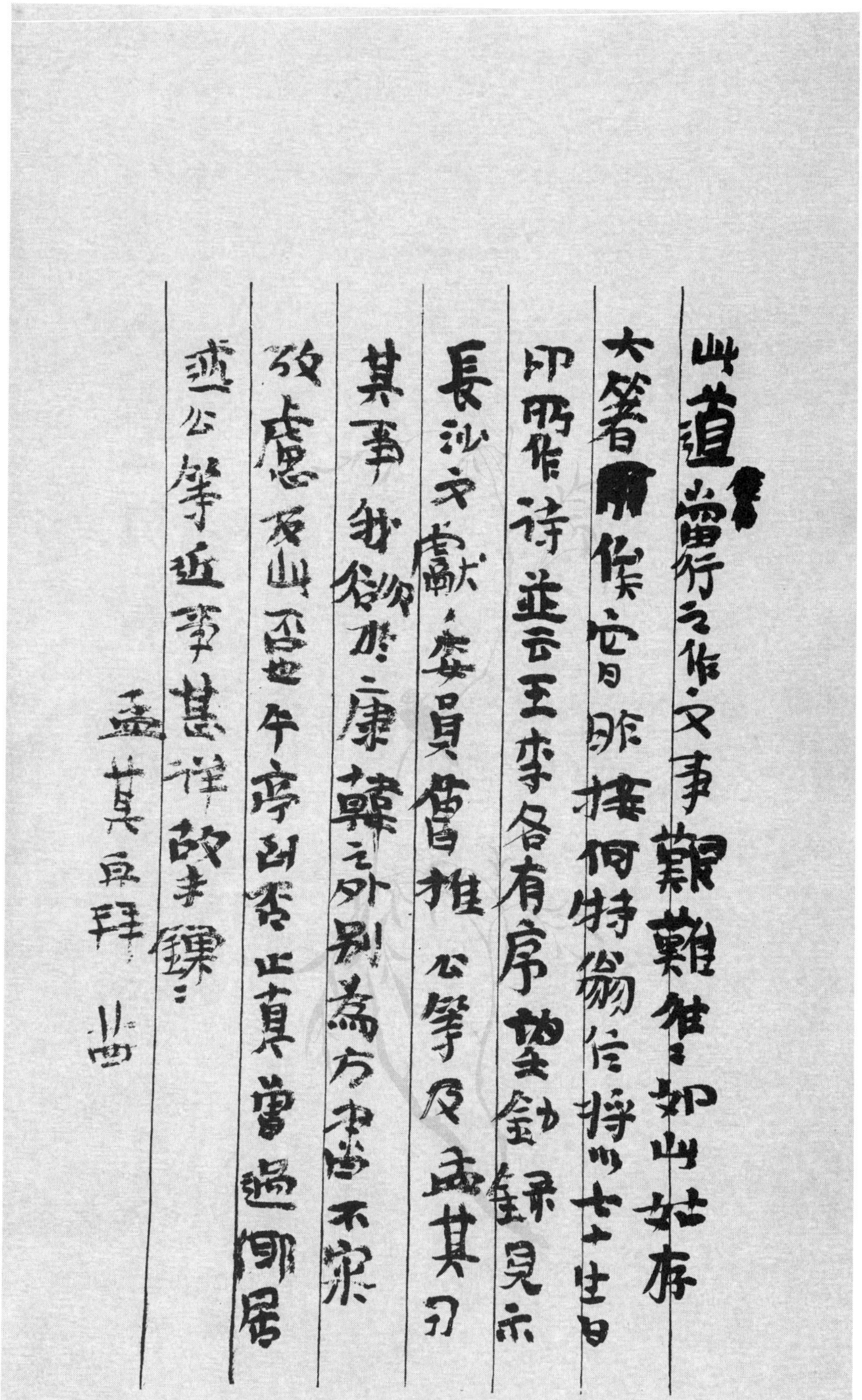
此道當行之作，文事艱難，舉世如此，姑存
大箸，俟它日晤接。何時編合撰廿七生日
印刷作詩，並云王李各有序，望鈞錄見示。
長沙文獻，安員當推公等及孟其習
其事，我欲於康韓之外，別為方志，當不家
故處及此。昔年亭林香止真曾過鄉居
述公等近事甚詳，故耳。鍊鍊
孟其再拜 廿四

憶郴永舊游

碧芭蕉與畫檐齊巖石穹窿水一谿多少題名人
五后四山烟艸自淒迷
嘉賓接得有寒泉細犬同魚列盛筵寅是須糜
共婦職牽衣兒女話纏綿
女郎語笑白雲隈作苦田家不自悲刺繡玲瓏雙
艸屨一肩紅葉束薪歸
山城鼓角又經經秋踏石穿雲憶舊游芳艸
王孫魂夢裏每從天際識歸舟

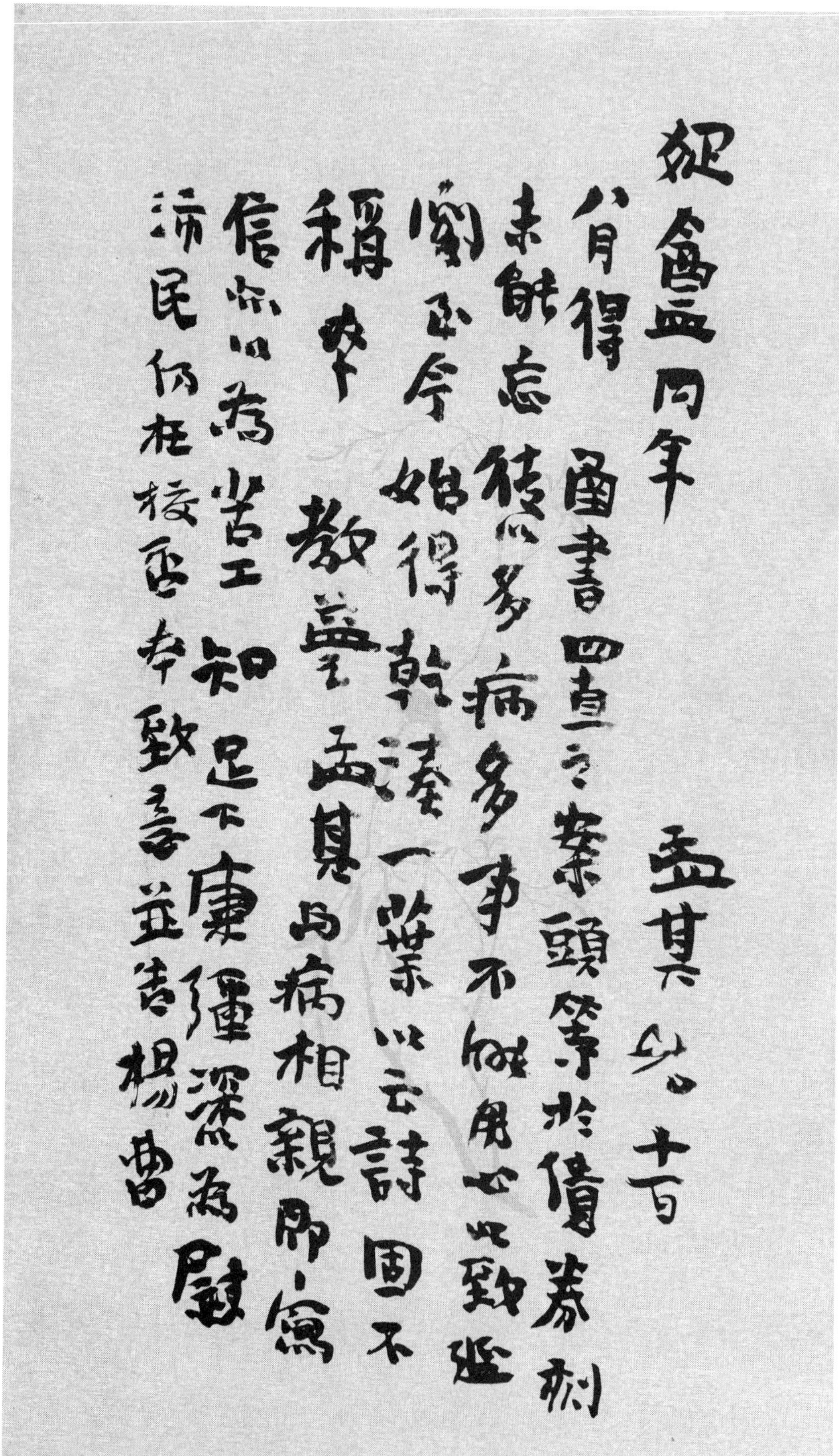
紀盦同年　孟其兄　十六日
八月得函書四通之案頭等於債券刺
未能忘懷多病多事不能用心以致延
閣至今始得乾淺一葉以云詩固不
稱本教並函其與病相親所寫
信亦以為苦知足下康強深為慰
添民仍在校區奉致善並告楊曾

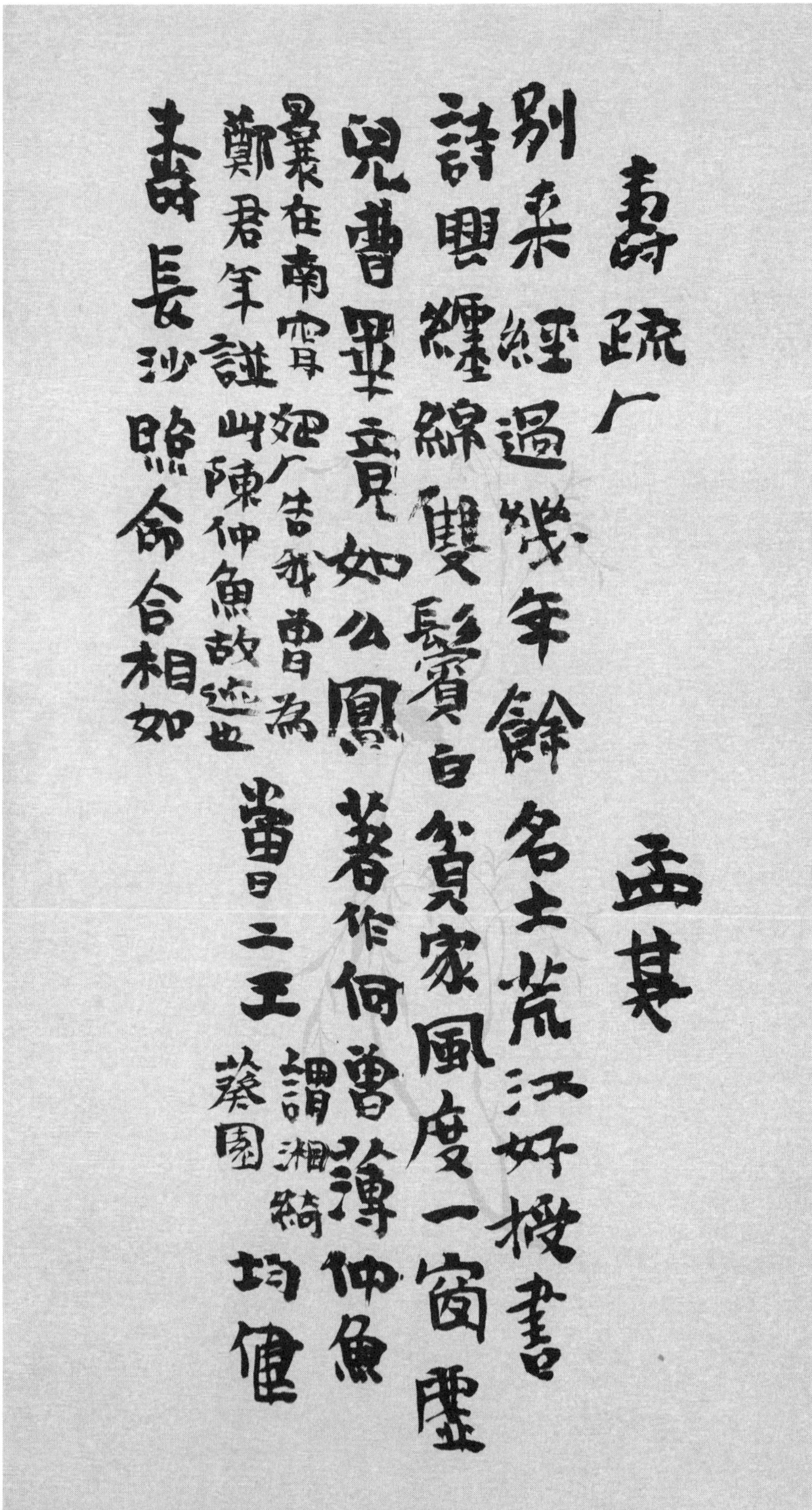
壽疏广 孟其
别来經過幾年餘名士荒江好授書
詩思纏綿雙鬢白貧家風度一窗虛
兒曹畢竟如公鳳著作何曾讓仲魚
曩在南雪姻广告我曹為當日二王謂湘綺均健
鄭君年譜此陳仲魚故迹也 葵園
壽長沙照命合相如

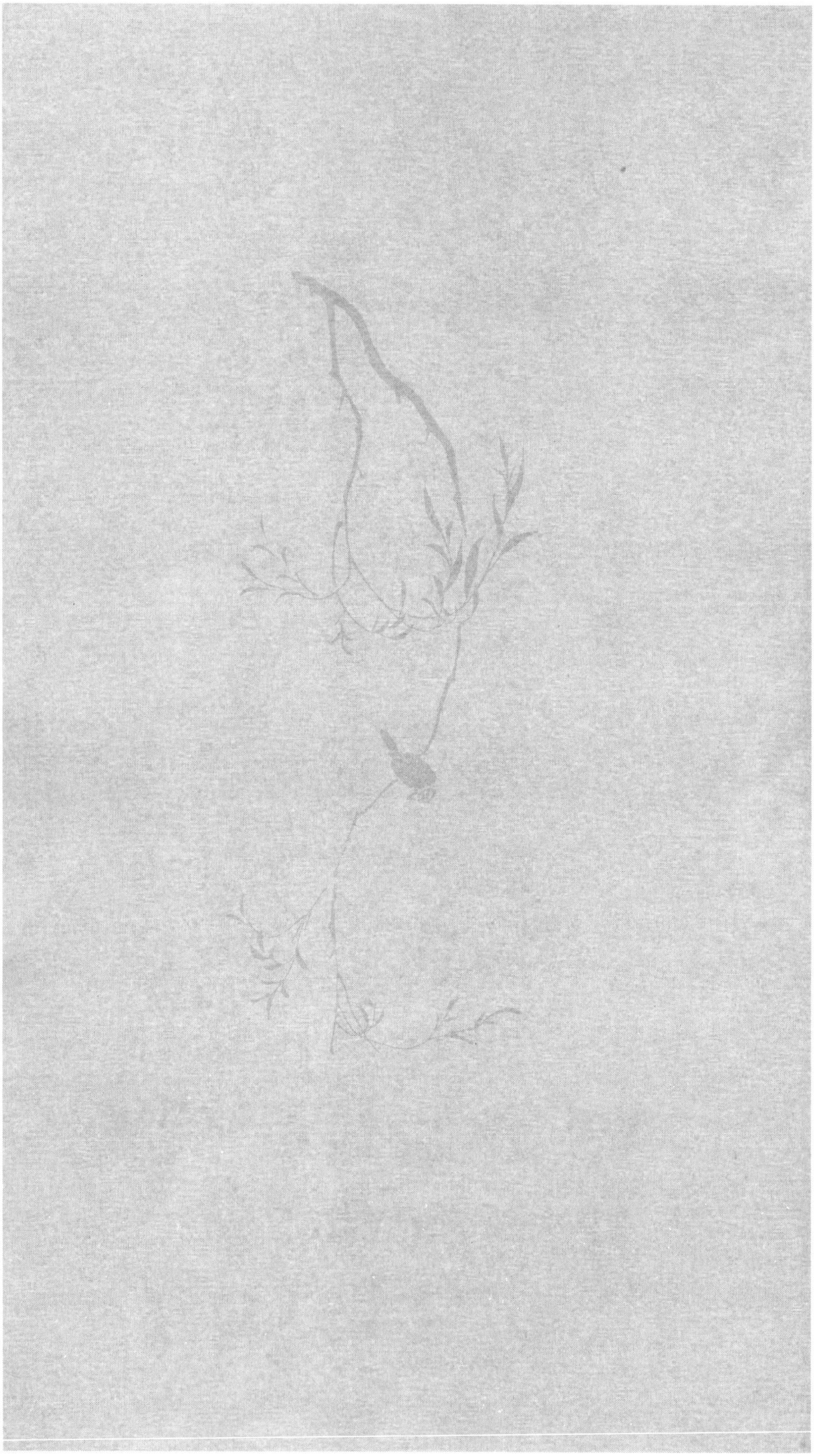

笑竦先生前序
還書昭文斐疊適猛庵在座亦爲嘆服連日忙
於壽詩惜未得
詩家一爲吟定茲特求青睞
嚴加繩削以柳家特付刊也望少閑笑讀此耐菴
刻繩已照談數改並代擬據曹重伯「大序九泉知桐」（先兄書以桐叛）
髮集（集去歲經先生序定）留重定稿斯文千古事鳴原堂有再傳人」並
年夜前代註九先生換貝影「蹤」萬卷羅胸徒與書

有道不逢時治生潤物皆無術卅年回首今昔同
人唯賸我與鄉感逝倍傷心又代人挽蔣觀雲合儒
佛成一家言早有文章驚海內本詩禮為鄉人敬其子前浙督蔣尊簋
留將勳業付兒曹自撰陶祠戲聯望古興懷誰
非袖手旁觀客与民同樂我亦逢場作戲人此外內
擾悵抱所感百端知承 相思聊以奉告亦以見故態
之猶存也敬問
安 弟行言 廿六日

疏盦先生疊前韻見寄次韻奉酬意有難盡乃長言之劉越
石有言適足以彰
來詩之益美再敬希
吟定
郵箋頻復到書帷兩地形神未覺離期炳燭先勤老學各
留燈味似兒時人經霜露懷遠澤鳥入雲霄憶故枝寵序
已忘弥悳本為聽鄰笛有餘思
懷人千里月侵帷夜色春光共陸離萬古吟箋多別淚
幾家提叙為匡時门風舊說台槐蔭海日新依若木枝
謂世兄肄學日本自是詩書貽澤遠壯游晚學耐尋思

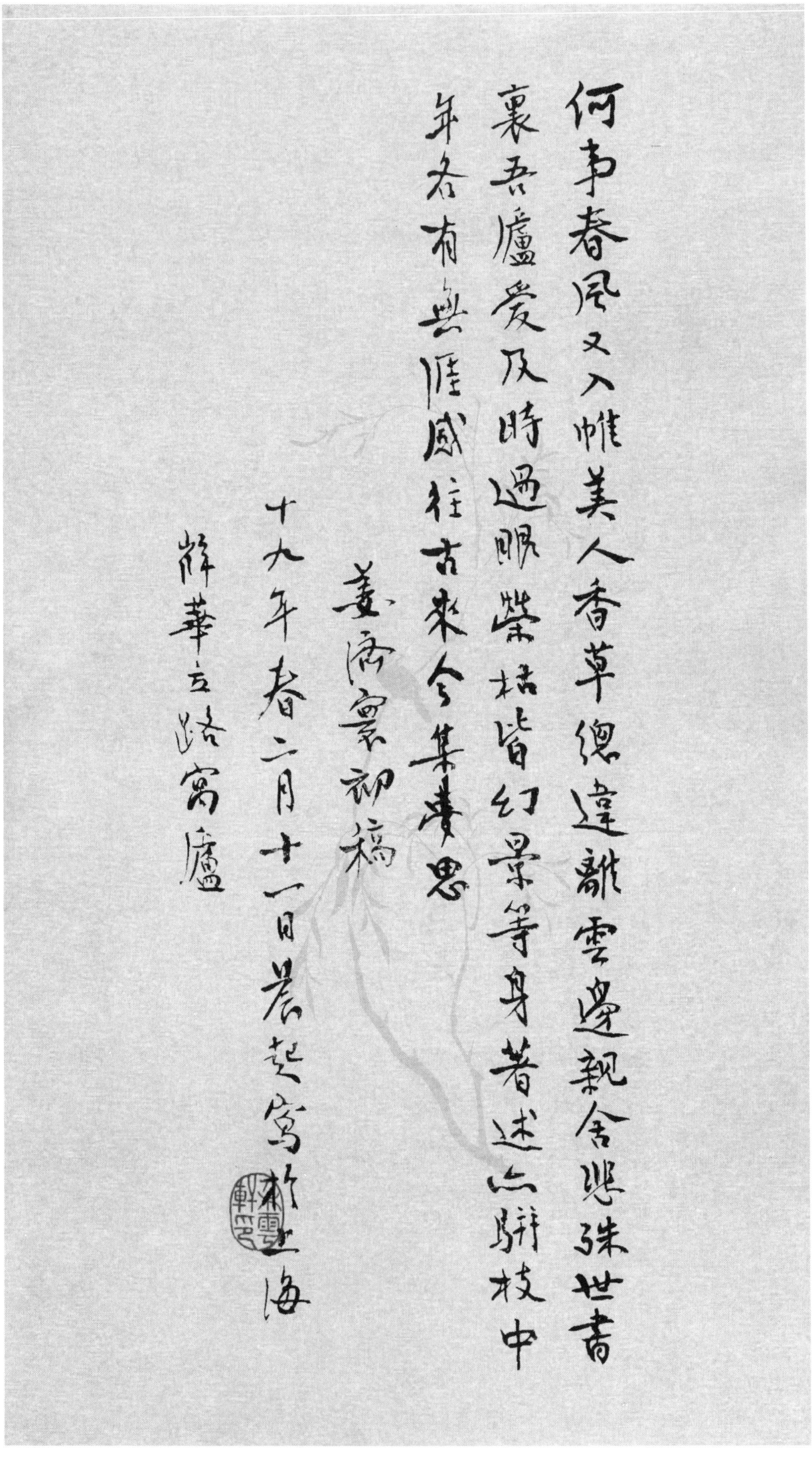

何事春風又入帷美人香草總違離雲邊親舍悲殊世青
裏吾廬愛及時過眼繁枯皆幻景等身著述亦駢枝中
年各有無涯感往古來今集遠思

姜濟寰初稿

十九年春二月十一日晨起寫於上海

薛華立路寓廬

近作詩用古韻似罕見者乞
端教
蔣彝初稿

次韻奉答
孫俞盦先生敬希 教正

内道名山設講帷感今春昔悵睽違沅湘自古多耆
舊荆楚從誰祀歲時萬里鄉有收湖上草一年春事厭
新枝群氏同抱義帝痛誰為詩人寫孝思

美珠先生：一别遂已三年，每念
故人，依依在念。澈春、左湘諸兄
關照，那可言謝，惟有心感。月前歸國，承
國民政府行政院委一閑職，藉領月薪，以免日
用飲食之資。澈春亦於前日來此，亂離之感相慶。
再，殁女申兒今已十歲，不幸在長沙病故，念身世之
多艱，復兒女之殁，痛百感悽惻，驟難爲懷，現病
海濱，時尋故以藉舊時朋好，諸多往還，尊酒敘

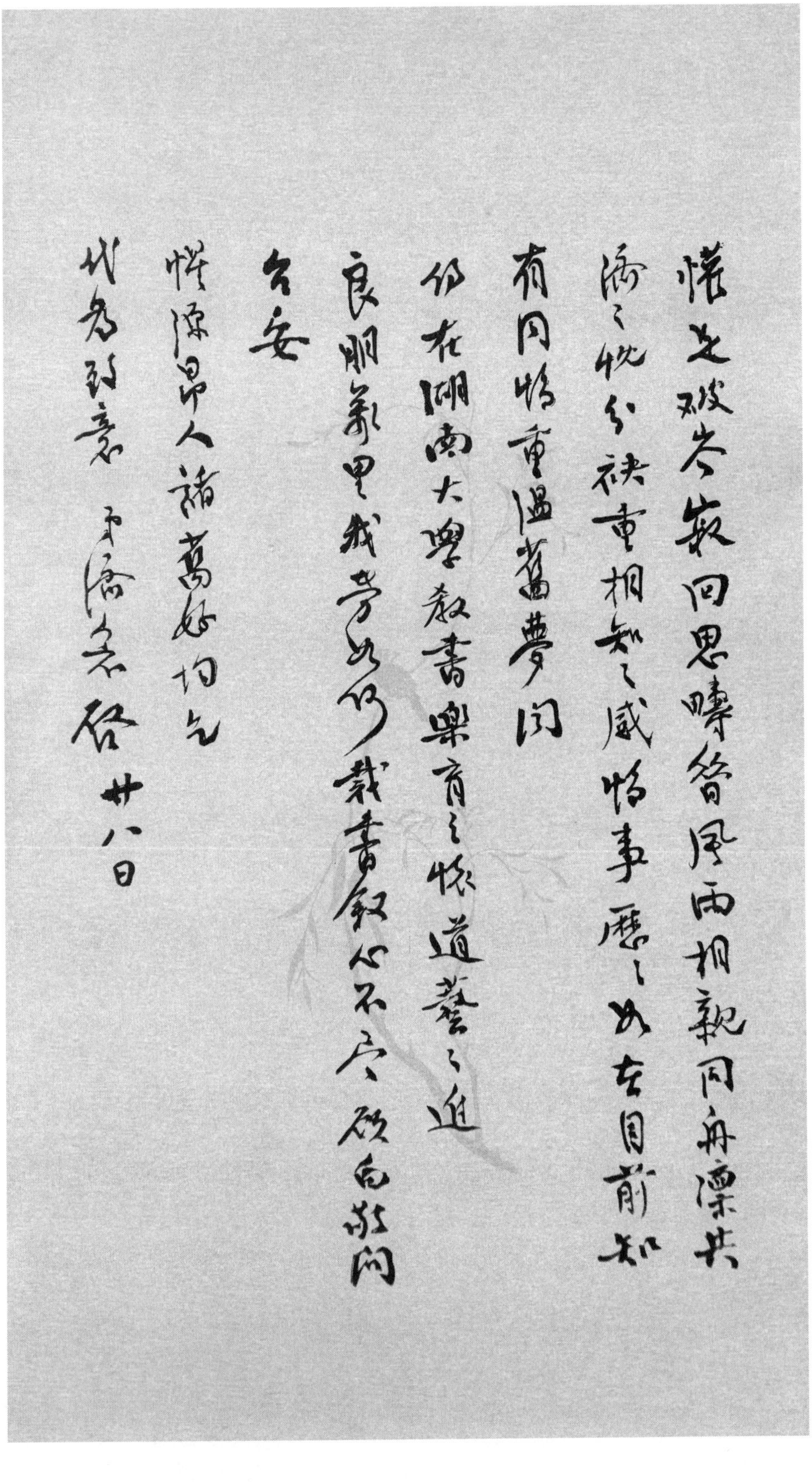
懷之艱苦歲回思疇昔風雨相親同舟共
濟之忱分袂重相知之感情事歷歷如在目前知
有同情重溫舊夢問
仍在湖南大學教書樂育之懷道藝之進
良朋氣里我勞如何裁書敘心不盡欣向敬問
台安
惟深吾人諸萬好均乞
代為致意　弟濟寰啟　廿八日

秋日同嘯蘇肖聃偶君遊攝山嘯蘇有詩

依韻奉和仍乞

郢政

休日正如僧出關又如龍解泥中蟠招要朋
侶挈妻子鋒車急往看秋山棲霞蜿蜒棱
鍾阜雲中遙遙雙翠鬟靈區勝迹久顛
倒未至已覺身心安李生呼儔恣搜討岩
谷上下窮躋攀岧嶢絕頂不可到攜石大

叫驚兒頑吾衰幾時腰脚健拄杖直上十
雲端仰看白日破雰霧俯視大地平峯巒
勝遊未許一日盡小憩暫喜僧堂寬何人
好事葺敗闕四壁丹堊猶未完帝王雄都
久蕪廢棟宇欲復齊梁觀豈知縱踏渺龍
象未法再振真為難兩崖相望劖佛像
窮妍盡妙心力殫人閒劫大不到處早與·
草木同摧殘今來同遊二三子文采煜：

皆鳳鸞時清未許登臺閣身老徒令矜羽
翰興闌日落尋歸路巑岏回首發長歎何
年作伴還鄉里日日相攜雲水間
叔章呈稿

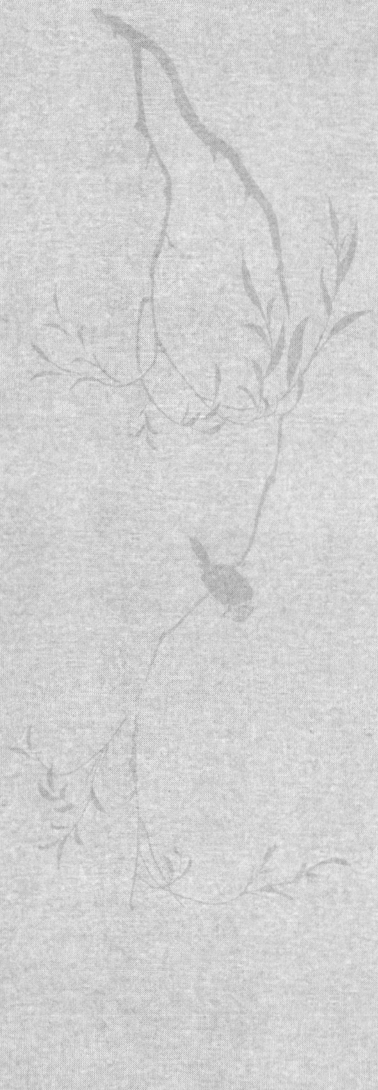

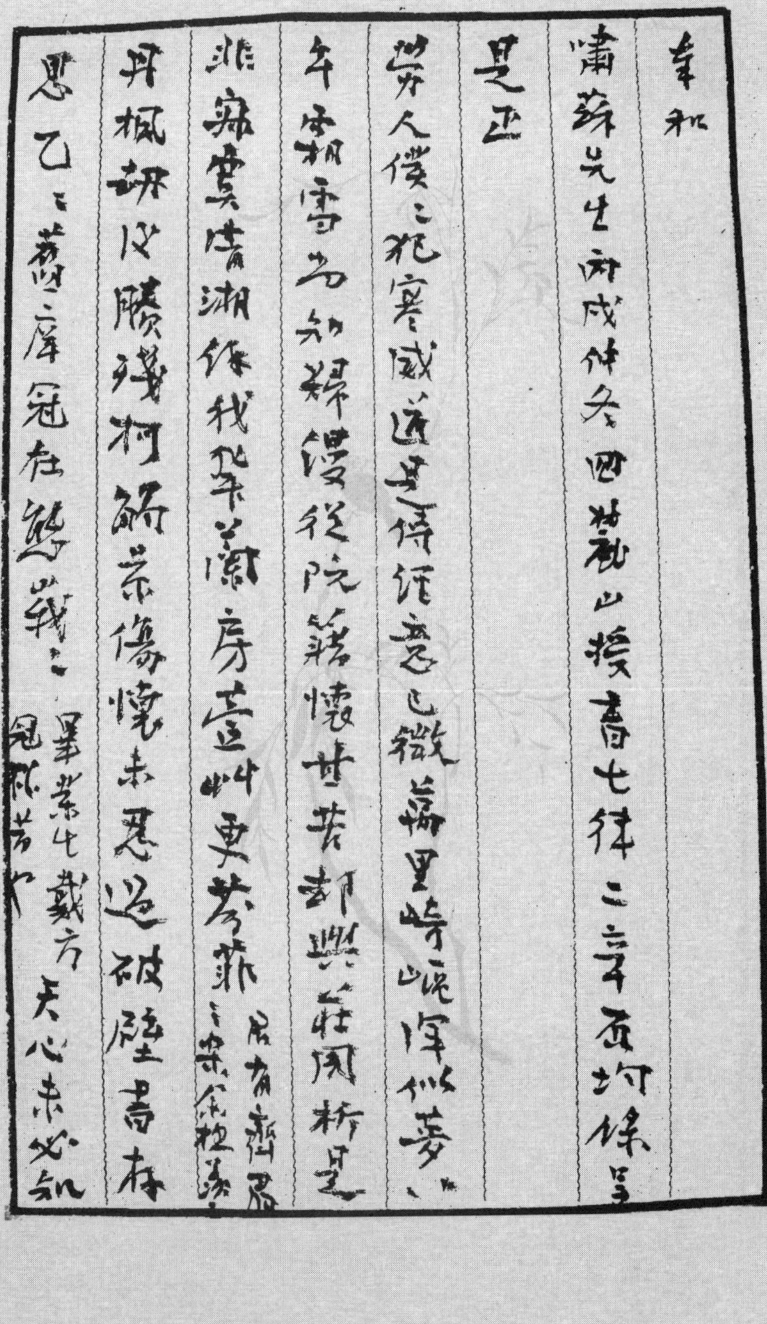

奉和

肅蘇先生丙戌仲冬四䒿龍山楼書七律二章原均錄呈

是正

勞人僕僕老寒威，道是侍延意已微。萬里崎嶇渾似夢，

年霜雪為知歸。漫從阮籍懷世若，却與莊周析是

非。寂寞晴湖作我伴，蕭蕭房壺草更芬菲。居有齋屏之案依粒藻

丹楓研紀勝殘柯，翰茆傷懷未忍過。破壁青梅

思乙乙，蒼雲之庠冠左鵲峩峩。 畢業七載方 夫心未必飢

冠秋若也

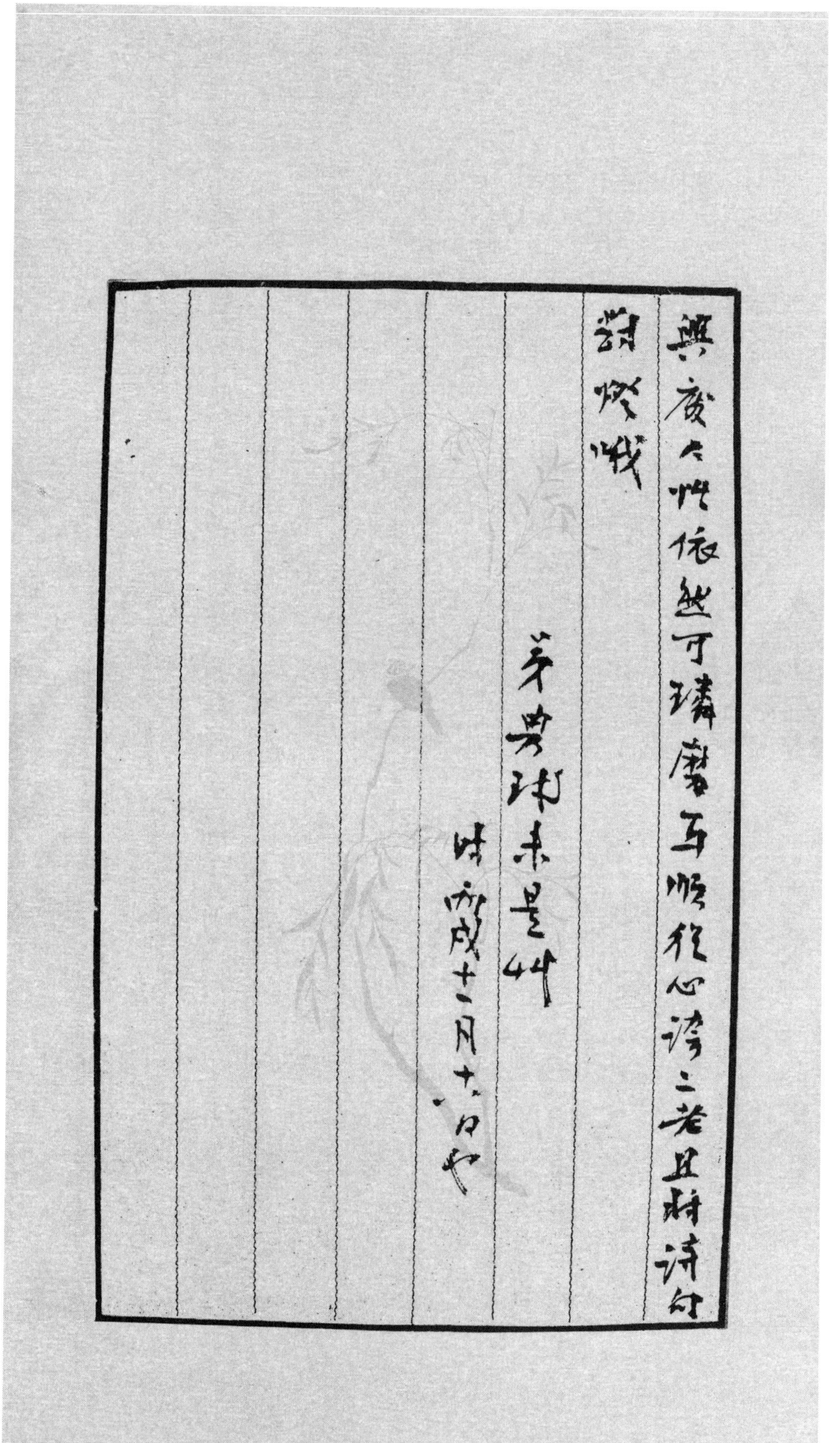

與度大性依然可講磨耳順從心詩之若且樹詩句
對燈哦
弟畏球未呈艸
時戊戌十二月十六日也

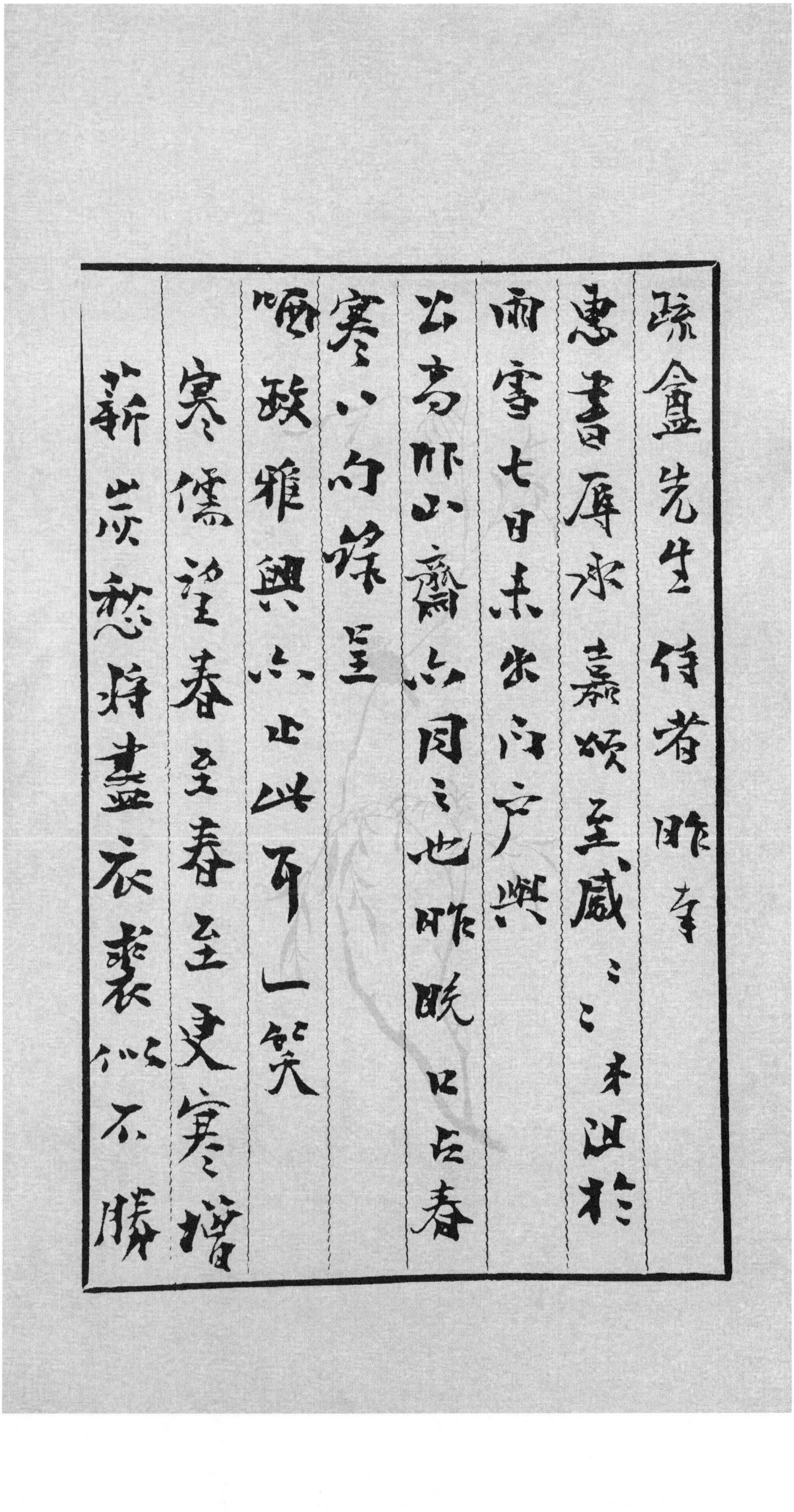

疏盦先生侍者：昨奉
惠書，辱承嘉貺，至感至感。未以於
雨雪七日未出門户，與
公高邨山齋共同之也。昨晚口占春
寒八韵錄呈
哂政，雅興亦止此耳，一笑。
寒儒望春至，春至更寒增。
薪炭愁將盡，衣裘似不勝

花遲疑今晚樹古怯風來尚
有衡山與馳詠部未繳
寄復印請
雙安 弟典球叩 己丑十一之
平默老弟均此致意 前一日

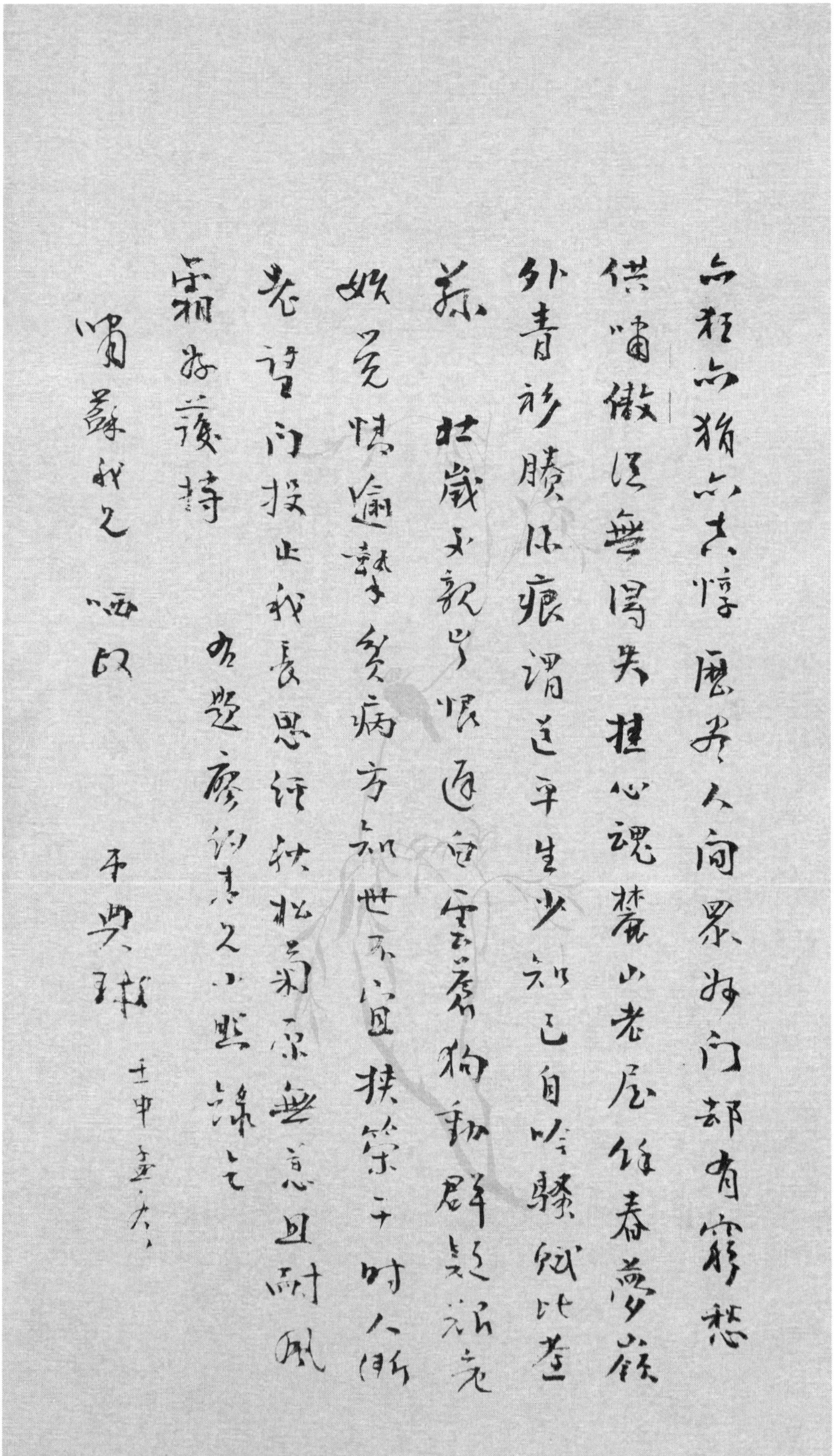

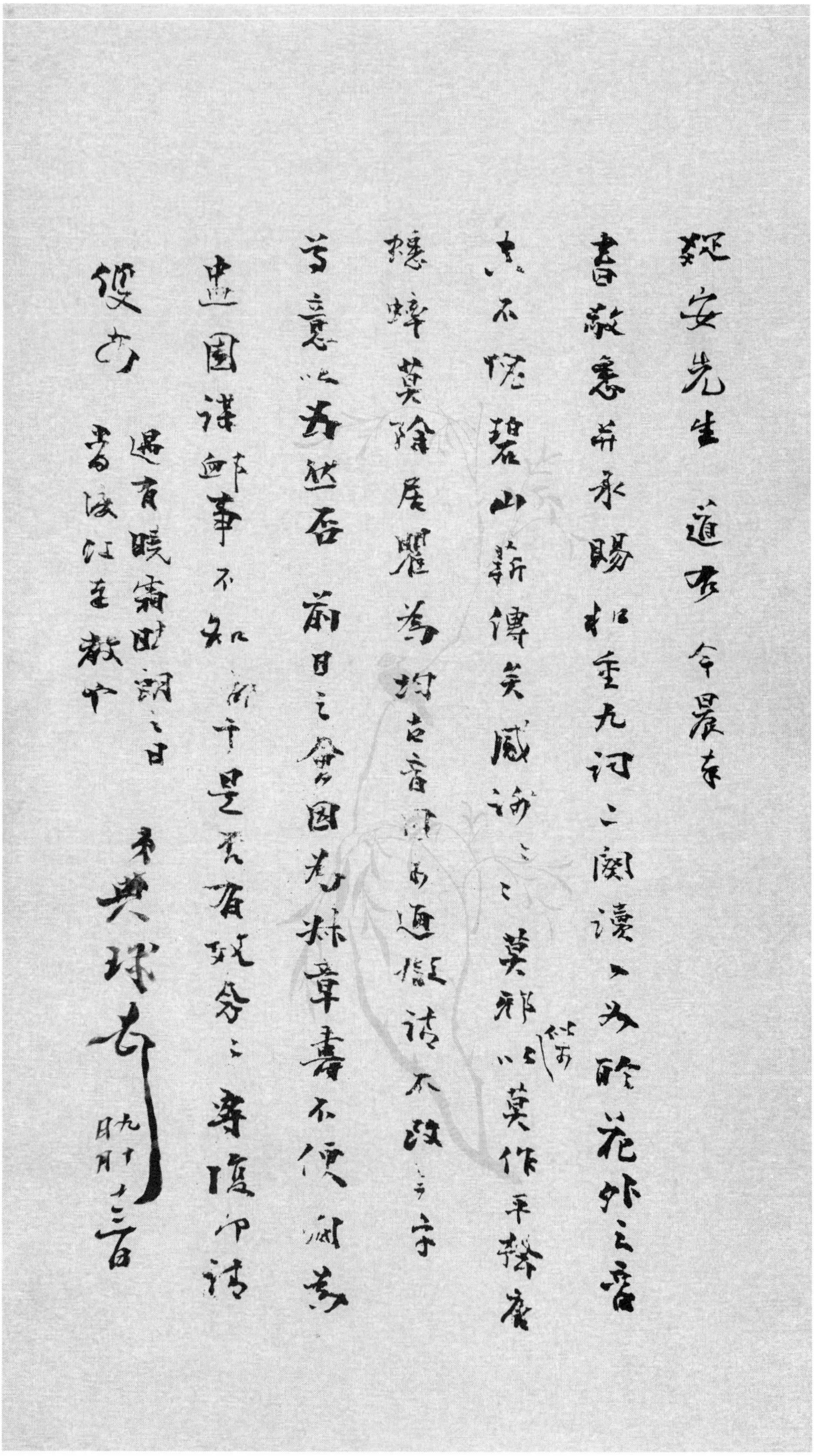

疑安先生道席：今晨奉
書，敬悉，并承賜和重九詞之閱，遠人於花外之音，
亦不恠碧山新傳矣。感謝之之。莫邪以莫作平聲讀，
應蜂莫餘居瞿為均吉音而通假，諸不改之字，
芳意必有然否？前日之告，因君林章壽不便閱矣。
盡園謀邮事，不知於于是費有龍務之寄復中詩
復命。遇有暇肯賜詞之日，當後以奉教也。
弟典球頓首
九月廿二日

嘯蘇先生侍者：歲暮損
書問，情文斐亹，銘紉實深。比作裁答，
諒登
記室矣。南自倭寇深入，羌無好懷，風
鶴時驚，懶親筆硯，猥承
藻飾逾分，愧不敢承。近因黃山同年見
訪，偶綴短章，寫上
教正，備以存

賜和章何如之擷葡早故堆芋僧甫
建知
注樹閱小女及女婿等渥蒙
推愛調重至感感仍希以後
隨時訓導為禱此頌
著安非
照不儩
附件印 錦交
弟陳繼訓啓 十二月廿五日

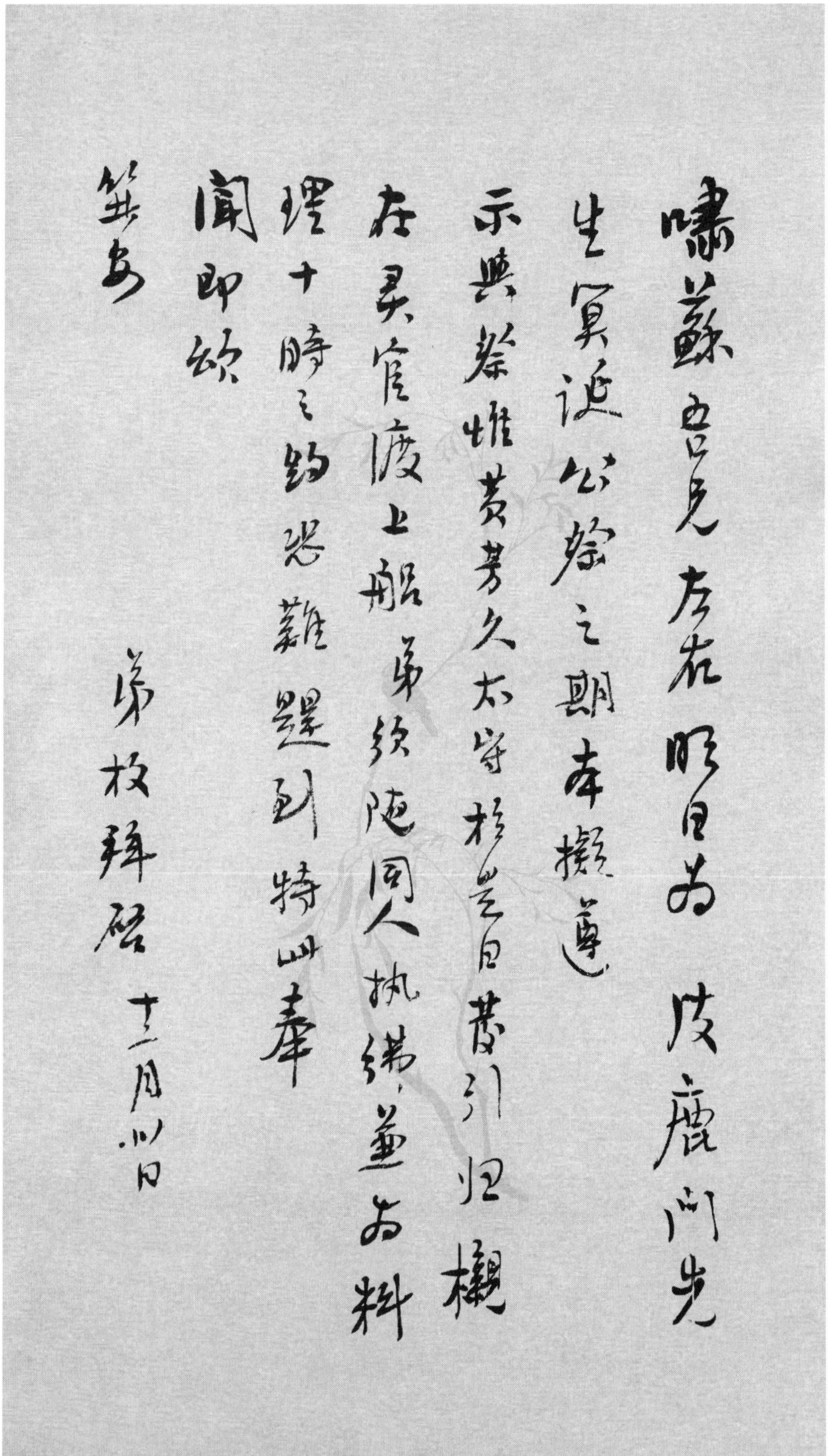

嘯蘇吾兄左右：昨日爲皮鹿門先生冥誕，公祭之期，本擬尊邀示與祭，惟黃芳久太守杉岩自費引歸櫬在吳，官渡上船，弟須隨同人執紼，並爲料理，十時之約恐難踐到，特此奉聞，即頌箸安。

弟枚拜啟 十二月廿日

嘯蘇先生執事麓山接席倏隔三年烈焰燹飛舊

雨雲散追尋疇昔之歡悰蓋渺不可得矣舊臘

奉到

惠書中之佳什知

遠依沅芷之芳仍樂菁莪之育一枝遥寄隔歲

而彌馨千里縈思先春而早發匪獨孟公之牘

珍若天球更見汪倫之情深同潭水自念晚有

兒息老遘屯邅旅巢竟焚媿山梁之色舉

家督復喪慙東門之達觀雖君子知命不立巖牆而小
人有求必近囂市
來書云避地同於高密築室類於夏峯殆吿者過也
然而鬻可修手族世勤實倦於嬴軀況撰計但及
奇嬴進脩終妨德業陸象山云人之所喻由其所習
向嘗舉以勵同學諸君今乃躬自蹈之又未嘗不惕然
滋懼已故欲就近郊之先疇十畝樹小圃以橘奴千株築
環堵以考槃率家人而聚處收燼餘之斷簡映積

雪以長哦庶幾樂此餘生養其天性但清風明月取用固
無盡藏而西室東房計貲動盈千百徒憑幻想祇作夢
遊耳猥以賤辰齒及尚欲
錫以鴻文顧樗材敢辱
高言況曩歲曾叨過譽已足使涓澮之細流得附
江河而不廢榮幸多矣又何加焉
曲高難和勿疑裁答之稽遲楮短莫宣尚望
好音之時至肅此佈覆祇請

箸安并頌

年喜

弟期文昱右

元宵前一日

何特前及肖聃舊歲均有見懷之作已於元日覆和特前是否往枝

中會計事敝處尚有廿六年救國公債收条数纸便寄辰谿縣顧鴻記

會計主任辦事處託特前查問是否已經退出不知收到否請

足下代為一問特前也楊曾騤諸公是否携眷來否魯思甫未往辰谿否又前文學院有

還零陵之議汀友松等辦築建校舍工程是否便中示知為叩　日之又及

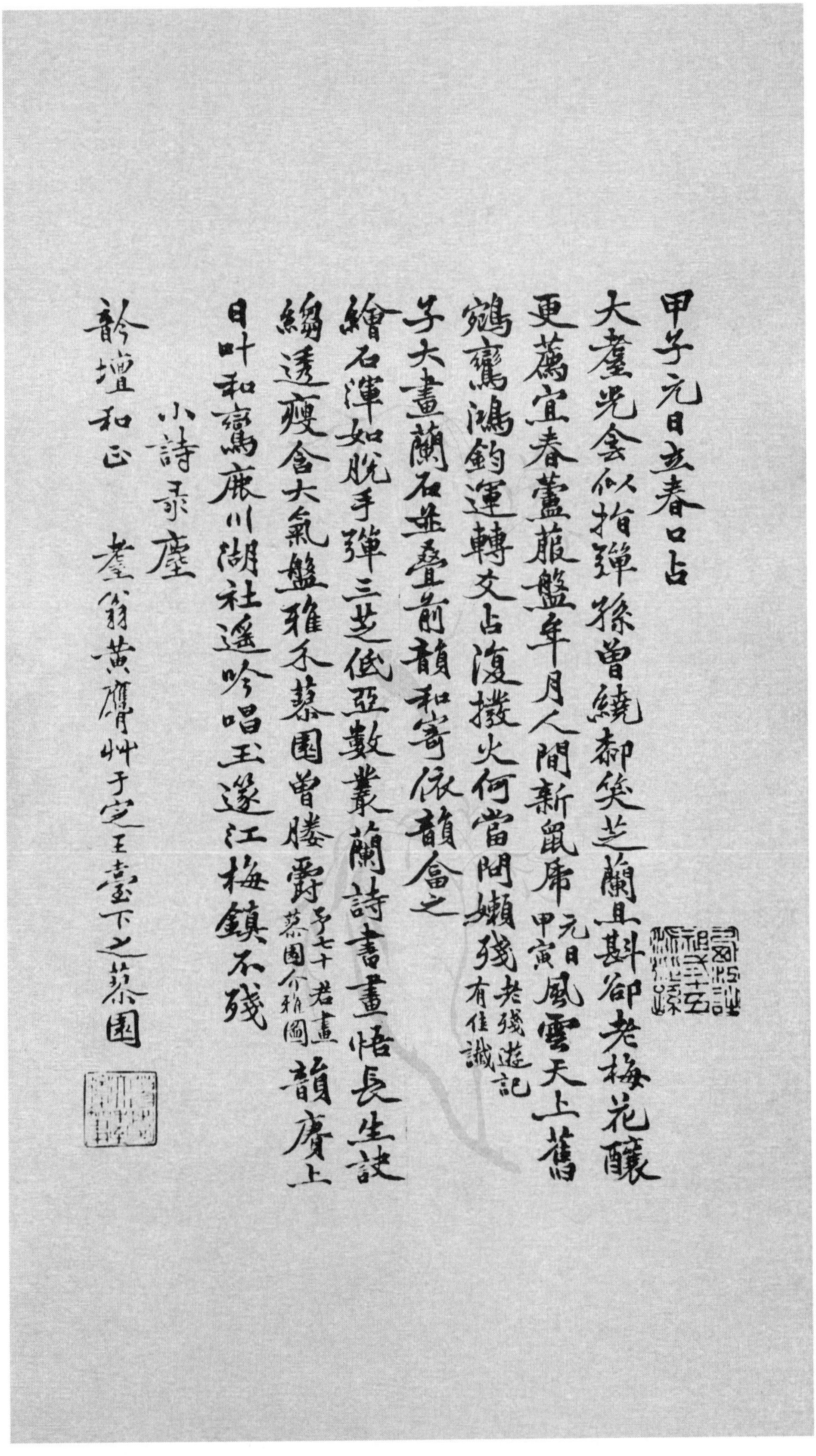
甲子元日立春口占
大耋光陰似指彈 孫曾繞膝笑芝蘭 且斟卻老梅花釀
更薦宜春蘆菔盤 年月人間新鼠肆 元日甲寅 風雲天上舊
鵷鸞 鴻鈞運轉交占復 撥火何當問懶殘 老殘遊記有佳識
子大畫蘭石並疊前韻 和寄依韻奉之
繪石渾如脫手彈 三芝低亞數叢蘭 詩書畫悟長生訣
縞透瘦含大氣盤 雅令蔡園曾騰爵 予七十 君畫蔡園介稚圖 韻賡上
日叶和鸞 鹿川湖社遙吟唱 玉遂江梅鎮不殘
小詩錄塵
齡壇和正 耋翁黃膺 艸于定王臺下之蔡園

靈璧芝蘭圖

作玲瓏立石雖合凡二石鑿出蘭四藂花葉披離下

有芝三本

一倍華年錦瑟彈藏頭有草秀庭蘭春還周甲新元

歷頌紀商辛獻歲盤舊管山川祀鷄馬老成文采配龍

鸞毛箋伏傳人間世經石輸君得抱殘（孟孝琚斷碑君定為東漢光武時石考據甚詳）

甲子歲元日立春

康泉老先世先生賦詩見寄是歲君登大耋齒冠鄉閭

書來旹寫蘭石謹次韵和寄題以侑筆且徵湖社諸君

子和焉　花朝前五日子大程頌萬并識於康川閣

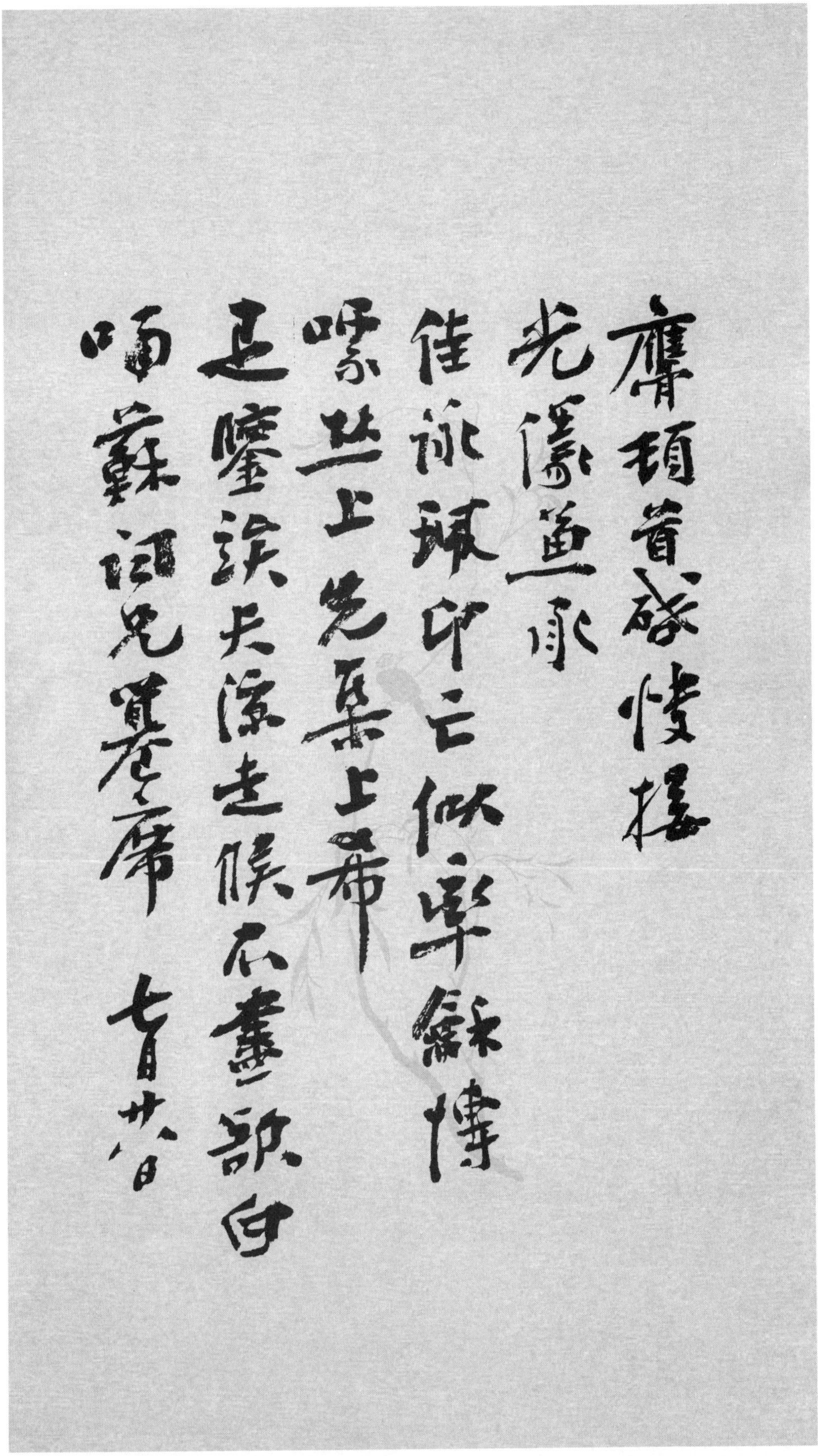
胄頓首啓 悽樓
光儀道承
佳詠班印已似學錄博
囑茲上 先集上帝
正鑒 談天涼走候不盡欲白
順頌 蘇詞兄冀席 七月廿八日

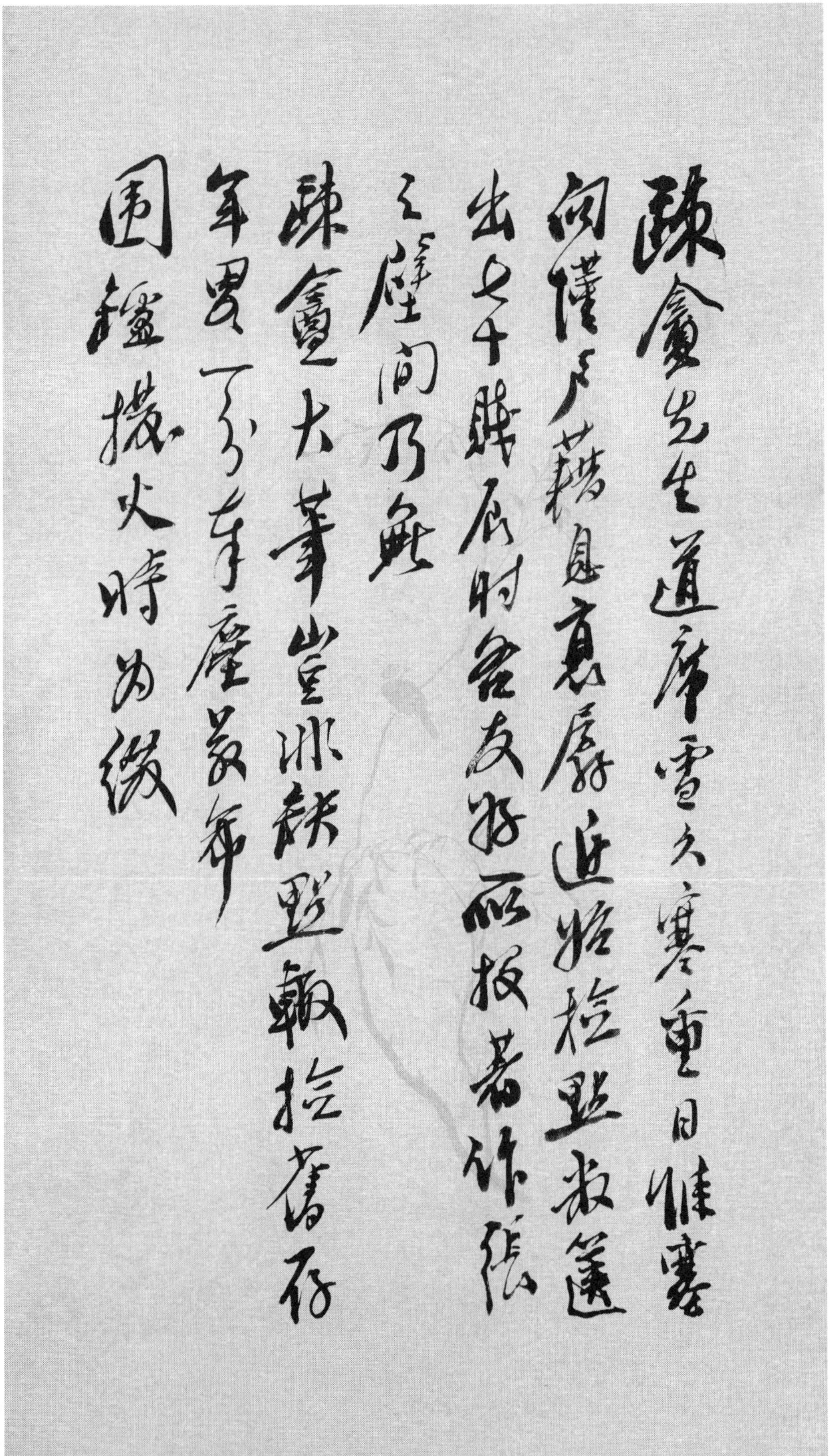

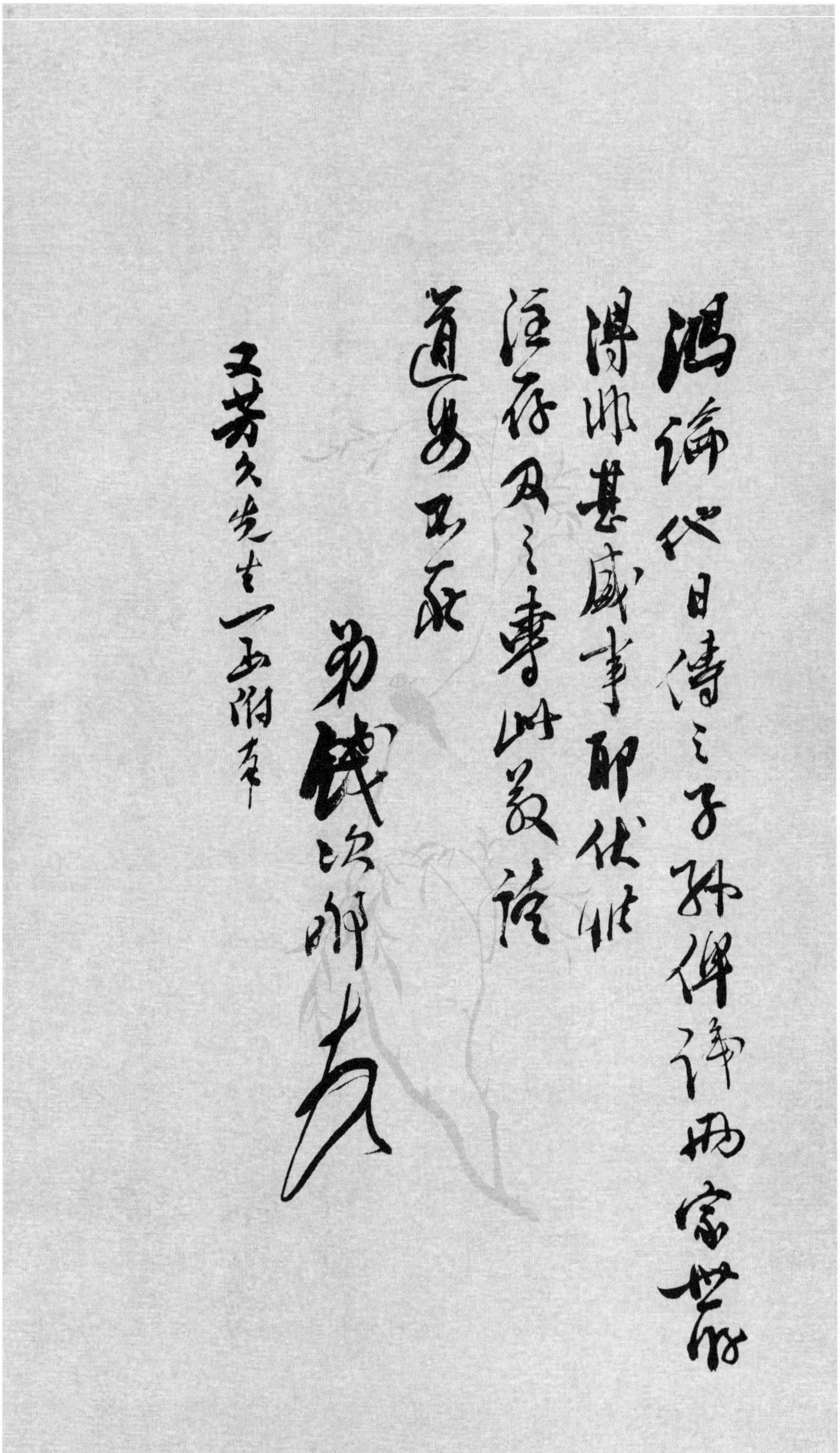
鴻論代日傳之子孫俾讀兩家世好
得冊甚感事耶伏維
注存及之專此敬請
道安不莊
弟錢次卿大
又芳久先生一函附奉

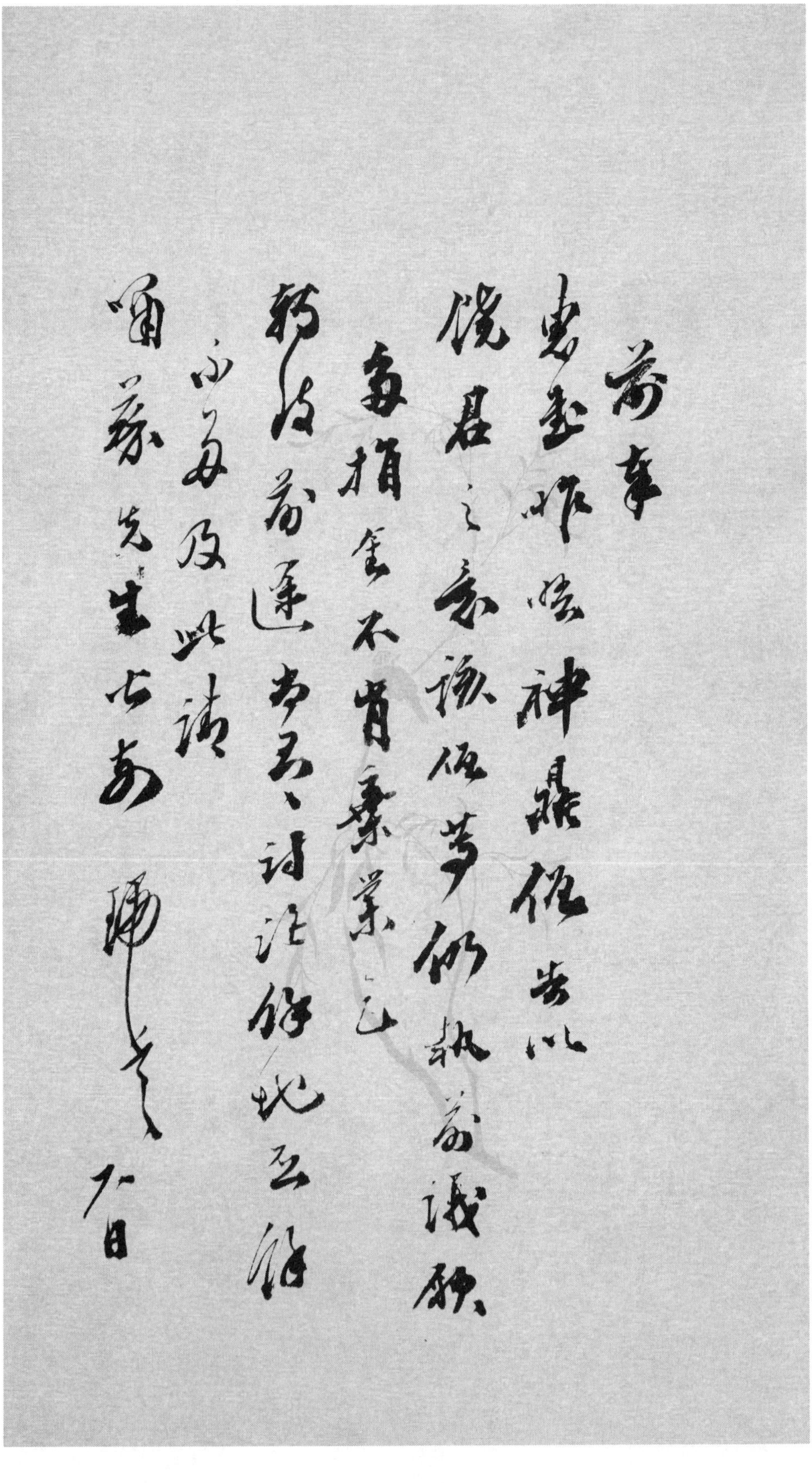

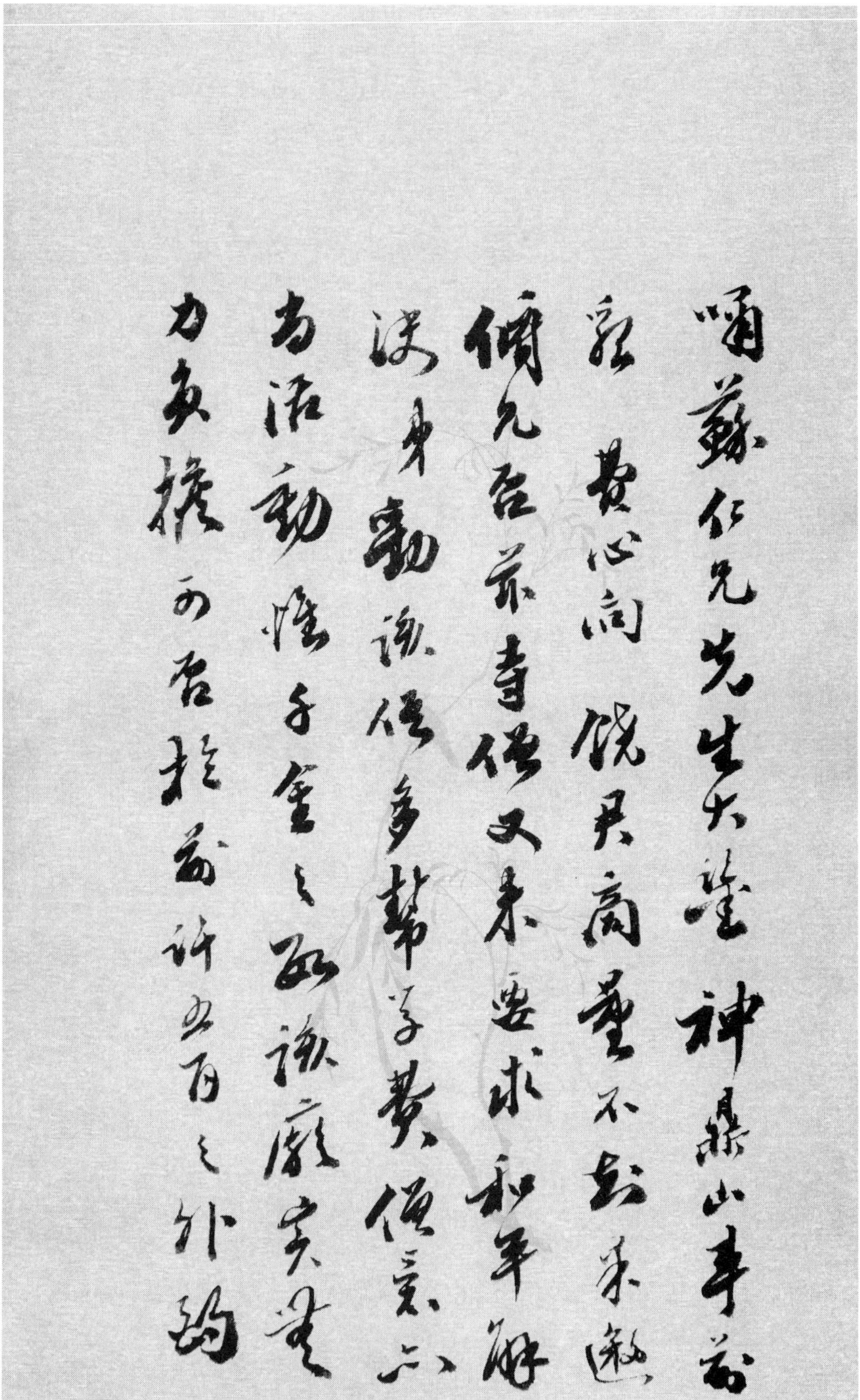

嗣蘇仁兄先生大鑒：神縣山車前
亂費心周，饒具高量，不盡承邀
備允吾蘇寺借文，未要求和年解
送身勸諭，俟多幫等費，俟靠六
為活動，慎手全之功，諭嚴實是
力多據而吾於蘇許如何之外鉤

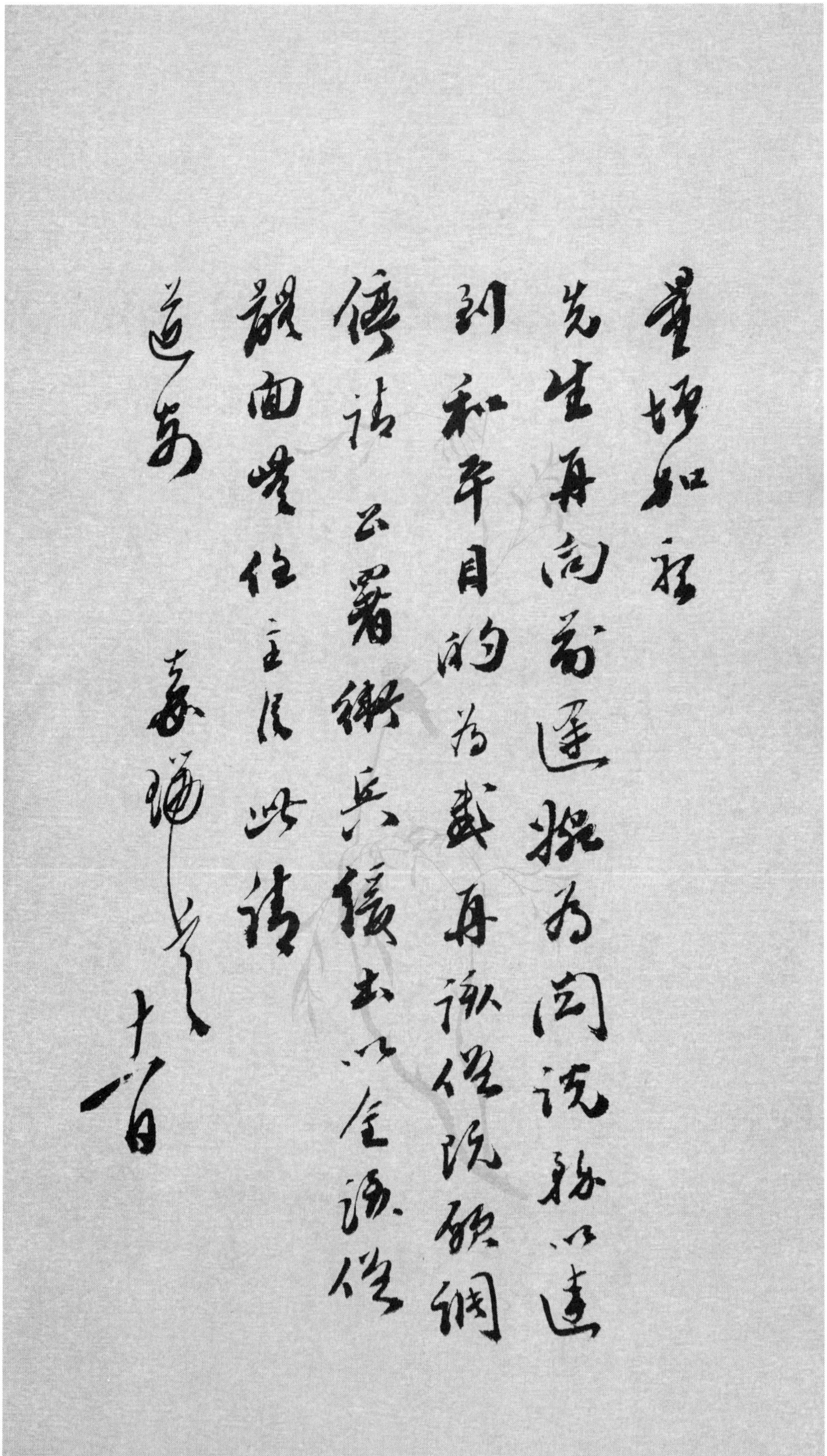

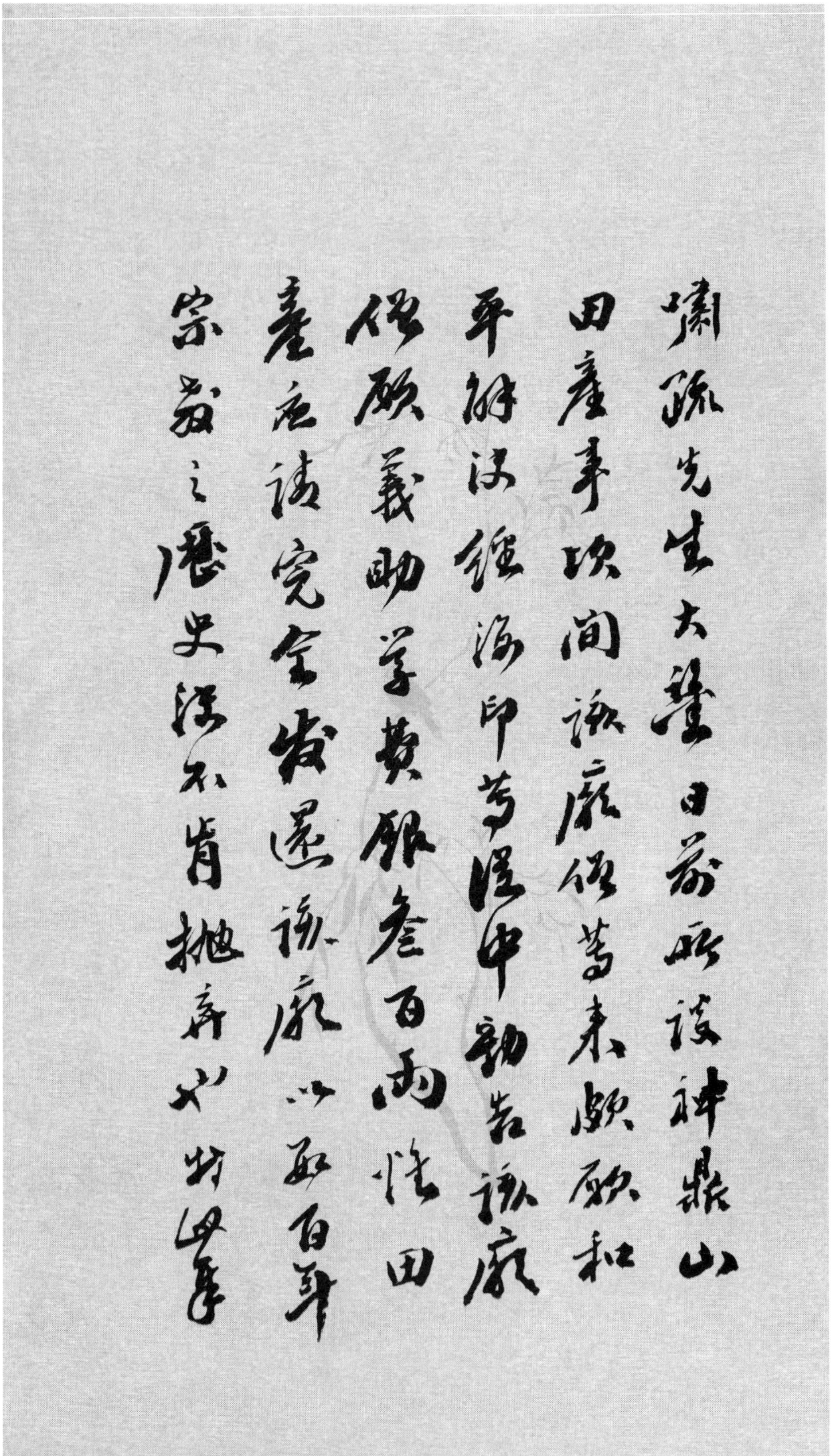
瀟疏先生大鑒：日前所談神鼎山
田產事，頃聞譚康侯萬來頗願和
平解決，經海印等從中勸告譚康
侯願義助學費銀叁百兩，惟田
產應請完全發還譚康，以存百年
宗教之歷史，諒不肯拋棄於此舉

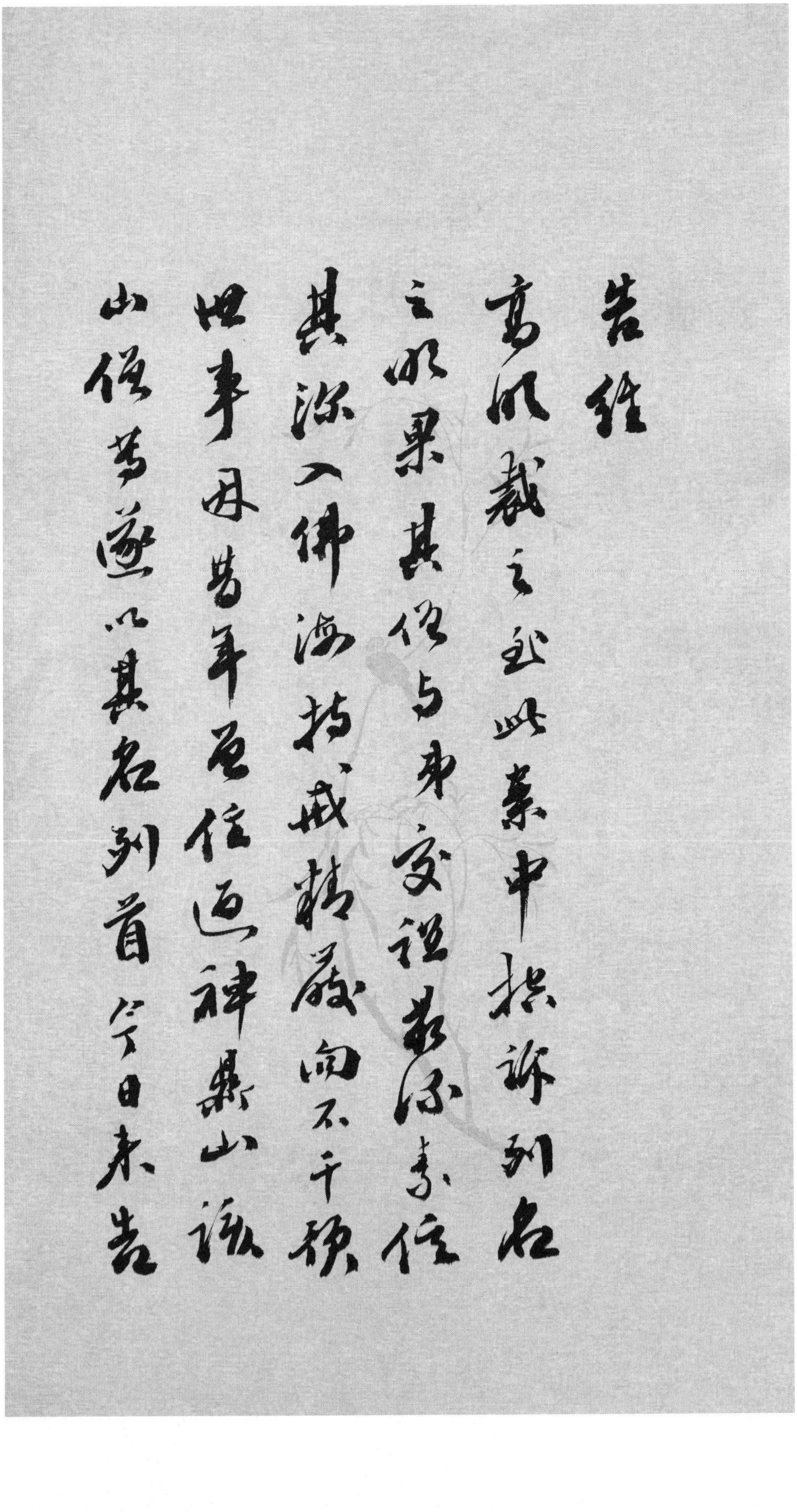

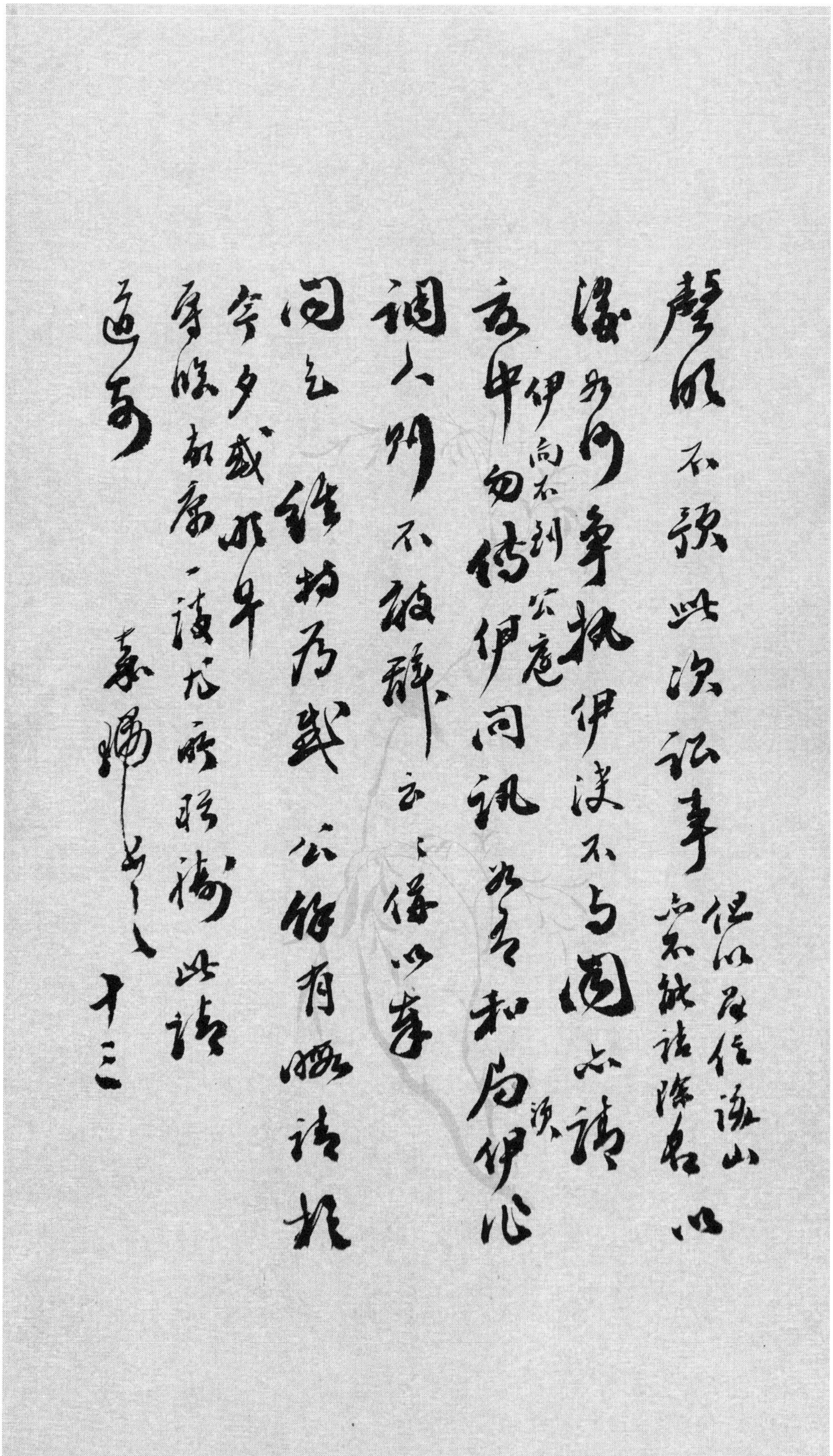

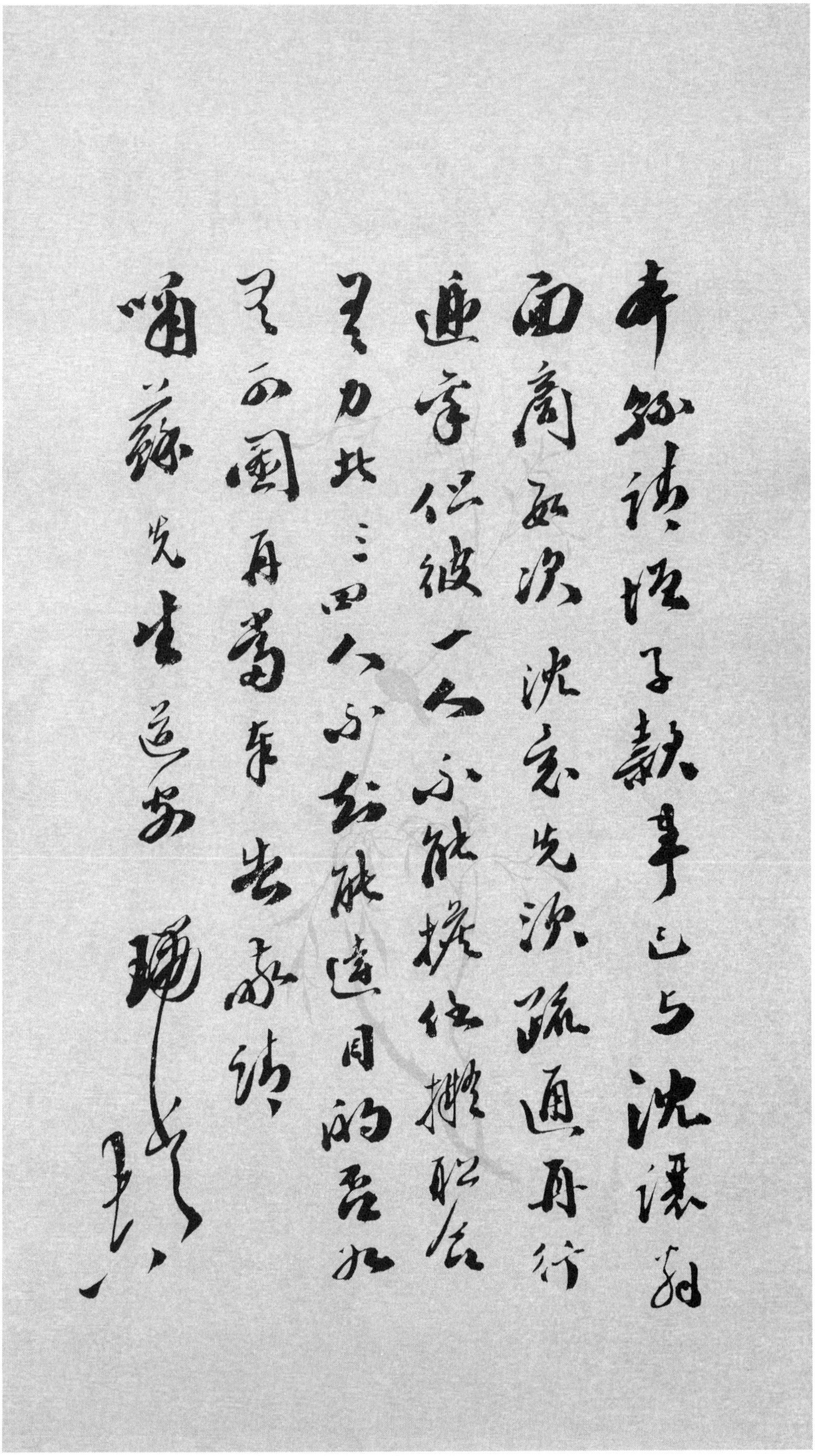

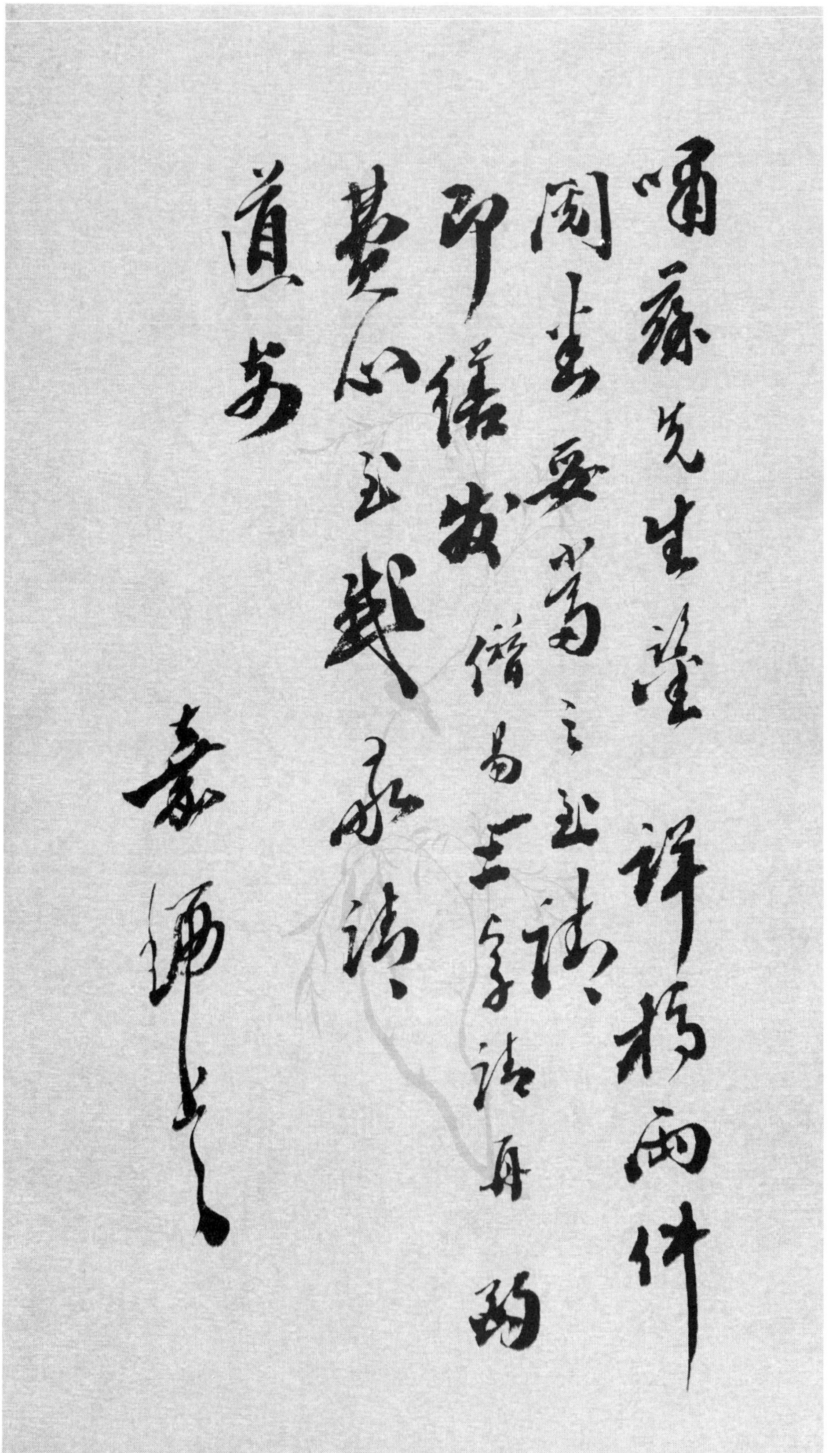

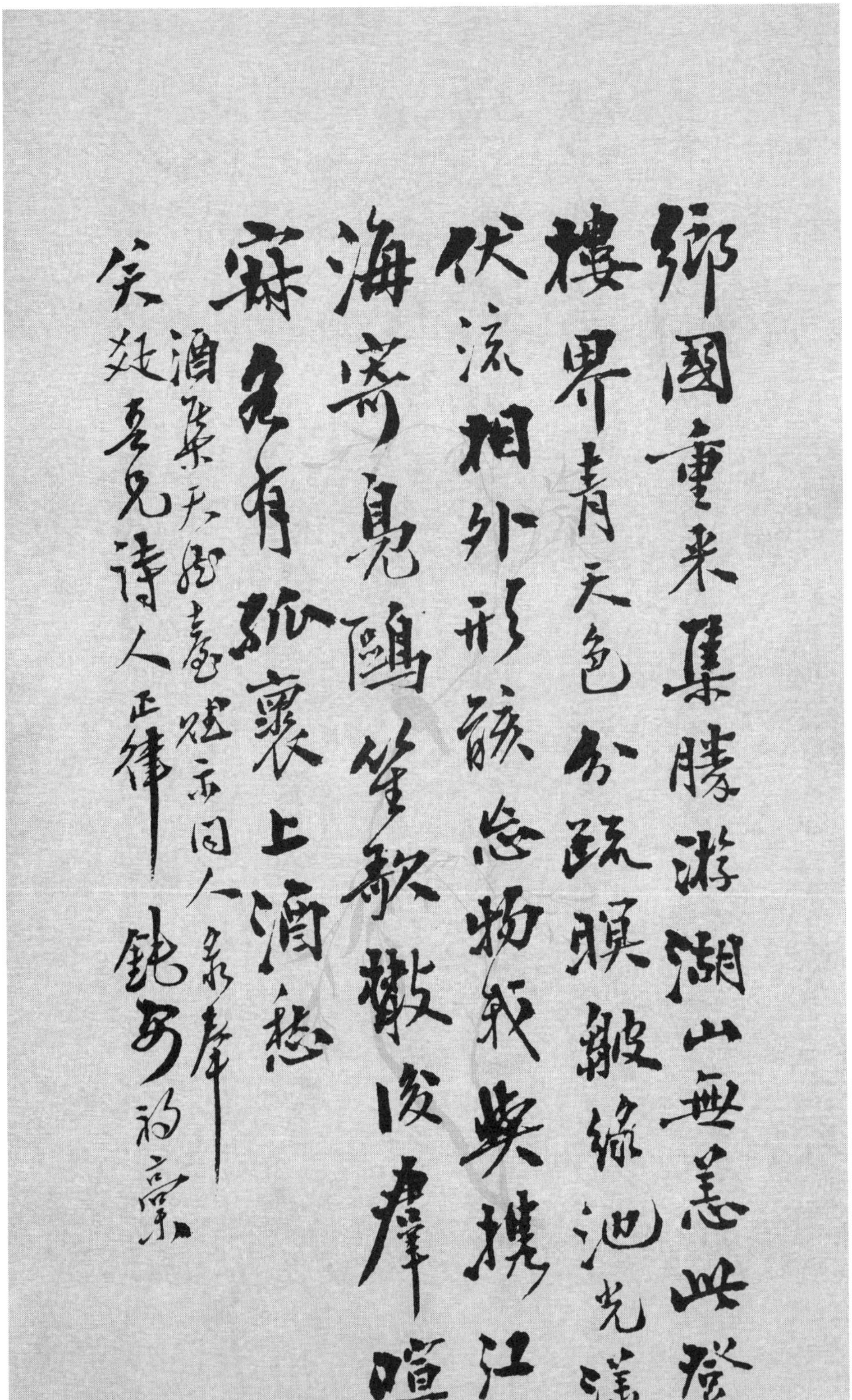
鄉國重來集勝游湖山無恙此登
樓界青天色分疏膜皺綠池光漾
伏流相外形骸忘物我與携江
海寄鳧鷗笙歌散後摩喧
寂有孤懷上酒愁
酒集天風臺賦示同人
笑廷吾兄詩人正律 鈍安初稾

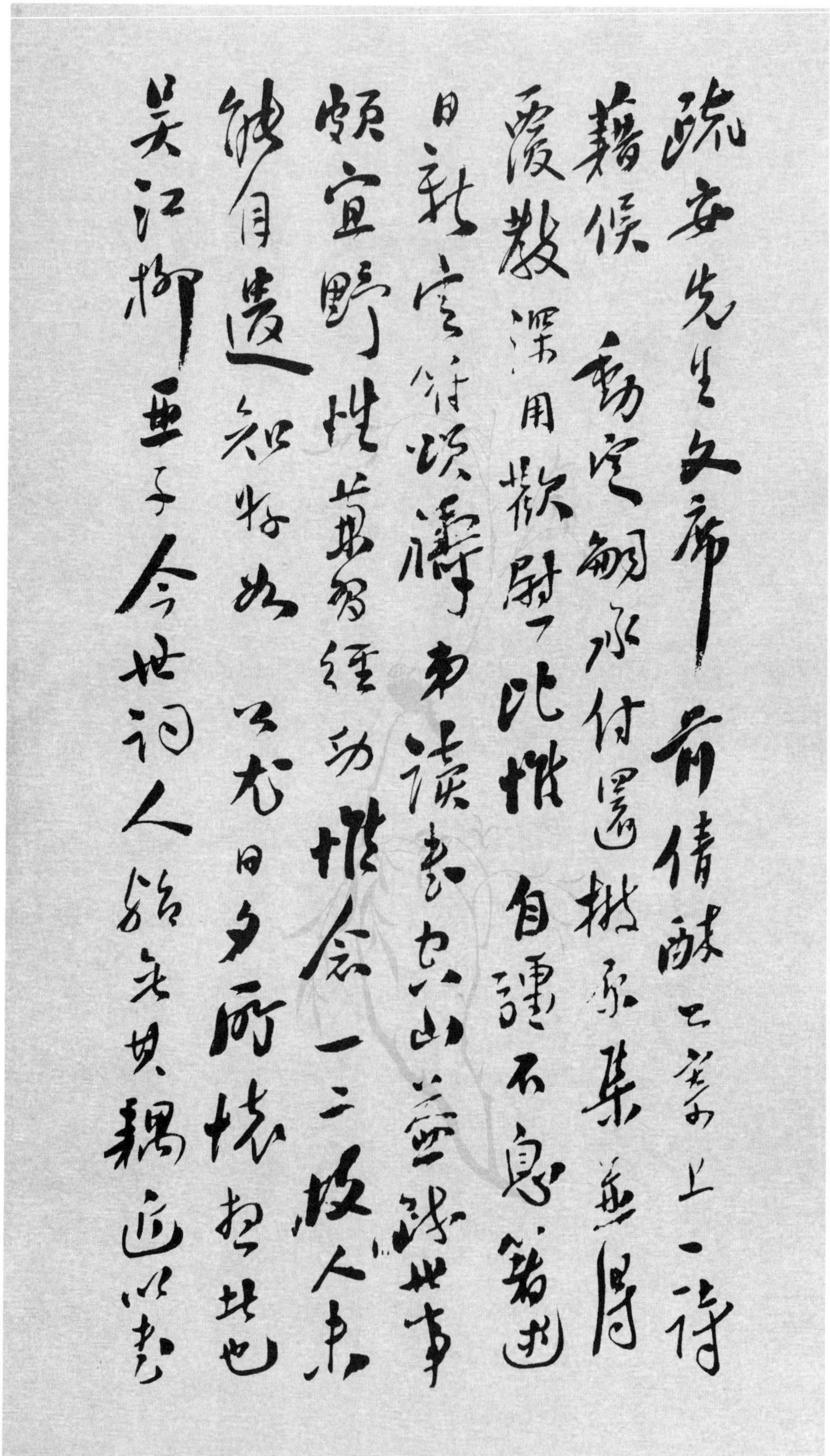

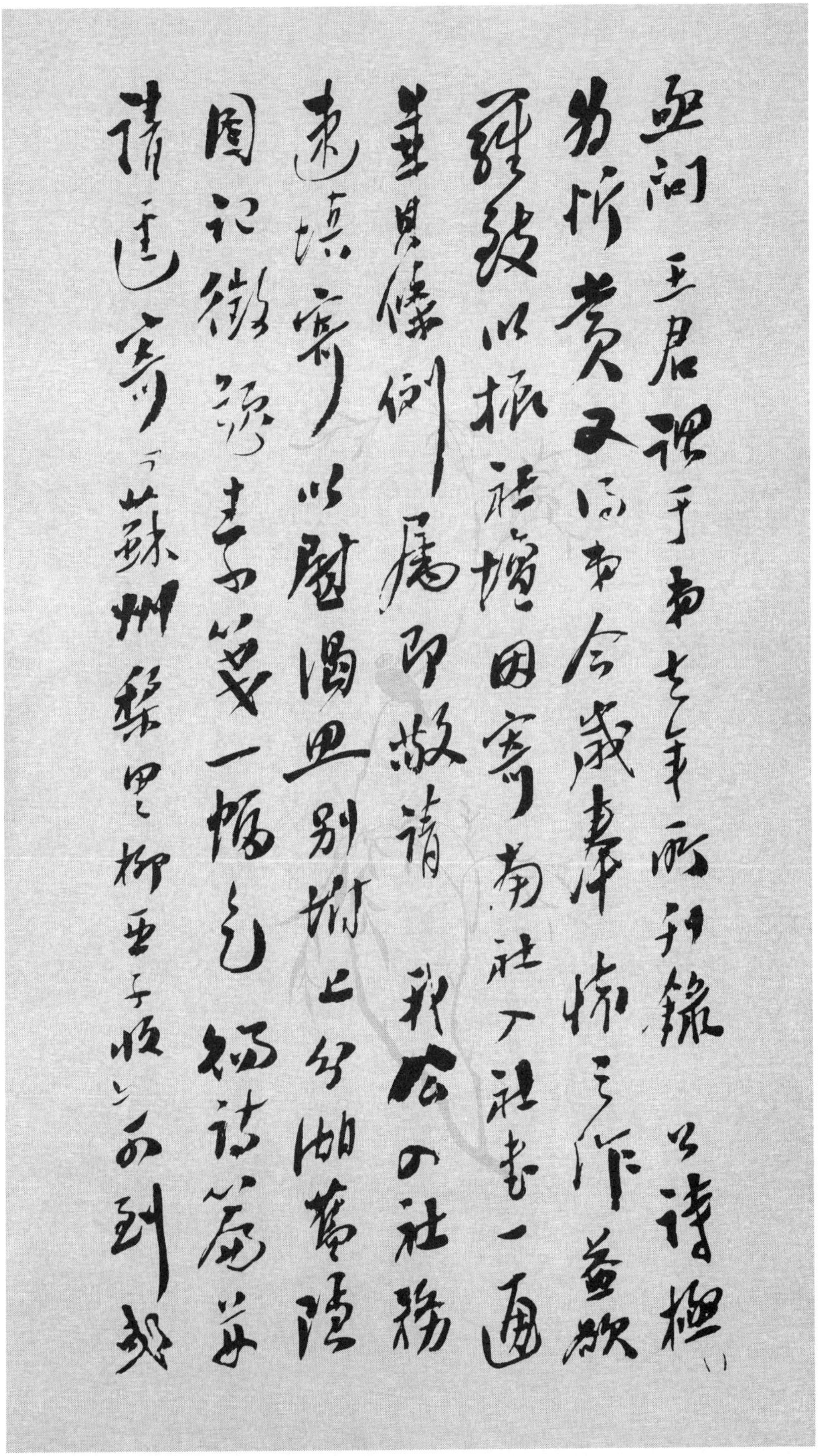
亟聞王君理平南社年來所刊錄以詩極(二)
爲忻賞又倡南社今歲奉佈之作益欲
鼓舞後以振社壇因寄南社丁社書一通
並見儀例屬即敬請我公以社務
速填寄以圖湘中別樹上紀湖南隱
園記徵題書箋一幅乞偏請諸篇並
請速寄下蘇州黎里柳亞子收之亦到後

題圖須暇即請先填入社芸齋寄去

俟稿講也但紹人用事与諸談已是此舉

本弟久念未發之事何期丑年反先發之

只亦從東瘋同契之雅近莊詩定每何

不從早寫示俾竊近功別錄教作乞

賡正雪儕硯凍便草不盡即誦

冬安

弟屯艮頓首　十二月初四日

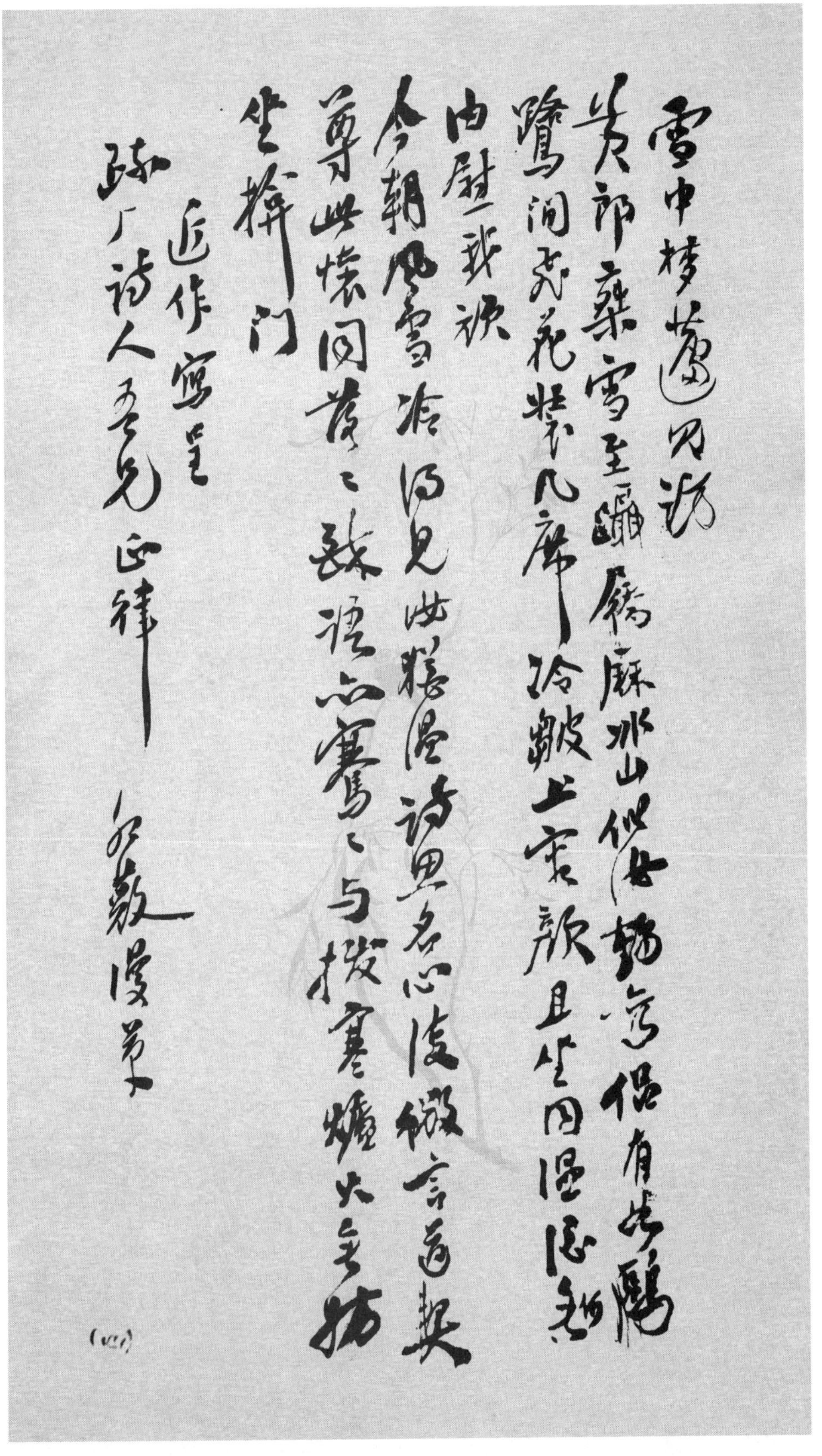
雪中樓蘅過見訪
芳郊棄雪至蹣跚麻冰山似女嬌為侶有老鶴
鷺澗[illegible]花紫凡庸冷皺上窗款且坐因須忘新
由尉我訣
今朝風雪猶見此難得詩思名心俱微言道契
尊此懷同黃黃茲種心寒寒與拔塞爐火無梅
坐榮門
近作寫呈
跡厂詩人吾兄正律——　弟敬漫草
（四）

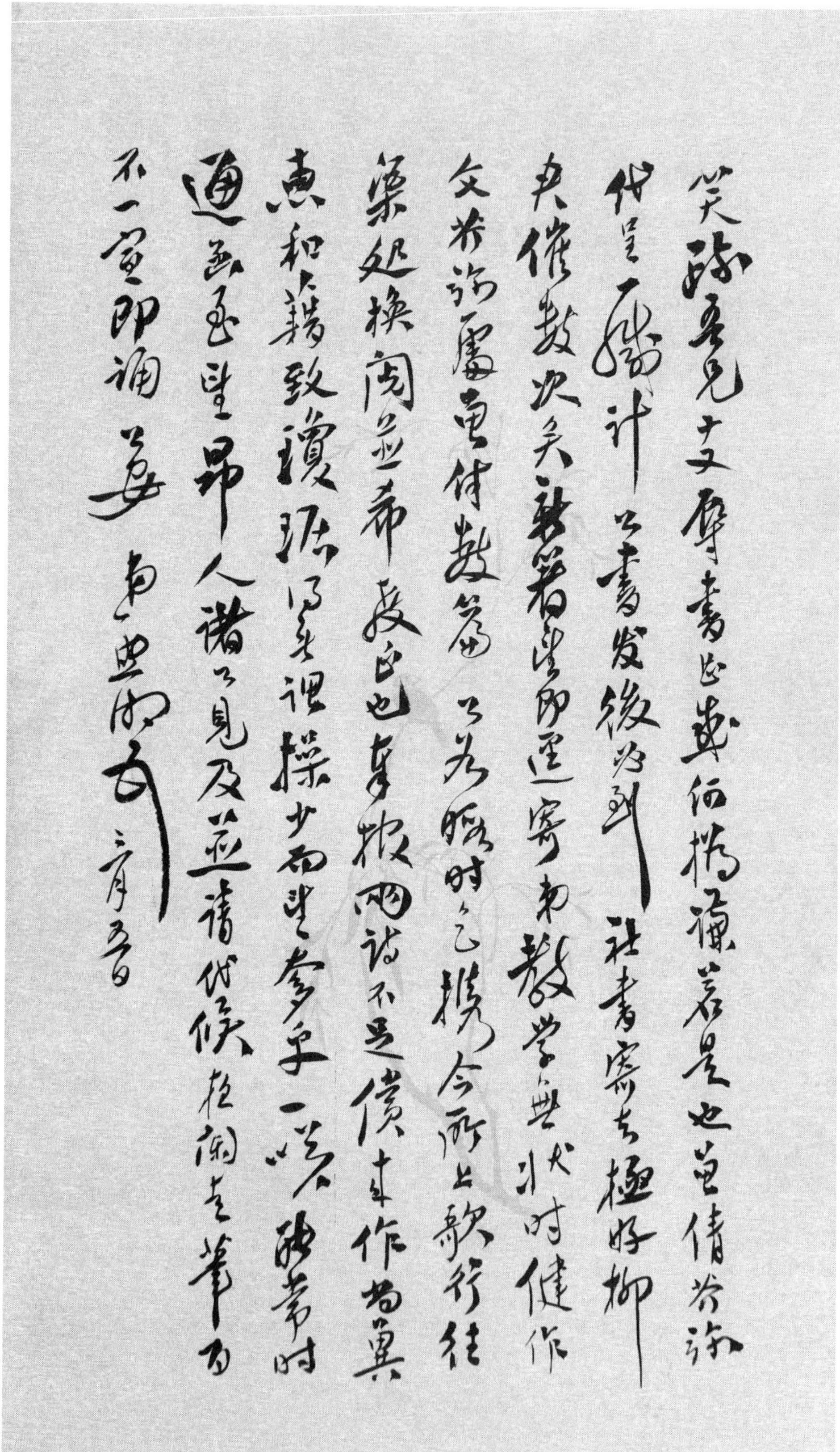

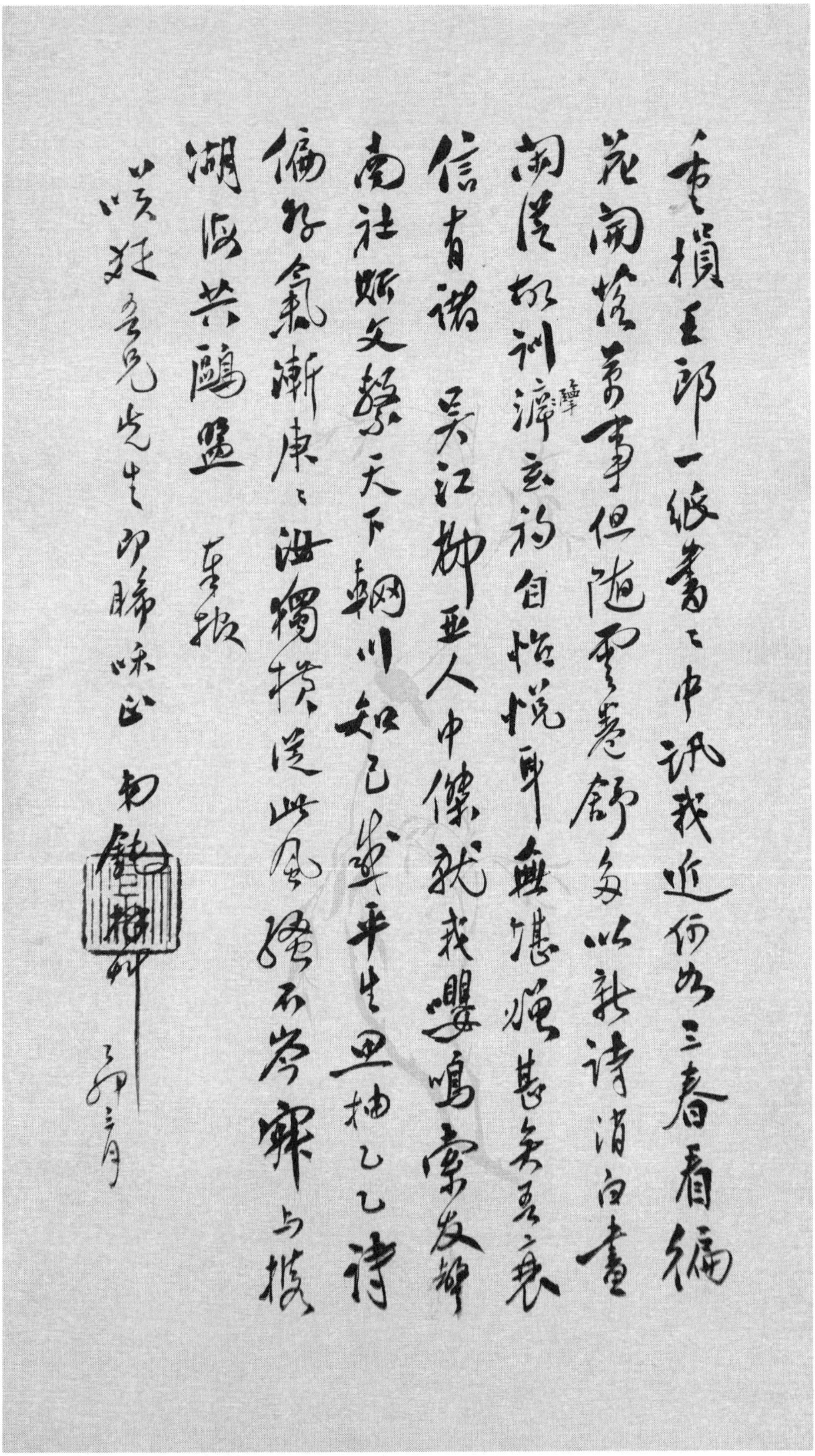

香損王郎一紙書，書中訊我近何如。三春看遍花開落，萬事但隨雲卷舒。多以新詩消白晝，閒從故紙擘玄箋。自怡悅，平無堪煩，甚矣吾衰信有諸。吳江柳亞人中傑，就我嚶鳴索友聲。南社蜚文驚天下，輞川知己半平生。思抽乙乙詩偏好，氣漸康康海獨橫。從此風騷不寂寞，與携湖海共鷗盟。率報

以咲狂

亞子先生即歸咏正　弟鈍安　乙卯三月

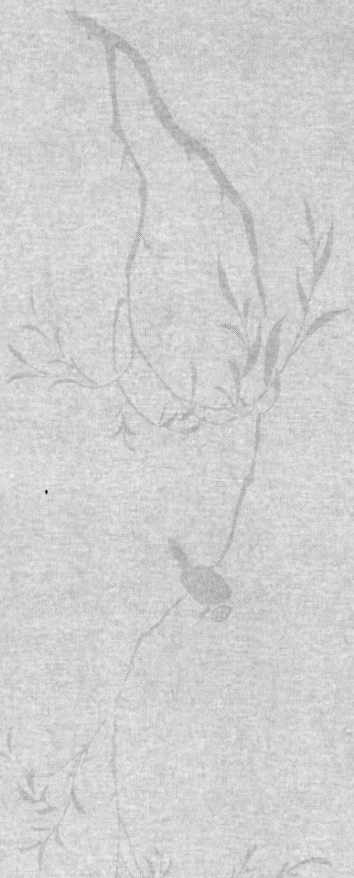

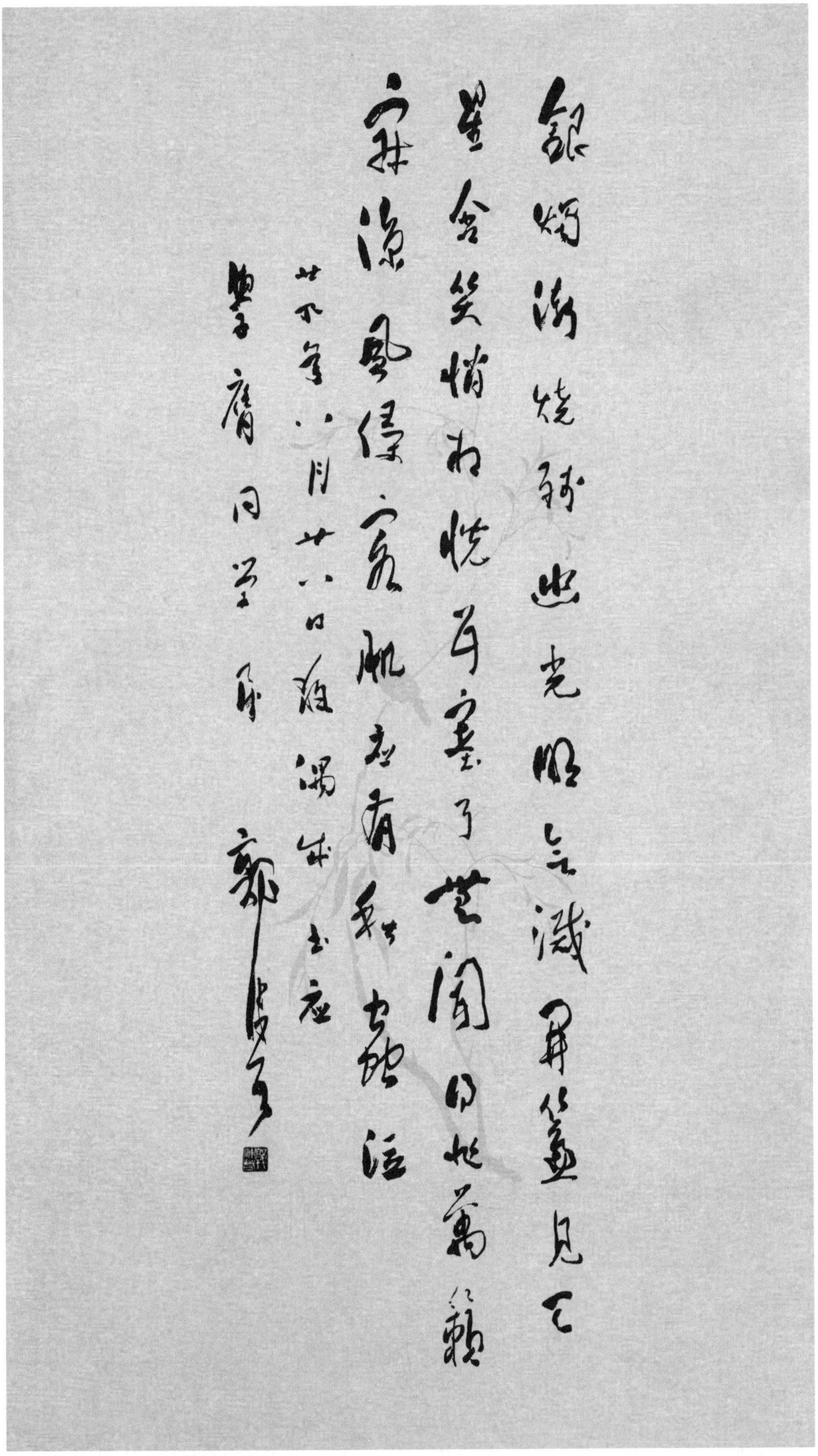
學膺同學屬
郭沫若

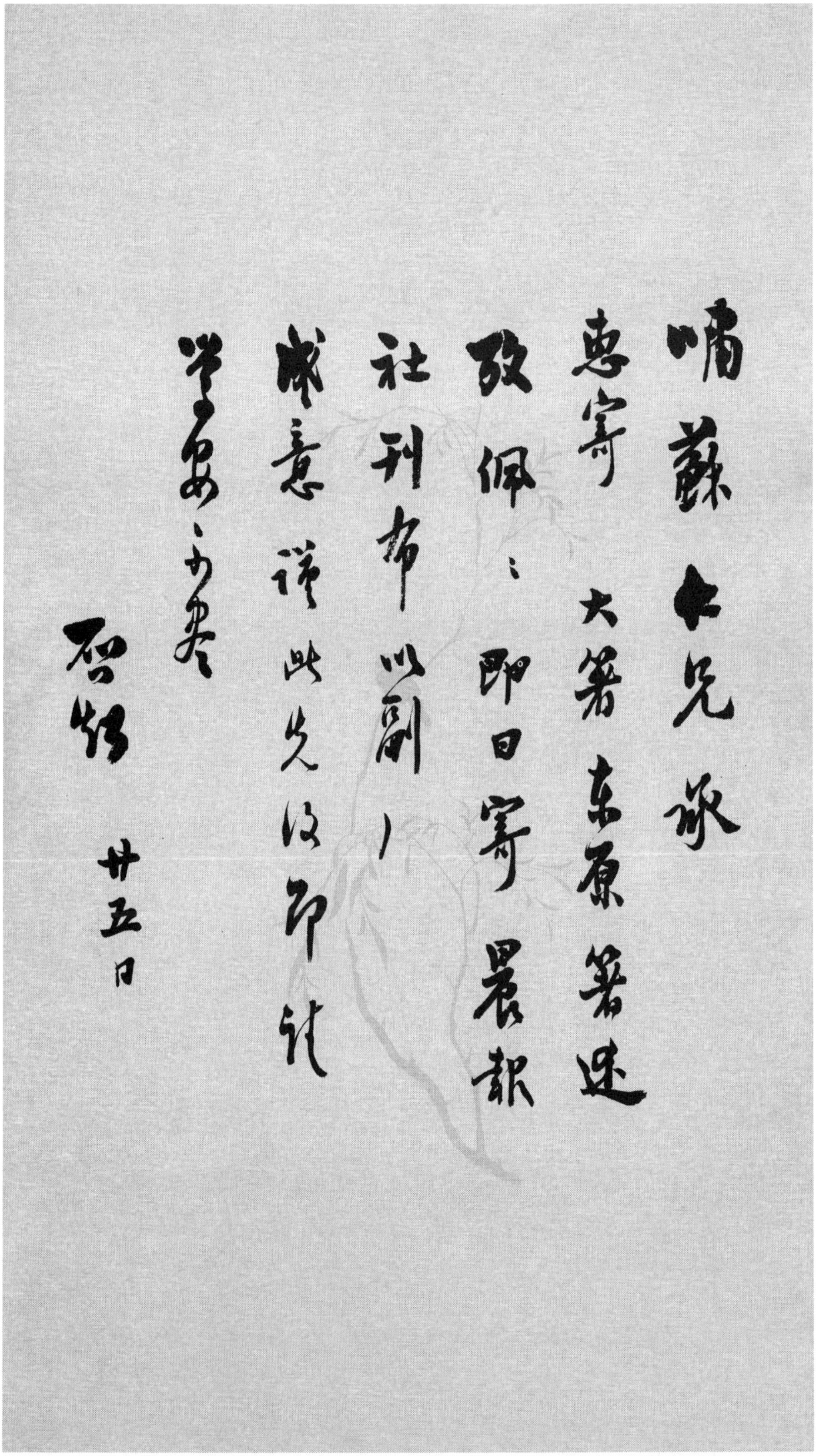
晴蘇仁兄承
惠寄　大著東原著述
敬佩敬佩，即日寄晨報
社刊布，以副
盛意。謹此先復，即頌
學安。不具。
啓超
廿五日

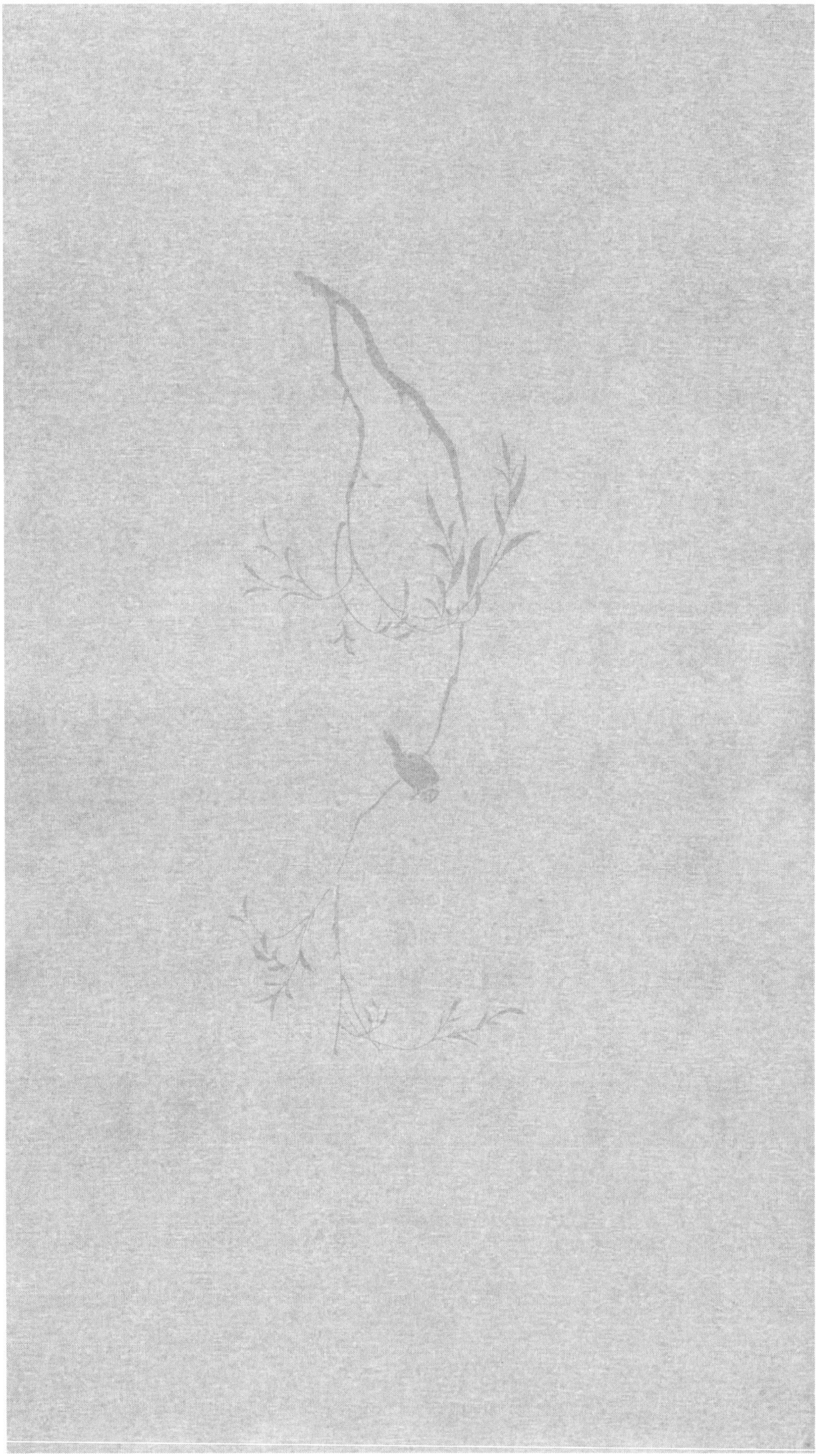

去夏作蜀游行抵鄂渚聞淮徐恚陷倉黃旋里秋後再出留滯宜山者六閱月始由黔入辰積微東園韻笙斑盦午亭紹賓諸公相見勞苦命酌洗塵 東園首賦長句見貽 諸公賡和重疊文酒談諧幾無虛日何意蠻鄉乃得此樂敬依原韵奉酬一章

倦途羣老喜相逢文讌委蛇退自公祭酒共尊南閣叟辯香遙屬雪堂翁驚心烽火頭俱白出手篇章語盡工歎我久如春後絮回風西去又還東

斑盦先生詩家正律 誦帚呈草

疏盦先生出示詞卷余妄為點勘方深
皇恐而　先生以詞謝敬賦三絕用賫
高懷即希　政之　誦帚初稾

碧山巖壑秀南朝四印風流未寂寥絕
愛君家家法在敢將雞鶩故相調
海角銅街似夢過唱殘春水夢都訛勞
君寫記當時語華屋山邱感喟多
譽華自飲香名久襟袌還同敬禮隨尊
湯相逢感漂泊才人身世例顛連

高陽臺 昨寥放櫂東湖露明荷淨中微波乍生公輪旋碎化為千萬光景絕奇得層波四字而醒時急雨猶屋餘寒在衾淒然其如秋也悵觸前塵黯然賦之

雙槳千荷層波萬月扁舟又落東湖浴露閙鷗于今也似城烏淺波幾度要瓊珮更幾回弔楚歌呼祘都成翳眼空花事往難摹傷心羣玉神僊府有西崑樓關東壁圖書碧靄千門晴霄萬彎明珠雲屛未穩華胥寥早無端海換桑枯但牽情故宇神游處滿菰蒲

解語花 壬申上元淞滬戰事方烈故京鐙市

甚罷客枕無寐竟夕憂危翌日綦

龍寫示和清真此調約同作繼聲

賦盦

烘蓮舊節唳鶴嚴城危睇酸風射紺烟浮

瓦觚棱外悄悄素蟾西下悲撾變雅暗惹起

愁絲千把清漏闌猶倚香篝冷繡薰殘麝

還記珠光不夜稱承平年少人物妍冶翠韉

朱帕籠紗底對立秀鬟驕馬豪華寥也休苦

恁狂飆吹謝爭柰他深鎖千門教好春都罷

疑盦詞兄命錄舊作即希改誤 誦帚

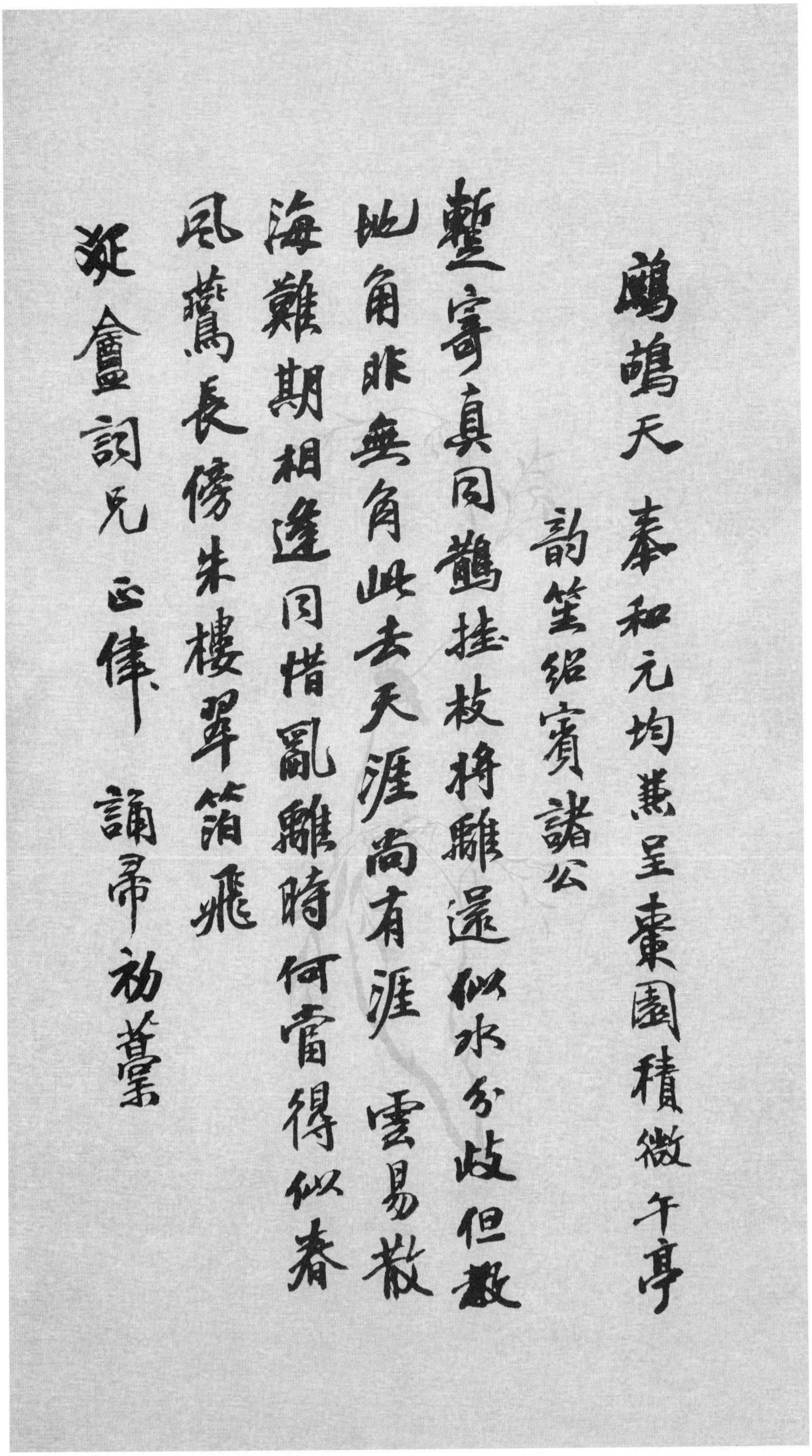
鷓鴣天 奉和元均兼呈東園積微午亭
韵笙紹賓諸公
蟄寄真同鷦挂枝，將雛還似水分歧。但教
地角非無角，此去天涯尚有涯。雲易散，
海難期，相逢同惜亂離時。何當得似春
風鷰，長傍朱樓翠箔飛。
延龕詞兄正律 誦帚初藁

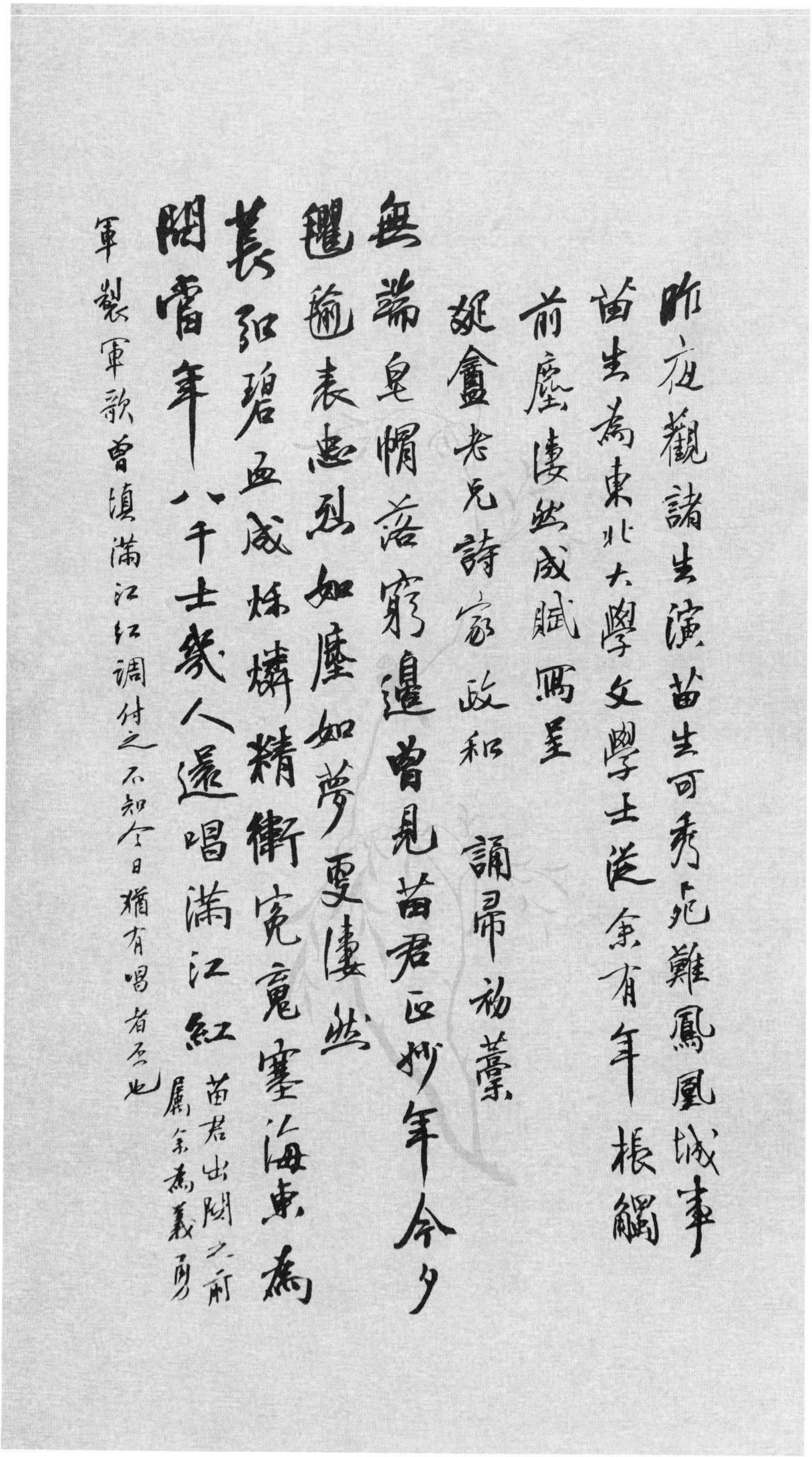

昨夜觀諸生演苗生可秀兒難鳳凰城事
苗生為東北大學文學士從余有年悵觸
前塵淒然成賦寫呈
姬盦老兄詩家政和　誦帚初藁
無端皂帽落窮邊曾見苗君正妙年今夕
遷逾表忠烈如塵如夢更淒然
萇弘碧血成烽燧精衛冤竄塞海東為
問當年八千士幾人還唱滿江紅　苗君出關之前屬余為義勇
軍製軍歌曾填滿江紅調付之不知今日猶有唱者否也

疏齋出示詞卷余妄為點勘方深皇愧
而疏齋有詞畣謝敬賦三絕用酬
高誼
碧山巖壑秀南朝四印風流未對宗絕
愛君家家法在敢將雞鶩故相調
海角銅街似寥過唱酬春水夢都訛勞
君寫記當時語華屋山邱感喟多
詞華自飲香名久襟懷還同敬禮賢莫
湯相逢感漂泊才人身世例顛連
疏齋我兄詞家吟几 弟誦帚呈稾

聲聲慢

人如花瘦夢與雲荒清尊倦領殘秋墜葉風中伊涼調轉新愁河山縱然無恙莽烟塵還怕登樓書淚卷甚白頭歌酒仍滯西州應是鈞天沉醉放腥涎蝸角蠻觸相仇佩委蘭襄誰哀無女高丘漫教片帆歸得奈故山猿鶴都休情正苦聽創鴻聲度蓼洲

近作此調寫寄

味蘇詞兄 正律 知秋錄藁

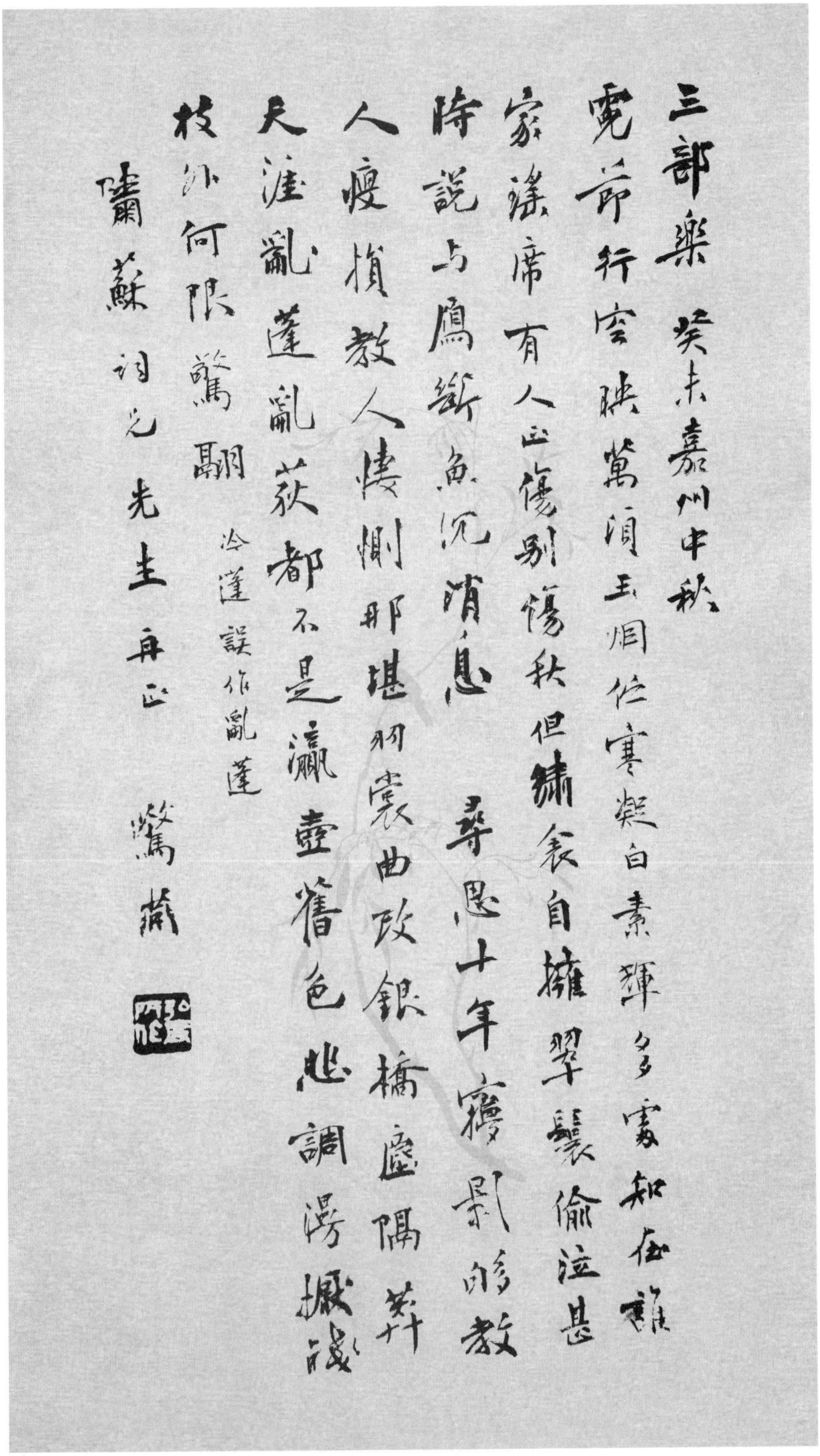
三部樂　癸未嘉州中秋
霓節行空，映萬頃玉烟，化寒凝白。素輝多處，知在誰家簾席。有人正、傷別傷秋，但綉衾自擁，翠鬟偷泣。甚時說與，雁斷魚沉消息。　尋思十年寄影，能教人瘦損，教人悽惻。那堪羽裳曲改，銀橋塵隔。若為天涯亂蓬亂荻，都不是、瀛壺舊色。悲調瀉、擬枝外何限驚翮。
冷蓬誤作亂蓬
嘯蘇詞丈先生再正　鷲撝

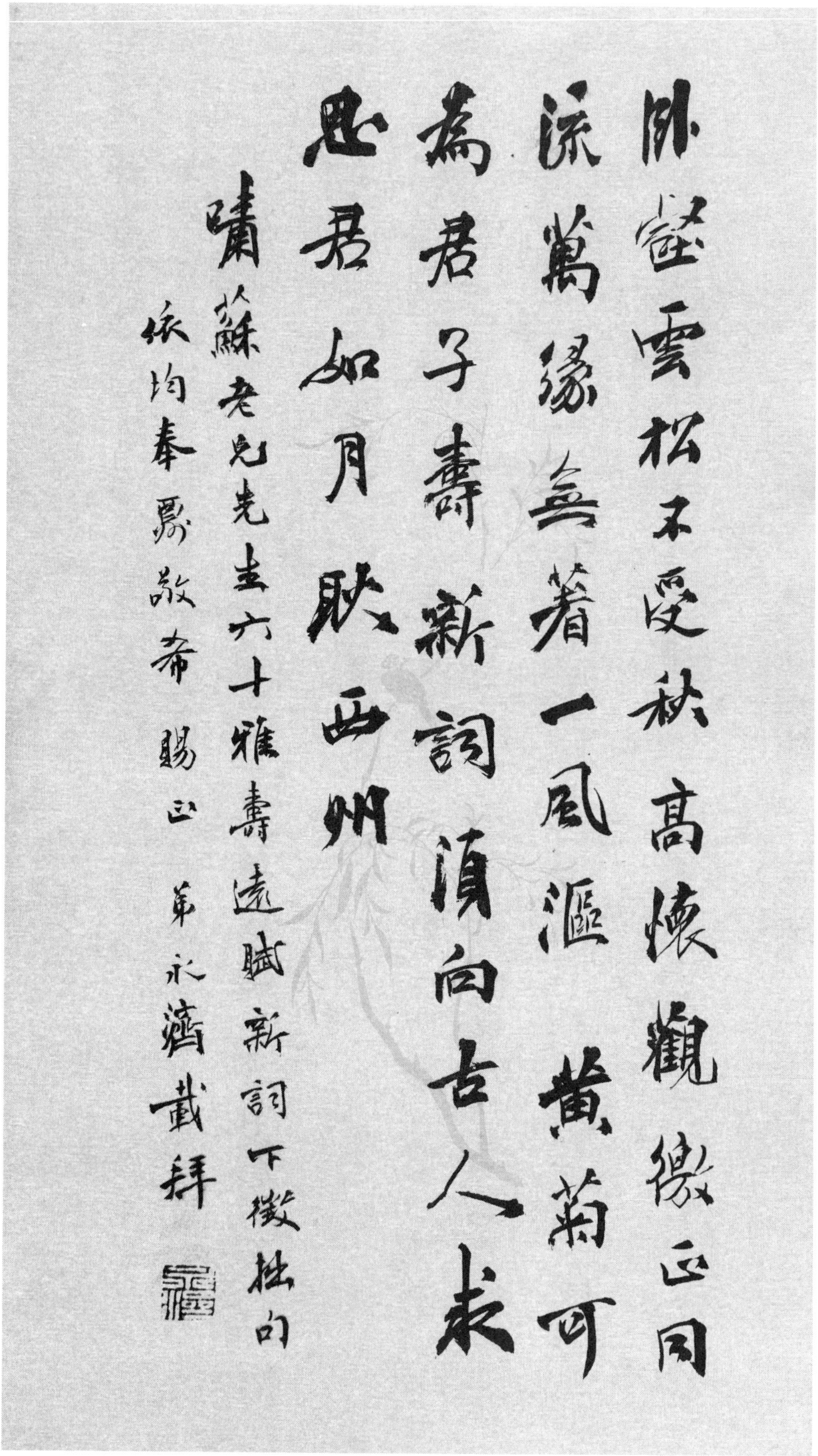
排疊雲松不受秋高懷觀徼正同
流篤緣無着一風漚黃菊可
爲君子壽新詞須向古人求
思君如月耿西州
晴蓀老先生六十雅壽遠賦新詞下徵拙句
依均奉酬敬希　賜正　弟永濬載拜

朝中措

十年辛苦閱興亡陳迹漸微茫賸有縹緗香冢回環
盡耽愁腸 文難乞巧書難乞米舊業粃糠漫謝曹
瞞老學何殊懸度過平江

鷓鴣天 中秋同家人玩月

玉斧新修寶鏡成姮娥臨夜斂雲屏初飄桂殿無雙
曲共舞瑤臺第一層 光滿抱酒盈觴當頭猶見月
華清莫教老去悲秋意減卻兒曹樂賞情

烏夜啼 不寐達旦

老桂香濃破睡疏櫺月悄悽寬迢迢涼夜去無痕獨

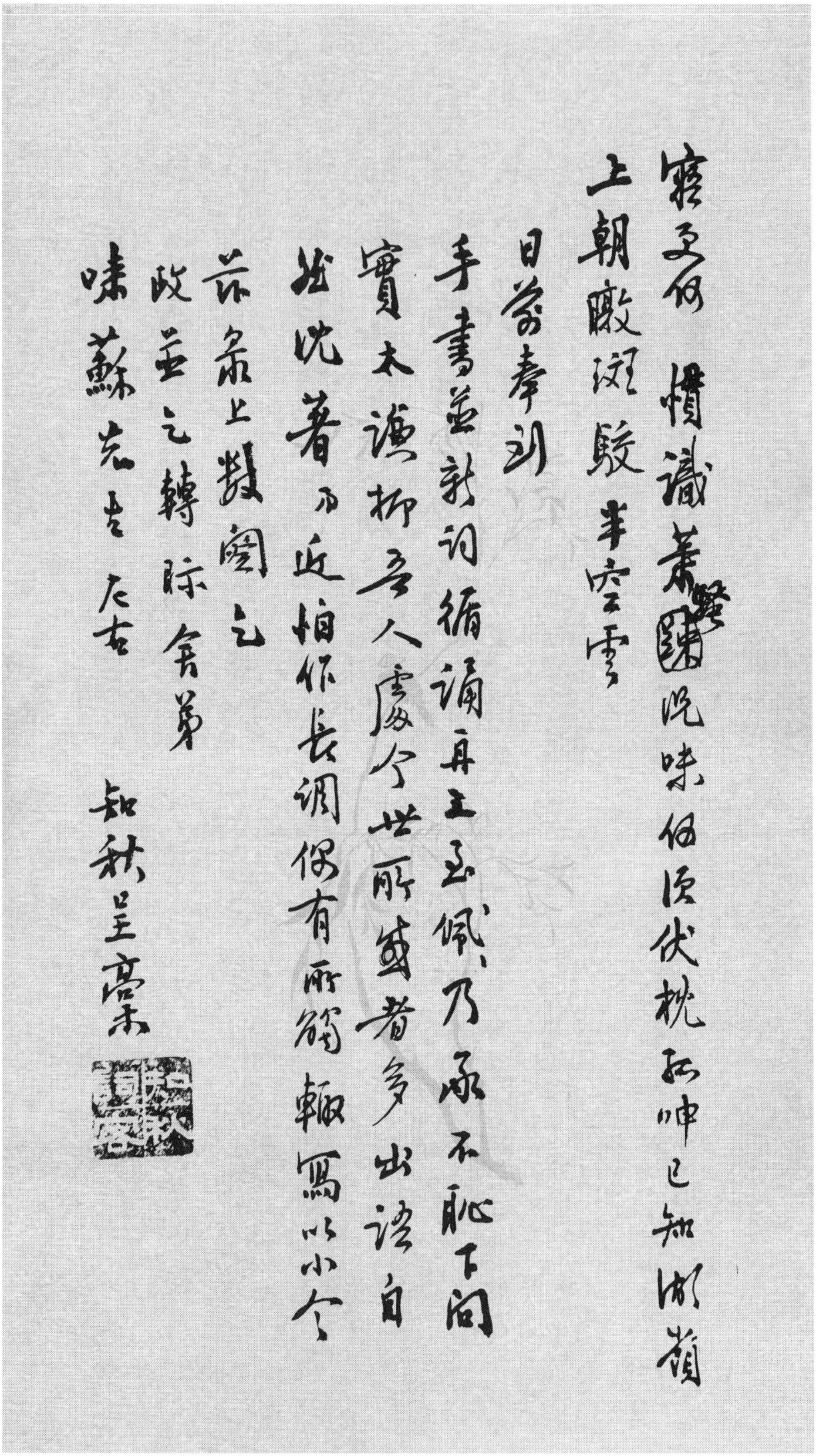
寐叟何慣識蕭疏況味何須伏枕知冲已知渺蘋
上朝暾斑駁半空雲
日前奉到
手書並新詞循誦再五佩乃承不恥下問
實太謙抑吾人處今世所難者多出語自
然沈著而近柏作長調似有所觸輒寫以小令
亦兼上擬圖之
政並乞轉際倉弟
味蘇先生左右　知秋呈稟

延龕老兄侍右 二月二日
手書至昨日始到捧誦
和詩如見
顏色不但開罣然而生喜也湖大計已
開講東園想已到校豢龍是否仍
滯洪江此間稍得其一職遂寂然矣紹
周反古則久不通問甚念念也聞湖大聯
有風波近日料已平靖原因如何能
示其緊否拙作別紙錄呈乞此教復順頌
撰安
弟永濟頓首 十七

喜聞邕寧告捷

久望邕寧捷，欣聞羽檄傳。豪酋輕犯順，上將早籌邊。士馬含餘怒，山川返舊妍。重黎頒寶曆，應紀破倭年。

鷓鴣天

雷戶新陰耿次成，鬥檐乳雀語分明。年來漸覺韶光貴，老去何緣塊壘平。貪心肉，病添醒，撐腸文字尚峥嶸。算鸞地向峨義盡，從古崑崙是帝京。

積微、東園、咸謀、延盦諸兄同政　鸞鷟 [illegible]

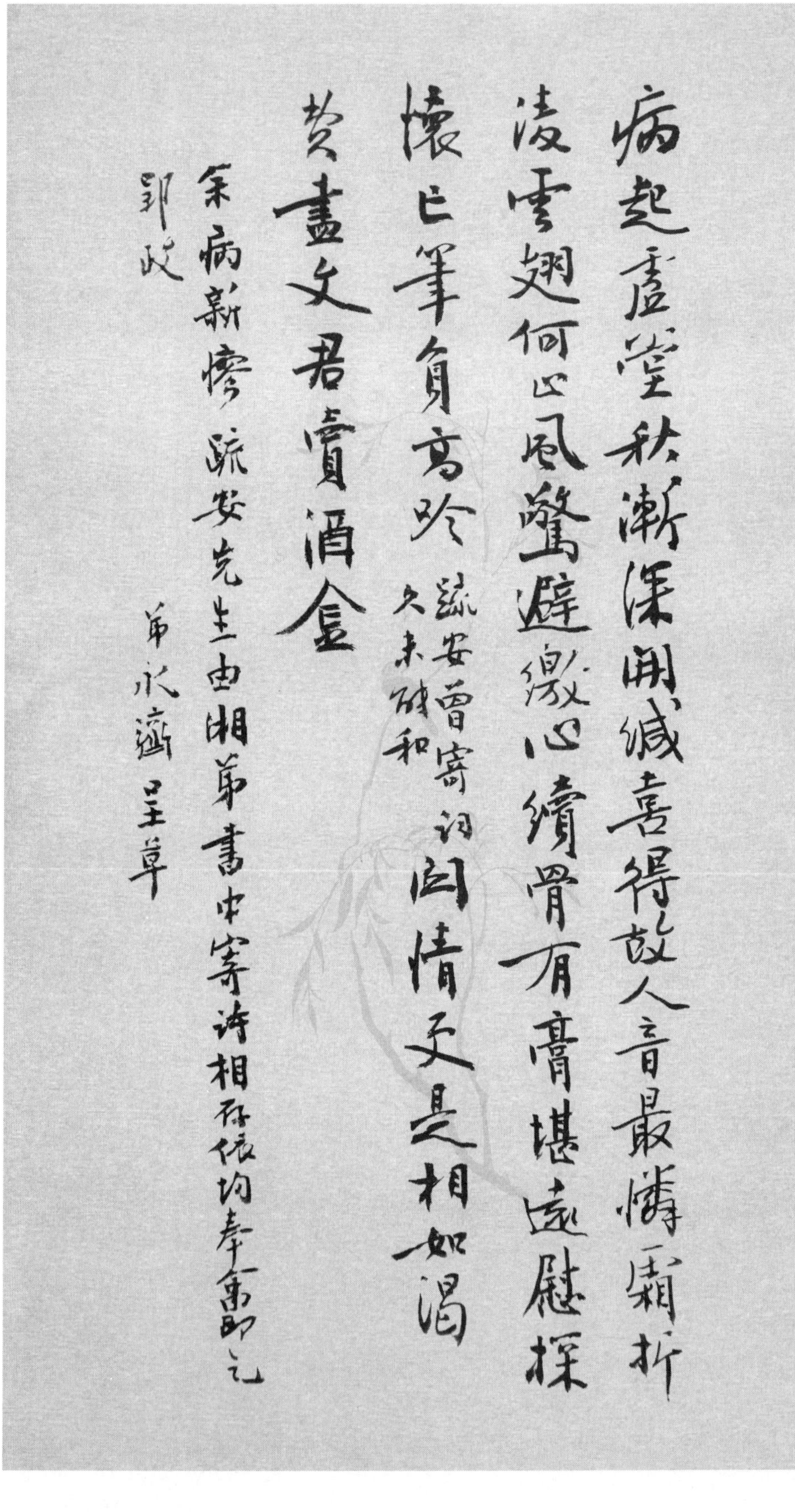
病起虛堂秋漸深閒緘喜得故人音最憐霜折
淩雲翅何必風驚避繳心續骨有膏堪遠慰探
懷已筆負高吟　疏安曾寄詞久未賦和　閒情又是相如渴
賴盡文君賣酒金
余病新瘳疏安先生由湘第書中寄詩相存依均奉答即乞
郢政
弟永濟呈草

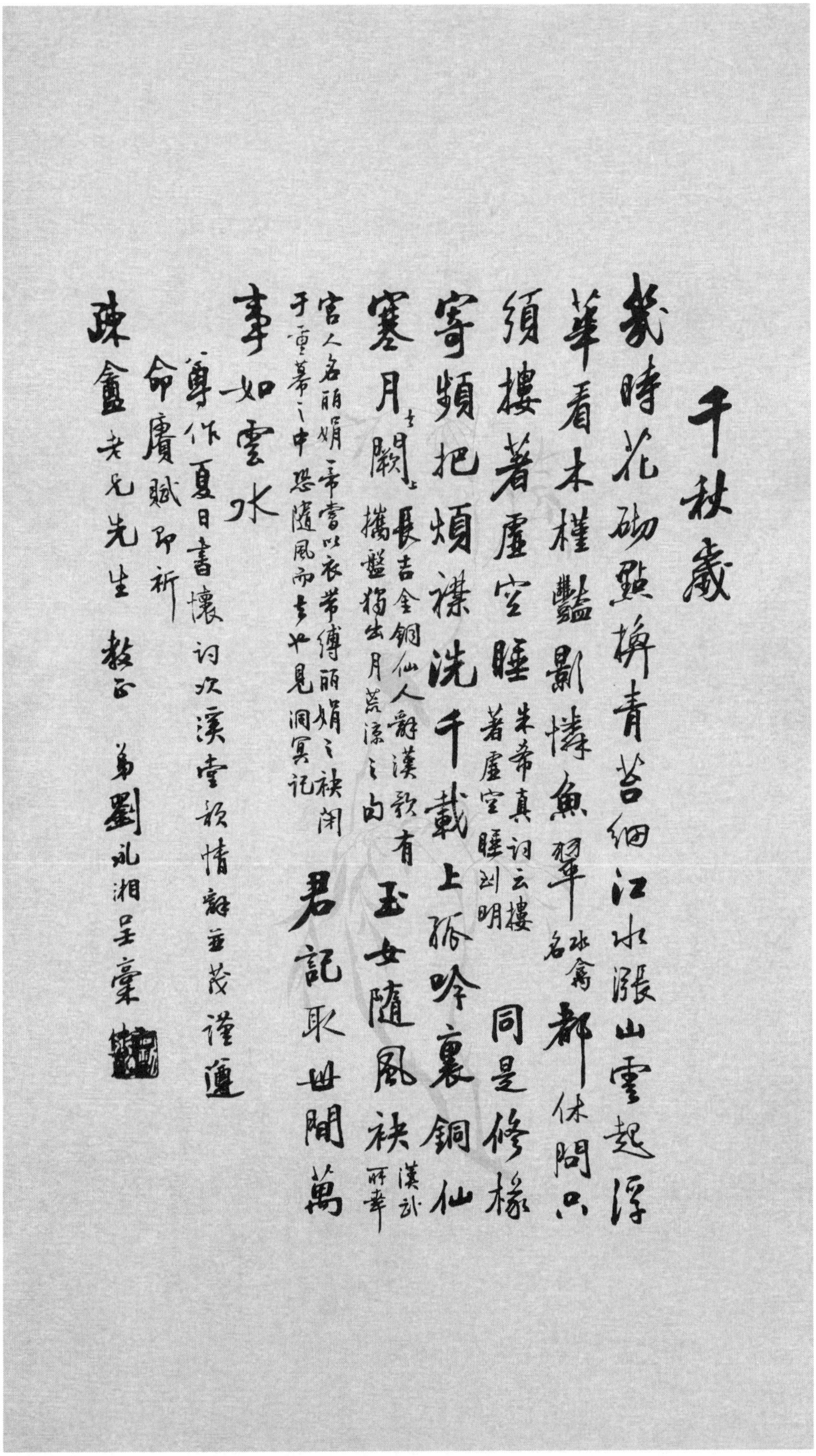
千秋歲
幾時花砌點撥青苔細江水漲山雲起浮華看木槿豔影憐魚翠（水禽名）都休問只須樓著盧空睡（朱希真詞云樓著盧空睡到明）同是修椽寄頻把頻襟洗千載上孤吟裏銅仙寒月闕（長吉金銅仙人辭漢歌有攜盤獨出月荒涼之句）玉女隨風袂（漢武所幸宮人名麗娟帝嘗以衣帶縛麗娟之袂閉于重幕之中恐隨風而去出見洞冥記）君記取世間萬事如雲水
尊作夏日書懷詞次漢雲穎情韻並茂謹遵
命賡賦即祈
疎盦老兄先生教正　弟劉永湘呈稿

於中好　農曆庚寅正月一日　簡賀麓山各友好

遠岸初融臘去後冰麓去雲凝望繫深情
調調風動千林密浩浩波流一去葦輕鄰
遠近路斜橫去年此日去拜紫荊（范石湖詩村著冬年見俗）
情鄰翁講禮拜紫荊
人生只恨添華髮不比山頭易
轉青

拙作　敬請
疏盦老兄先生教正　即頌
賢伉儷多福
平點世兄雙佳　　弟　劉兆湘呈稾
恕
去歲移家時曾趁汽車之便未及走談也

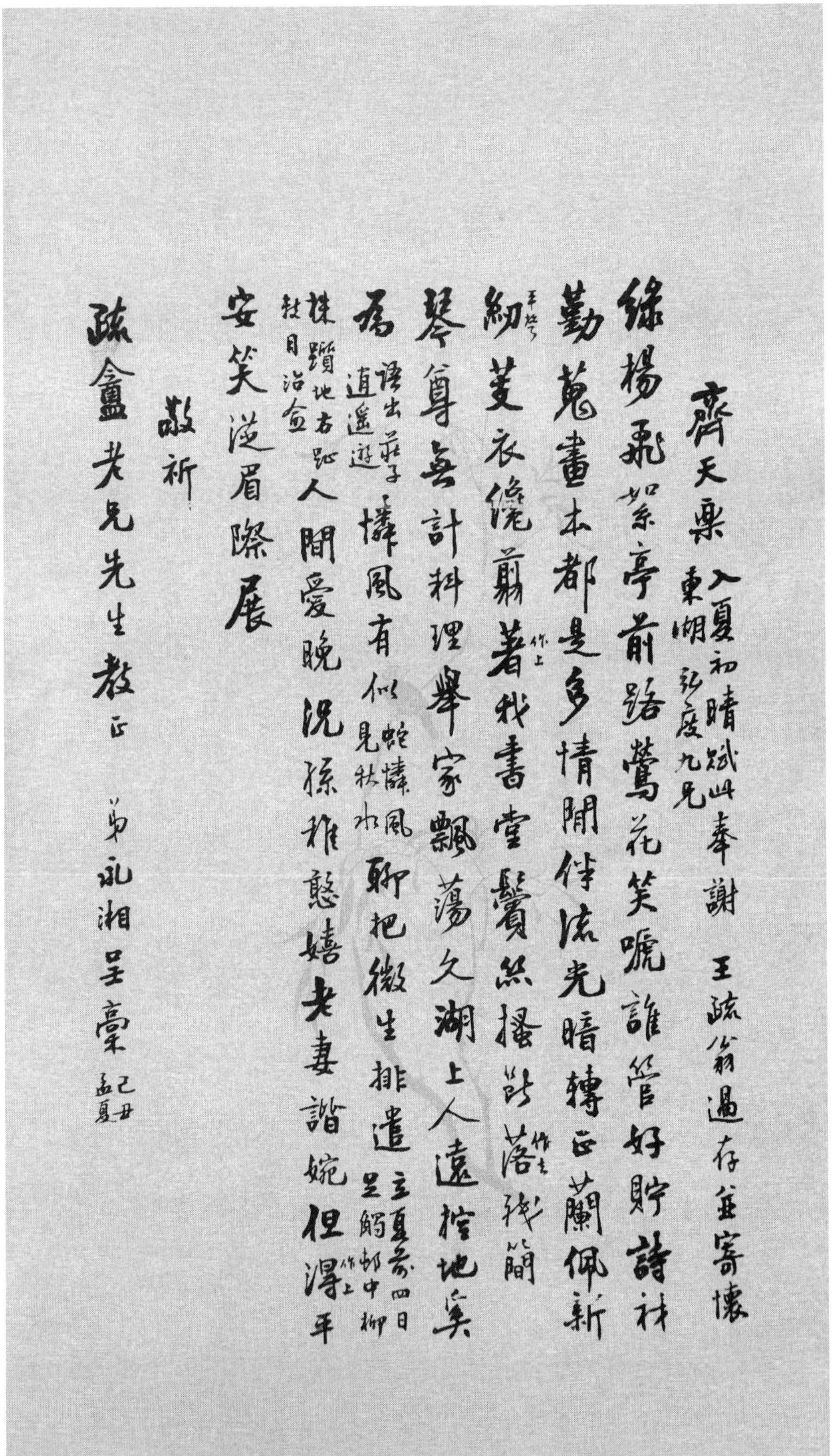

齊天樂 入夏初晴斌山奉謝王疏翁過存並寄懷東湖弘度九兄

綠楊飛絮亭前路，鶯花笑嘑誰管。好貯詩社，勤蒐畫本，都是多情閒伴。流光暗轉。正蘭佩新紉（平聲），芰衣纔翦。著（作上）我書堂，鬢絲搔斷落（作去）殘簡。

琴尊無計料理，舉家飄蕩久，湖上人遠。控地奚為（語出莊子逍遙遊），憐風有似（蛇憐風見秋水），聊把微生排遣（立夏前四日呈觴郵中柳作上）。殊蹟地右趾杖日治盦 人間愛晚，況孫稚憨嬉，老妻諧婉。但得平安，笑從眉際展。

敬祈

疏盦老先生教正

弟永湘呈稾 乙丑孟夏

疏盦老兄先生有道：拜誦
新詞，深佩篤雅。小兒庠慶之病漸次減輕，承
公系念，感謝感謝。謹步韻奉貽，乞
教正。尚此敬請
譚安。
平默世兄處附候並謝。拜告家兄弘度近況。

津渡桂帆尋丈許，渺渺煙波陣陣斜吹雨。
往昔上林塘攜手處，儃佪不到芳菲路。雜
曲上見貽宜吉語，春日去春人應遣春愁去。
笑指春禽棲綠樹，新雛正待依巢護。

弟劉永湘謹上
庠慶隨叩
辛卯二月初五日

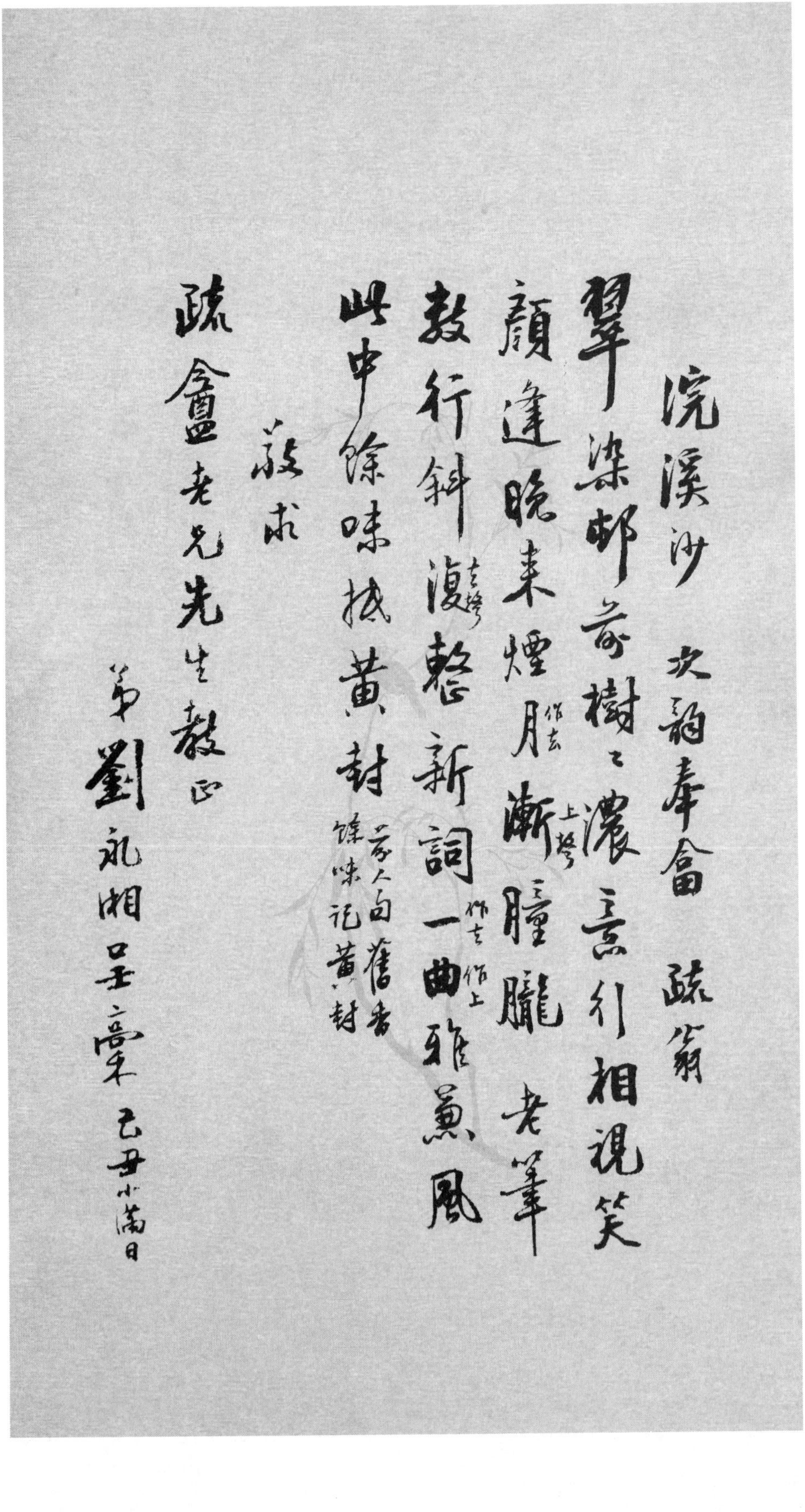
浣溪沙 次韻奉和 疏翁
翠染郵亭樹樹濃言行相視笑顏逢晚來煙月作去漸上聲朦朧
老筆教行斜復整去聲新詞一曲作去作上雅兼風
此中餘味抵黃封前人句舊香餘味記黃封
敬求
疏盦老先先生教正
弟劉永湘己丑小滿日

疏盦老兄先生有道：新歲感荷
駕臨，弟久未答禮，悚歉悚歉。近作慢詞一首，錄上聊當
面談，乞
教正是幸。敬頌
譔祺

正紅舒雨萼，翠溼煙枝，簾幕生寒。望裏山
郵路，記疏籬護舍，容膝三間。往來不辭泥濘，
佳約上趁春閒。奈物色依稀，吟情漸減，又阻前
川。嗚然竟無用，便信美文章（白石《玲瓏四犯》有"文章信美知何用"之句）
已是陳言。里巷棲遲地，向帳牀龜鶴（庾子山《小園賦》云："坐帳無鶴，支牀有龜。"）
何似青氈，破家慣經飄蕩，催換舊時顏。更
病榻上憐兒，孤鐙照壁，愁不眠。

調寄憶舊遊

弟劉永湘上　辛卯驚蟄前四日

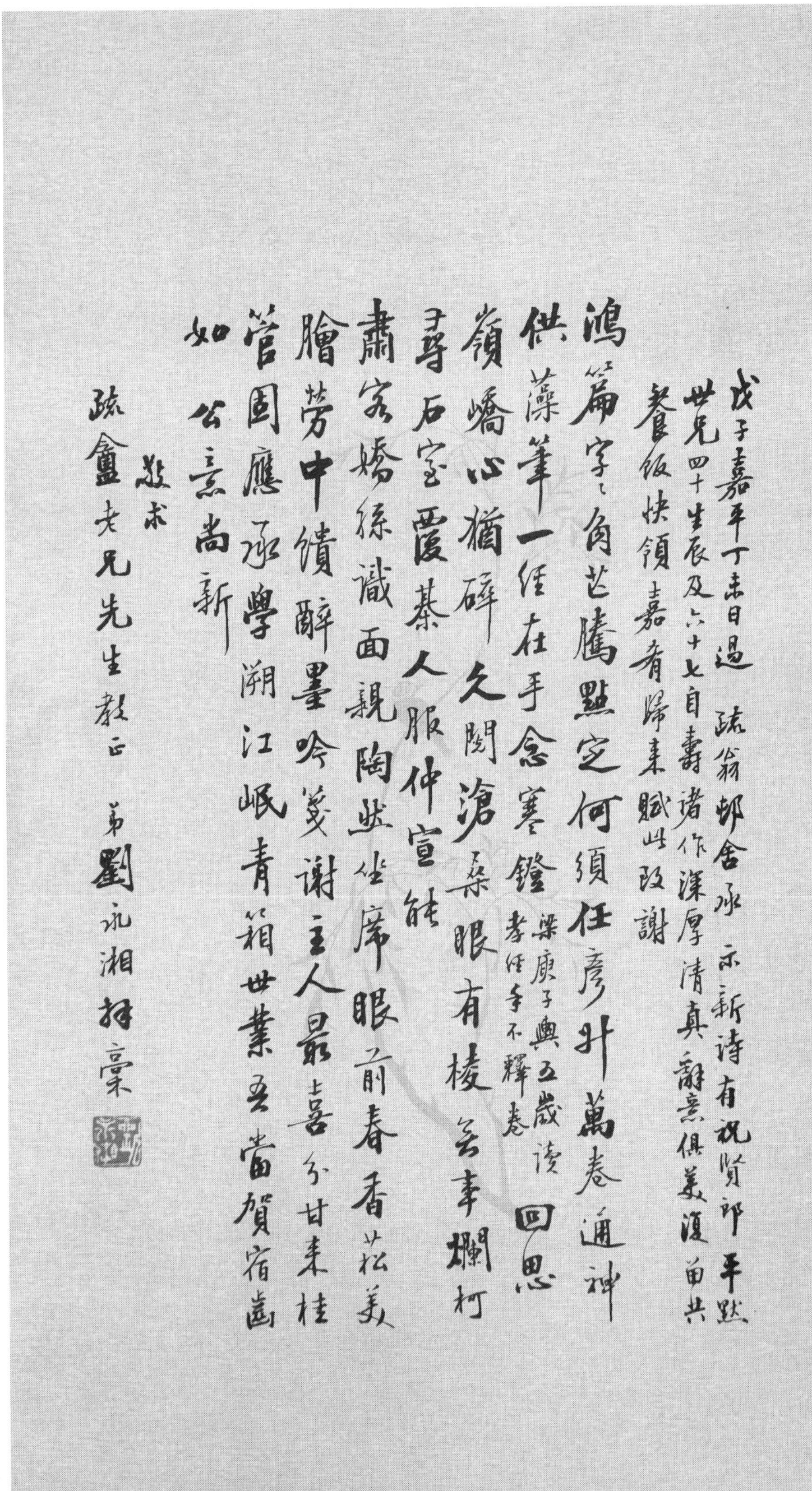
戊子嘉平丁未日過 疏翁鄉舍承 示新詩有祝賢郎平默
世兄四十生辰及六十七自壽諸作渾厚清真辭意俱美復留共
餐飯快領嘉肴歸來賦此致謝
鴻篇字字角芒騰點定何須任彥昇萬卷通神
供藻筆一經在手念寒鐙梁庾子輿五歲讀孝經手不釋卷回思
嶺嶠心猶碎久閱滄桑眼有棱無事欄杆
尋石室霞綦人服仲宣能
肅客嬌孫識面親陶然坐席眼前春香花美
膾勞中饋醉墨吟箋謝主人最喜分甘來桂
管園應承學溯江岷青箱世業吾當賀宿齒
如公意尚新
敬求
疏盦老兄先生教正 弟劉永湘拜稾

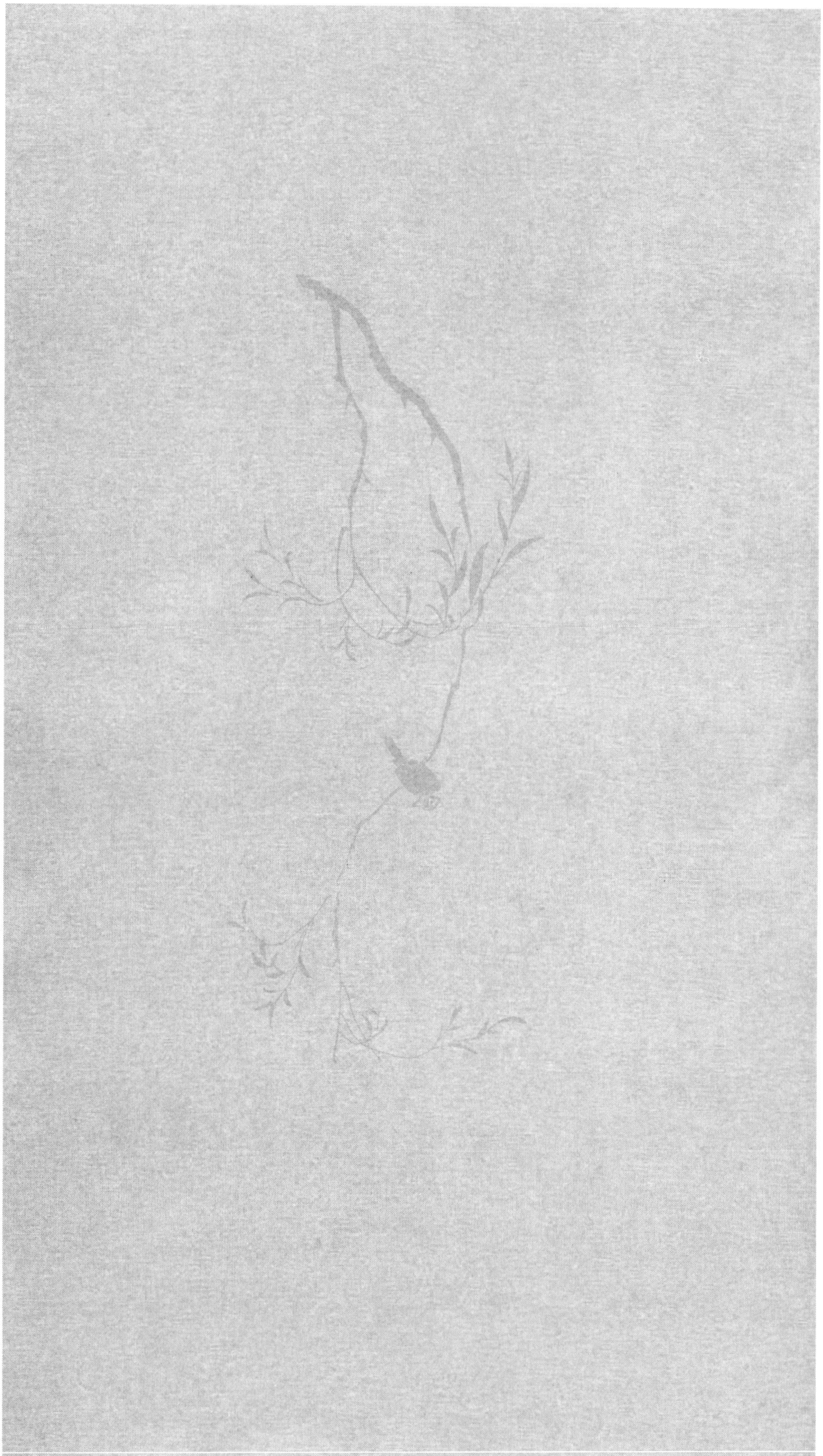

嘯蘇仁兄左右：前奉

手書，敬悉一是，並將來詢各條奉答如左：

(一)文字起源自先有聲音而後有字，然教授文字却不必先講音韻，從說明上言之，便宜先形後聲，未始不可。

(二)金石文字足訂正說文諸書者不勝枚舉，每字下附說之。

(三)反切上一字用東冬諸字，下一字用見溪諸字，較易識為便利，然於讀古書反切仍多窒礙，因古書反切不勝改，且不可改故也。說文、廣韻反切雖有異同，然實際不殊。

(四)近世說古物之書，如江晉三、王懷祖二家之書甚關切重要，江書廣倉學宭叢書曾刊其一部分，王書近天津羅氏印高郵王氏遺書中有之。

(五)段氏轉注之說本於戴氏，其說雖不能視爲定論，然從其說可不致糾纏，而清因六書乃從人(從)文字中歸納得之，並非造字時所先有，又古人分類殊不精密，如六詩之比賦興即在風雅頌中，故轉注假借亦將寓六書之前四種中也。草此奉覆，即候

近祺

弟王國維頓首

十一月七日

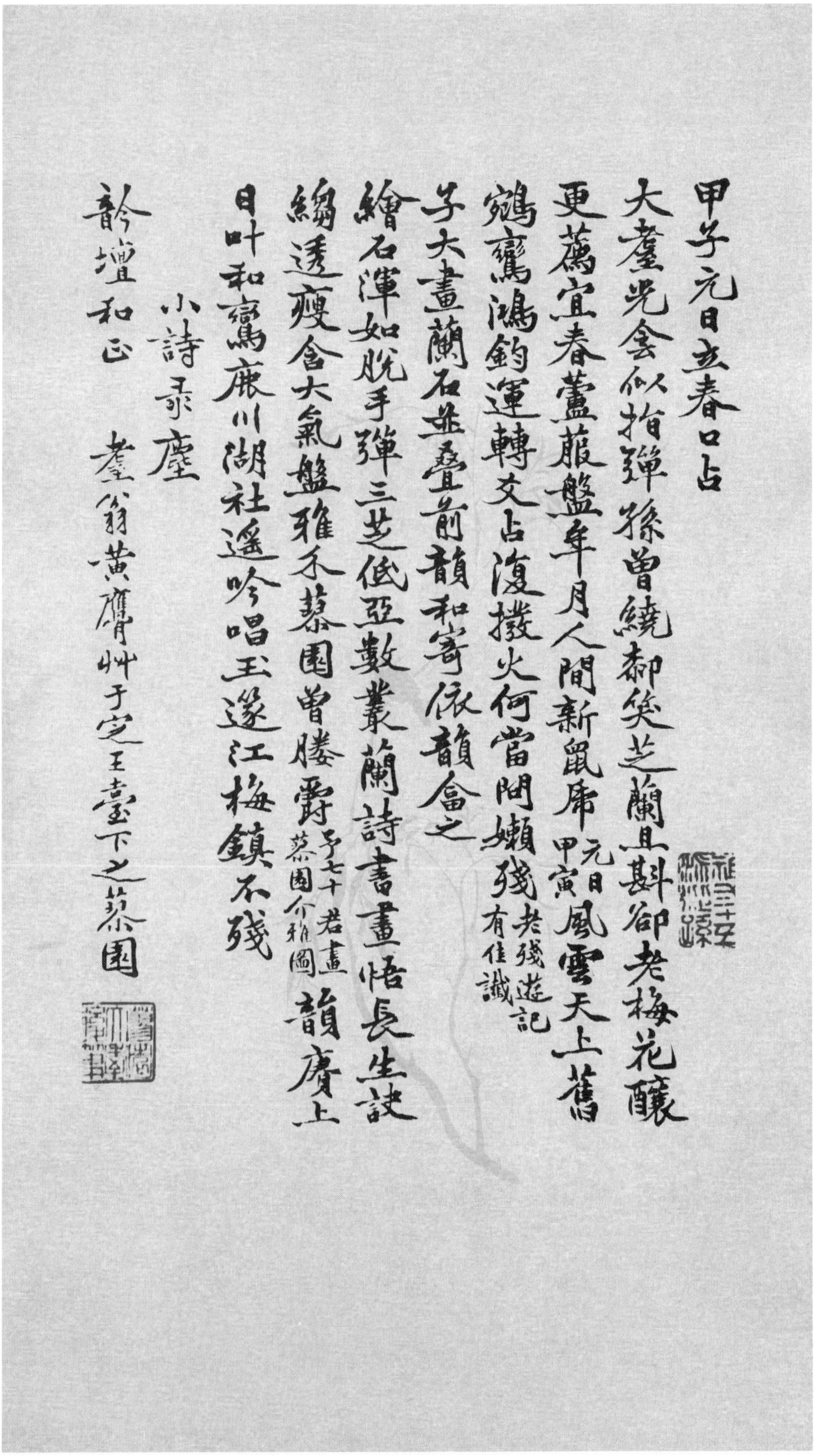
甲子元日立春口占
大耋光陰似指彈孫曾繞膝笑芝蘭且斟卻老梅花釀
更薦宜春蘆菔盤年月人間新鼠序元日甲寅風雲天上舊
鵷鸞鴻鈞運轉文占復撥火何當問嬾殘老殘遊記有佳識
子大畫蘭石並疊前韻和寄依韻答之
繪石渾如脫手彈三芝低亞數叢蘭詩書畫悟長生訣
綿透瘦含大氣盤雅禾慕園曾勝爵予七十君畫慕園介雅圖韻賡上
日叶和鸞康川湖社遙吟唱玉遂江梅鎮不殘
小詩錄塵
齡壇和正 耋翁黃膺卅于定王臺下之慕園

靈璧芝蘭圖

作玲瓏立石雖合凡二石罅出蘭四藂花葉披離下
有芝三本

一倍華年錦瑟彈 藏頭有草秀庭蘭春還周甲新元
歷頌紀商章獻歲盤舊管山川祀鷄馬老成文采配龍
鸞毛箋伏傳人間世經石輸君得抱殘 益孝琚斷碑君定為東漢光武時石攷據甚詳

甲子歲元日立春

康泉老兄世先生賦詩見寄是歲君登大耋齒冠鄉閭
書來屬寫蘭石謹次韻和寄題以侑觴且徵湖社諸君
子和焉 花朝前五日子大程頌萬並識于康川閣

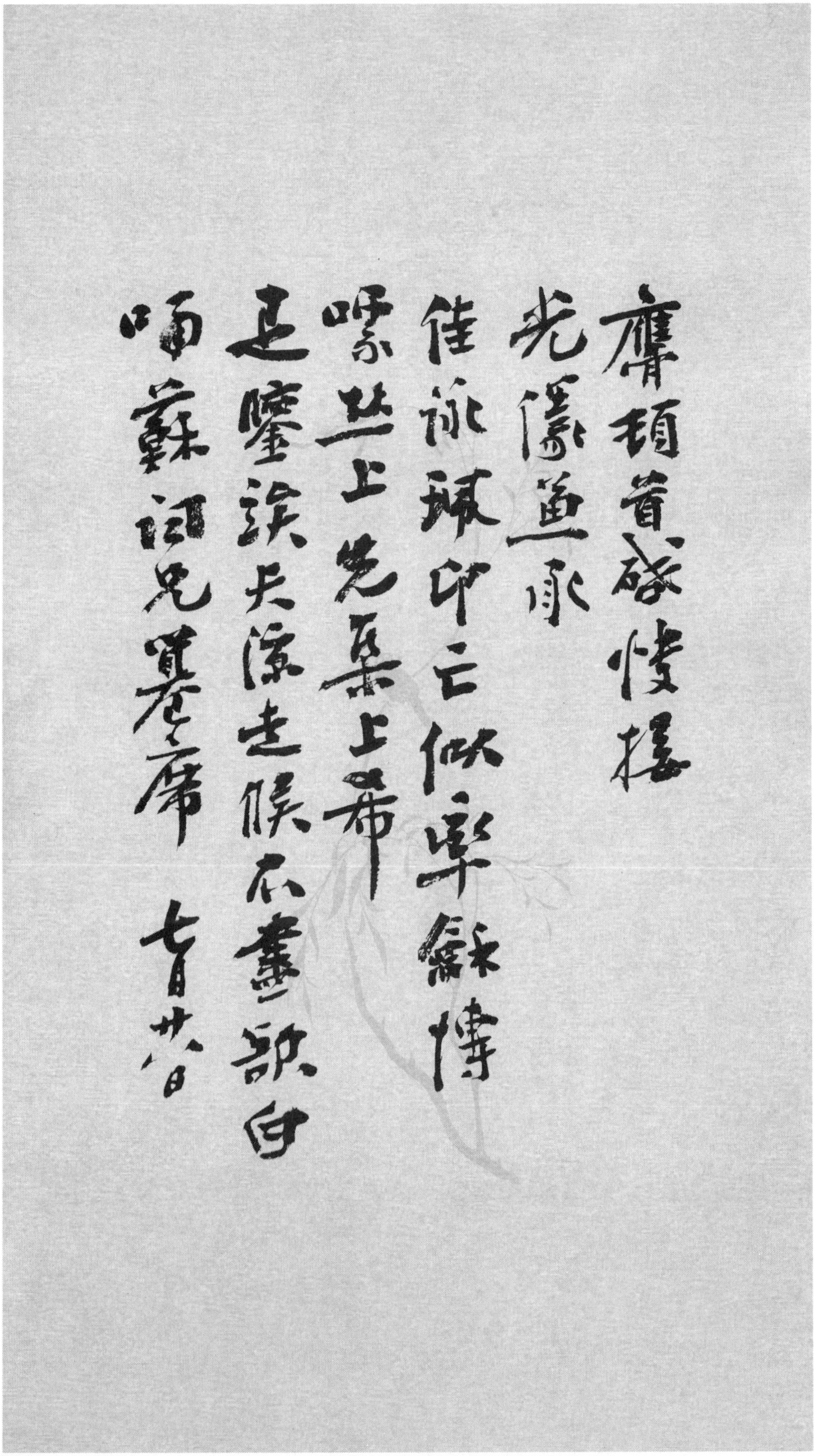
麈瑣皆發悽摟
光儀逾承
佳詠琳琅已似樂録傳
囑茲上先集上冊
足鑒談天涼走候不盡欵白
晤蘇詞兄賞善席 七月廿日

歲暮飲楊薌皓宅維波後緒明日 齋蘇渡來

商量舊學留詩不次其韻

活紅燈酒茁新詩廣座衣冠惑漢儀夜雪編年續往事

遺書寶井夏哀時生從憂患真如此語到荒唐竟

不疑舊學新知兩無補放懷天地一鐙帷 錄俟

大吟壇定正 潛處老人俶勳氏艸稿

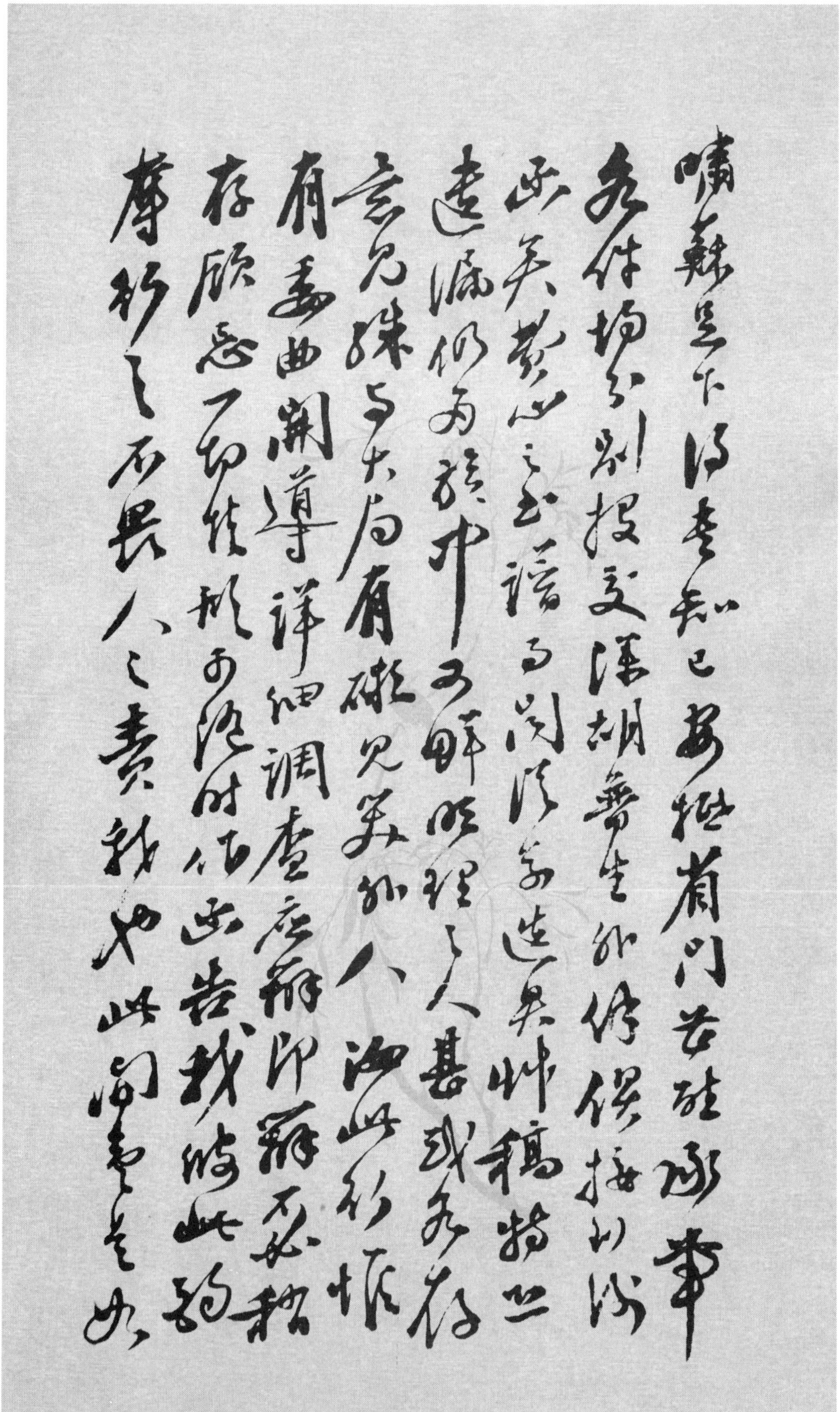

若湛柳湘因病假急動歸念無已於初九
日出城由李梓豐派人護送俾得到家安葬
經終年一調養乃可也午帥十五日回節
赴院閱操樊方伯到任後頗見面一次人去和
平委官情猶氣象精進若虛孫長林視招
丁銀又委王燮靈經理淮補高郵州汪廣斗
候補通判丁相卿均入保了李韙生世叔委
署甘泉縣上海局司帝巳大約因去 已允雖安矣

王渭賢

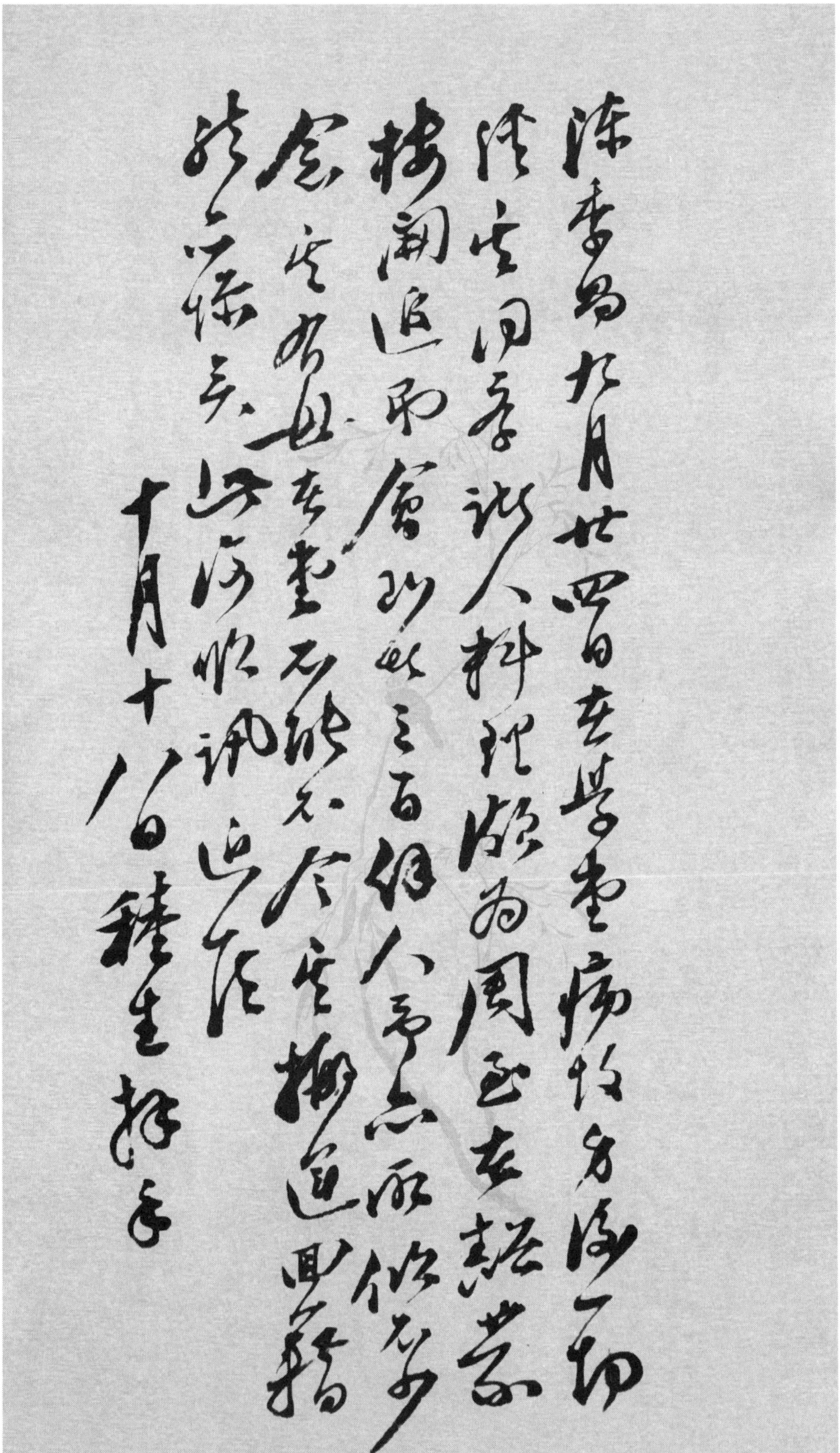

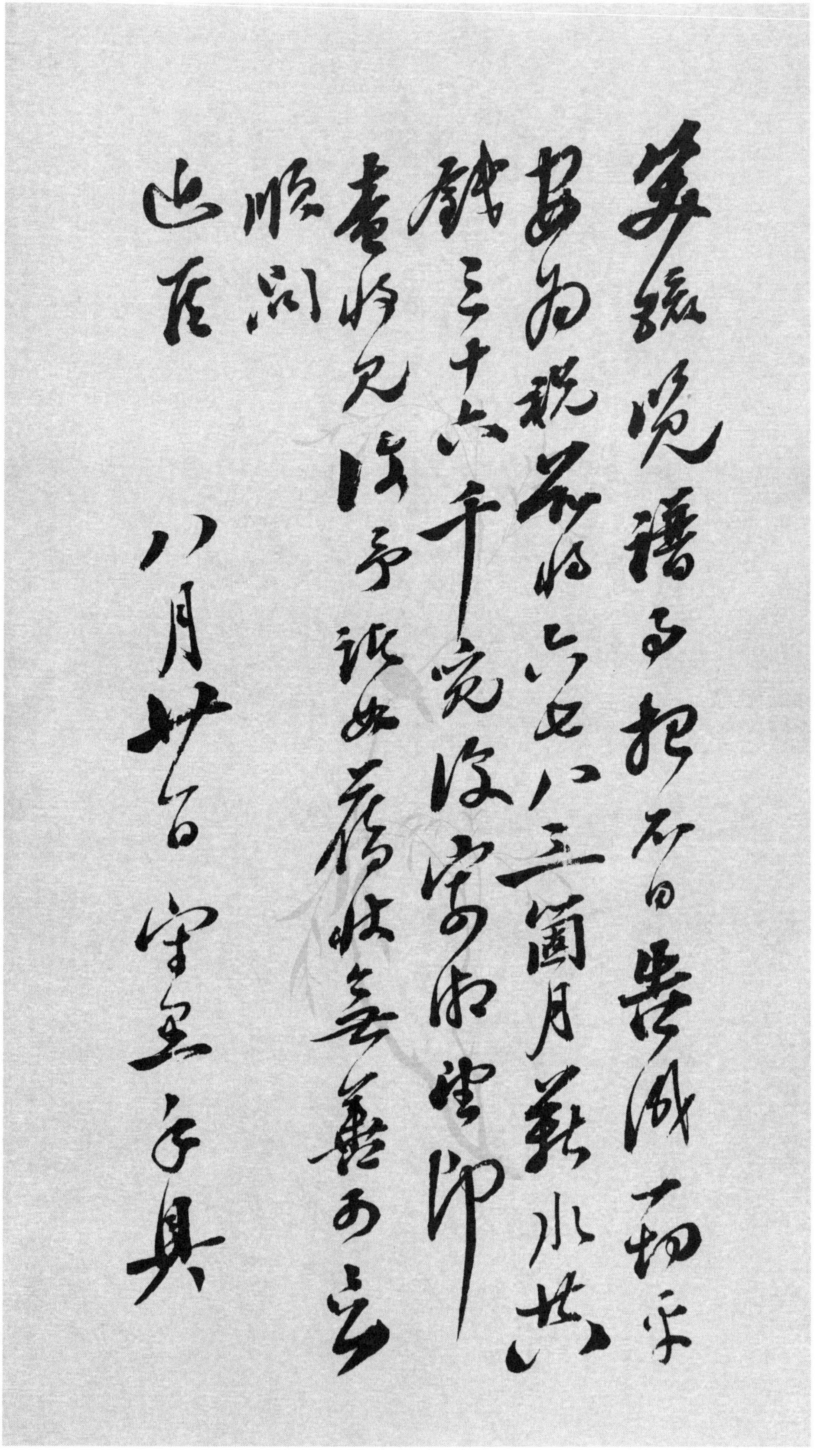

箋紙覽譜已把所有畫識摘來
其爲稅務將六百八十三圓月薪水共
錢三十六千元修宮衙署印
書將兄請予設法旋往善後而言
順詢
近佳
八月廿日 守玄手具

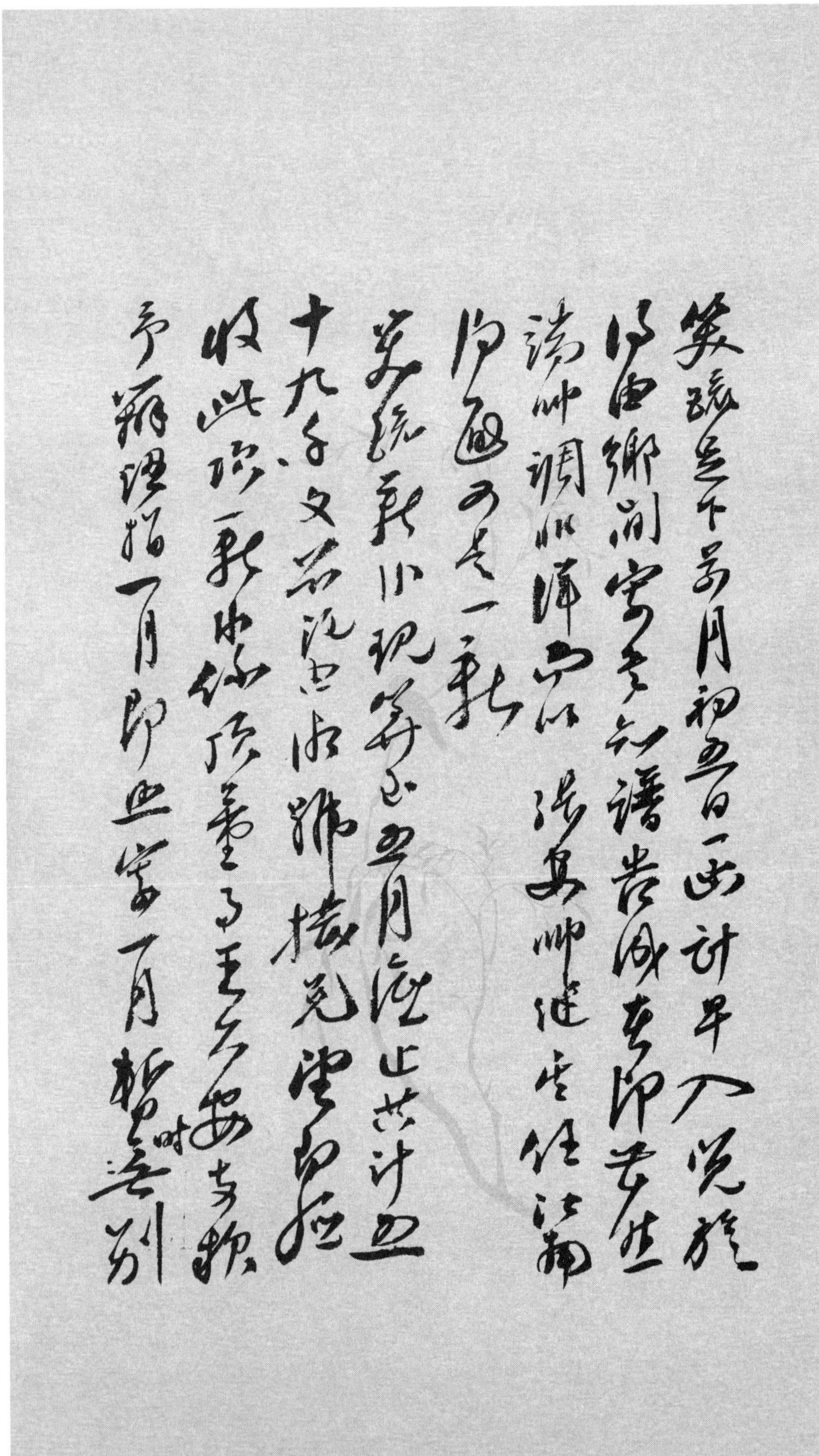

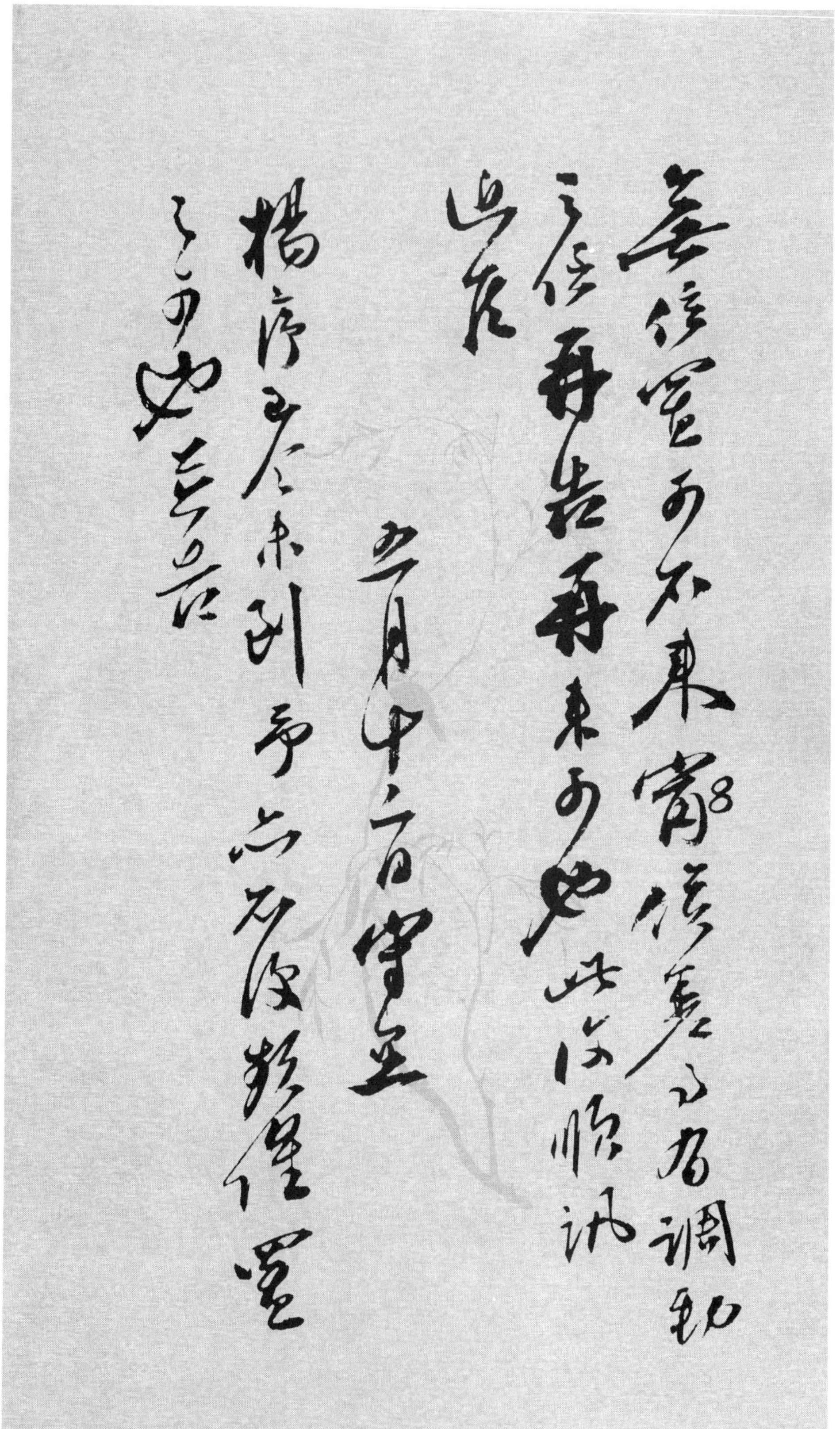

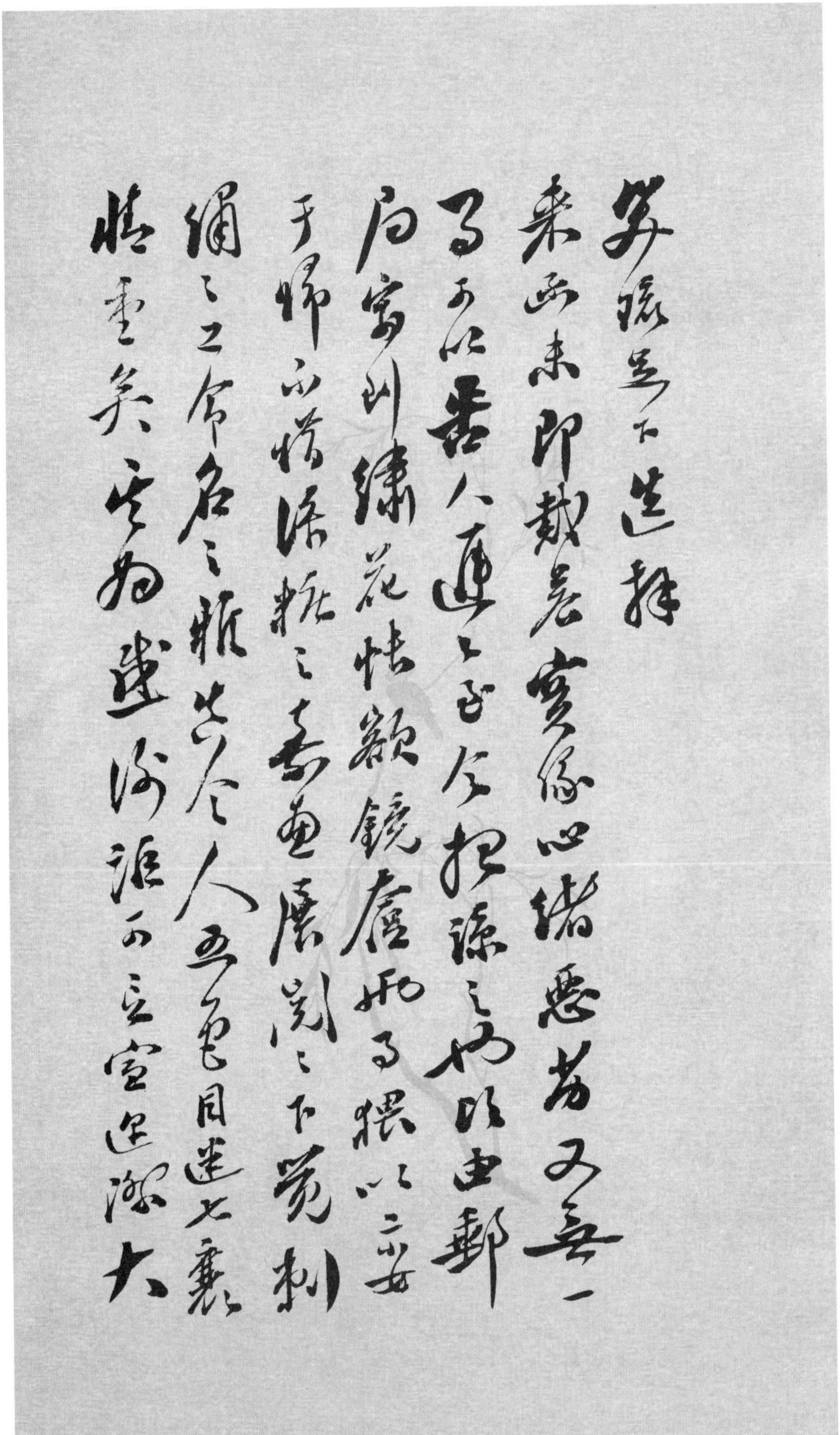

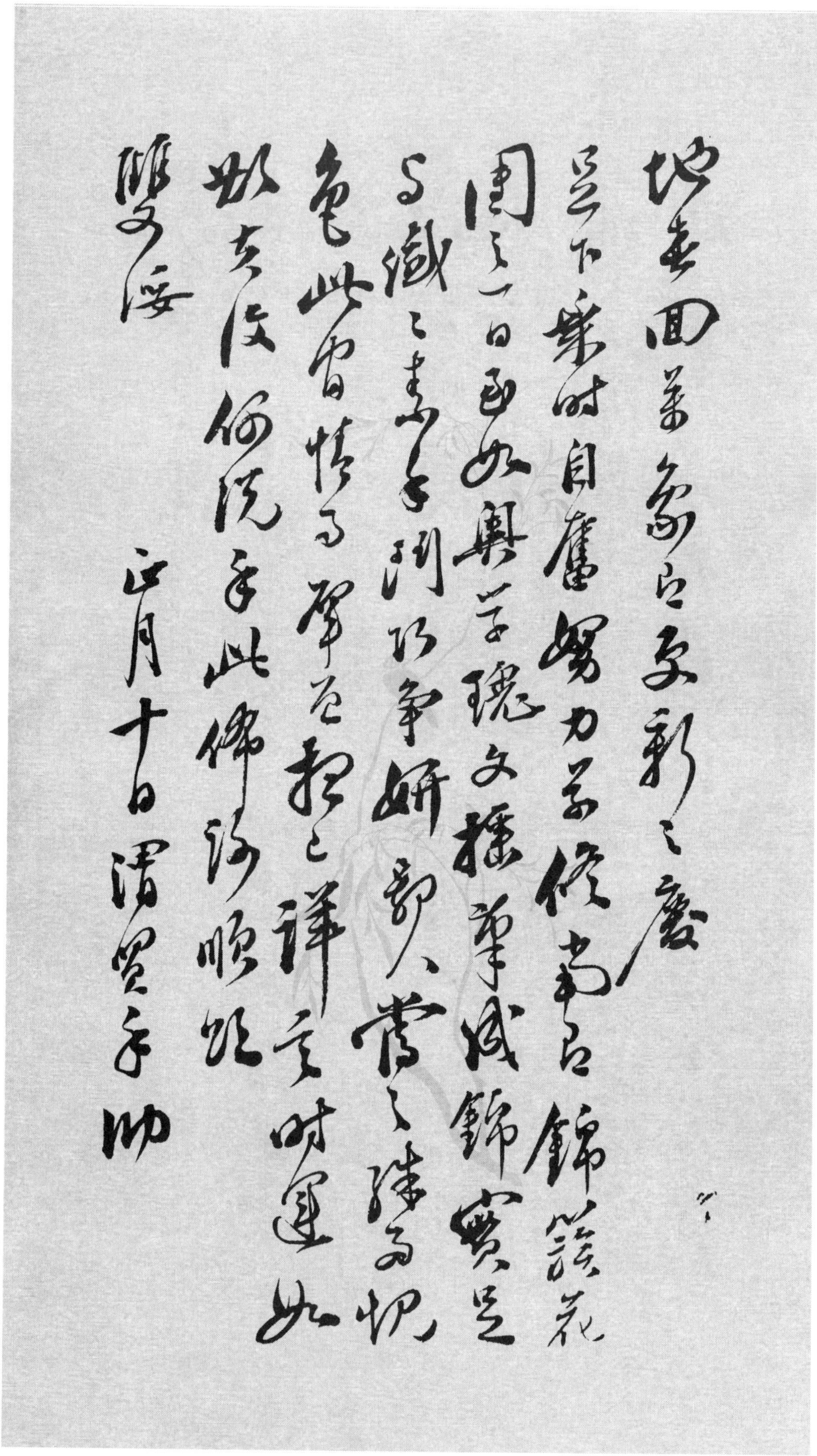

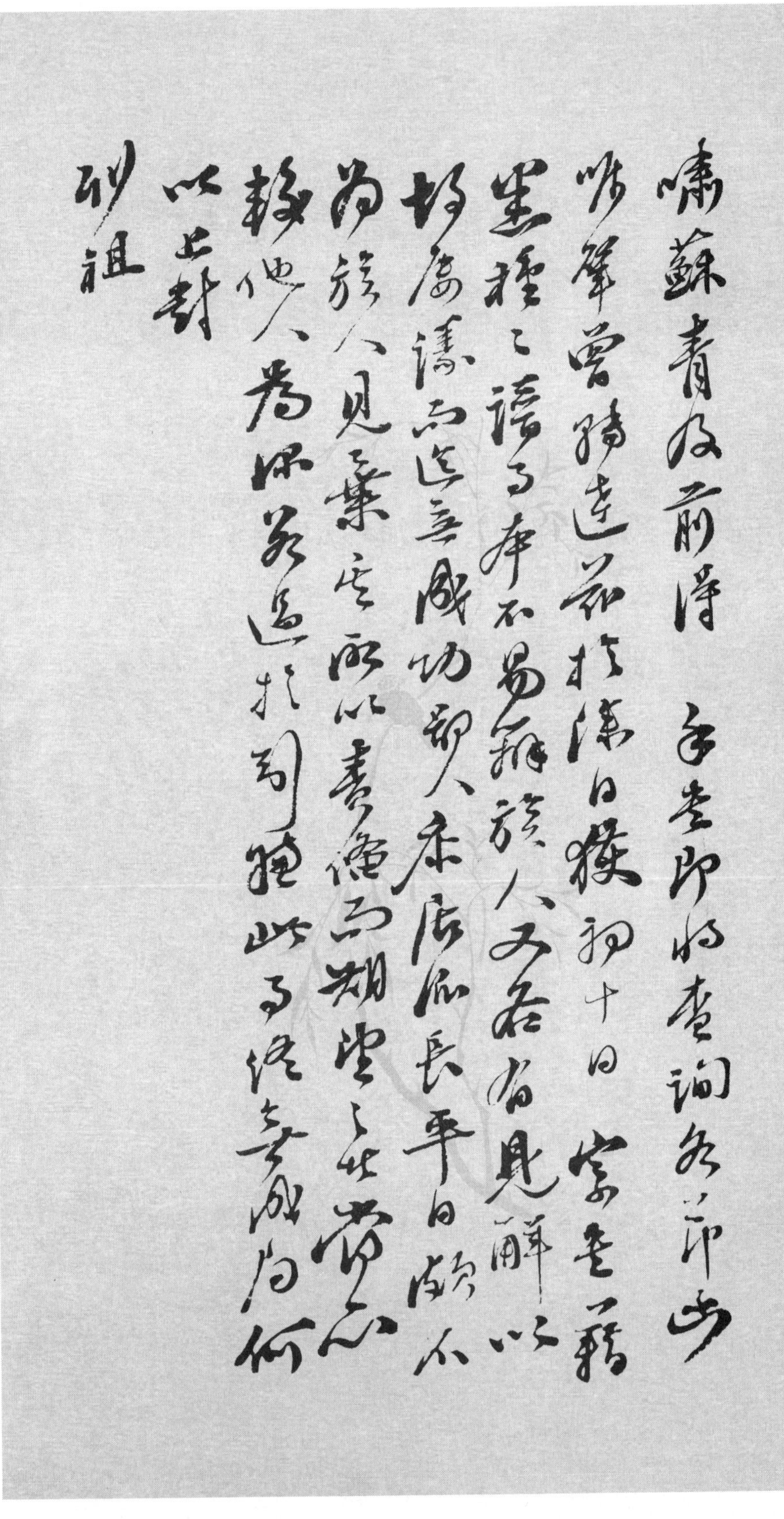
慕蘇青及前得 手書即將查詢各節即出
昨舉曾轉達彼於陳日發 初十日 寄奉一稿
思糧之請乃本不易辦 諸人又各有見解以
好處議而無成功 鄙人亦屬個長事自顧不
為諸人見棄 蓋所以書總而湖涇之在帶心
移他人為保家道於詞檢此乃極無顧何
以安封
砂祖

列宗又何以對族人之譏責於東出所去
另節通條規應否與大眾議定乎
一 之繳公房紅丁戶係人數不敷抽丁費修墨
二房公帑歸祠堂出派伊房徒之人墊水
由伊房津貼此議最為平允
一 入主以十三股十五股為限一節此不通之論
照派合祠合譜即莘股派入主之分應歸一
律無分爭執以免外人譏議

一、輪底貨之一節，伊房既來棧爲條回底至
貨公之議，如伊房於輪底至係之外無引
貨出於須指明數目，金或回數十張，俾免
將費再糾紛，庸爲辦理
一、修譜擬以詳盡爲主，蔵勉隨了閱，周不致冗偶
惟族人宦閩者多，平日諒生不暇表行
查其名難於否證之處，尚望據查轉達
之處，函須由祠發下，俾可俾悟，以免遺漏

再另函一紙查明史列傳王偉字士英年十（作八）
四從父諸城宦附宣宗巡邊北補保安
州學生筆（印英宗）正統元年進士云云譜載
天錫公生於宣（印宣宗）德九年卒於洪（印孝宗）治二年
其時代尚不遠料所生子名忠譜載（天錫公之孫）三世祖
（子也）孝諱任忠以及天錫公係天錫與其時乃自
修閣譜諱載考所求詳所得按
天錫公諱智不知緣從所謹係錫名下有無

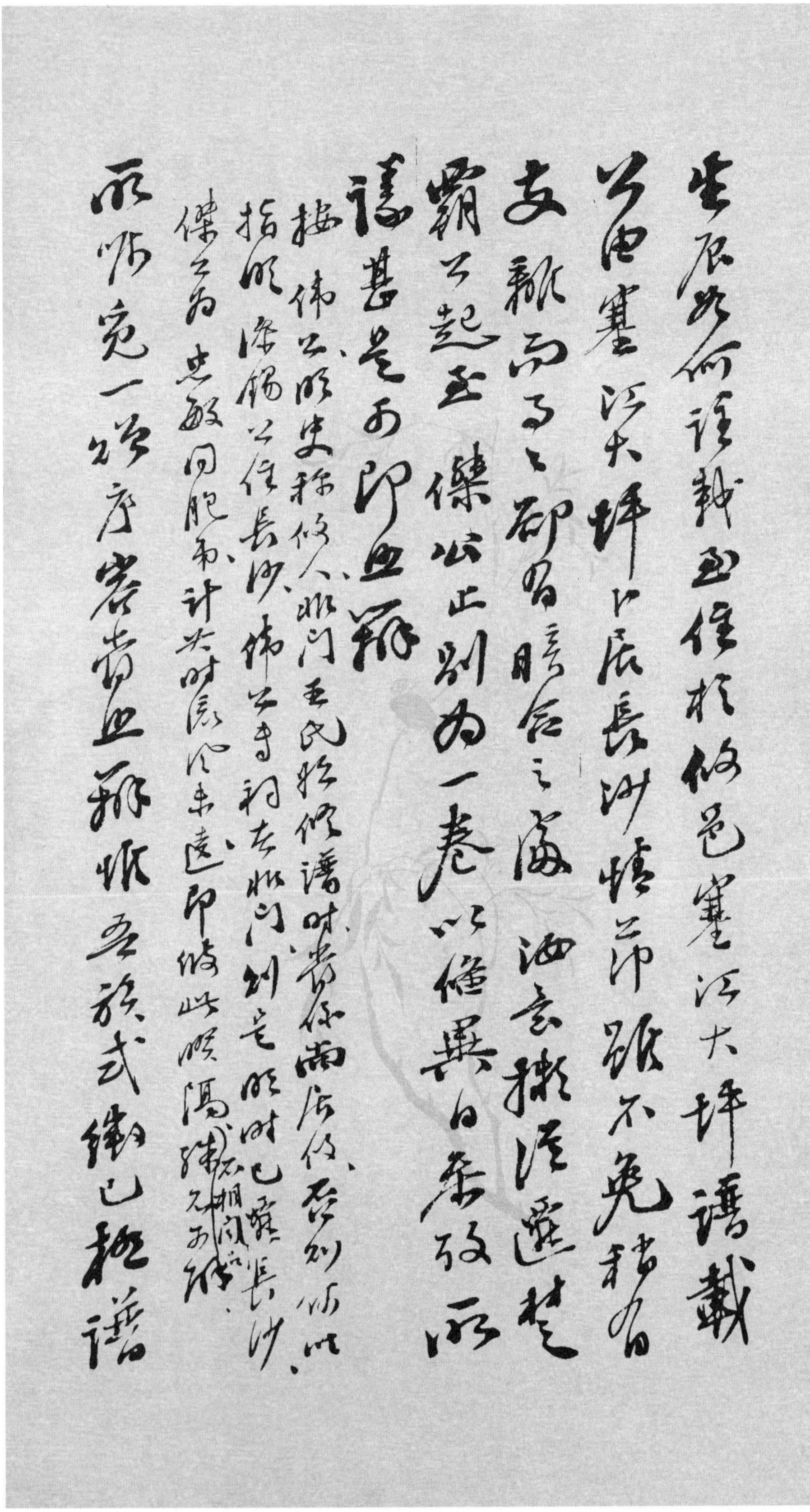
生辰紀何謹錄至往於佑邑塞江大坪譜載
公由塞江大坪上辰長洲時節離不免積習
支離而今之卻因睦合之際迪吉撰擇遷楚
霸公起至傑公止别爲一卷以便展自參改所
議甚是而即照辦
按佛公明史稱彼人湘門王氏於修譜時皆係兩房修苔刻似此
指明係由佛公往長沙佛公子孫在湘門刻定能時已歸長沙
傑公爲忠敏同胞弟計共時代亦未遠即續此時隔譜不相同而綴
所帖宽一線之序崇寄照辦收吾族式微已極譜

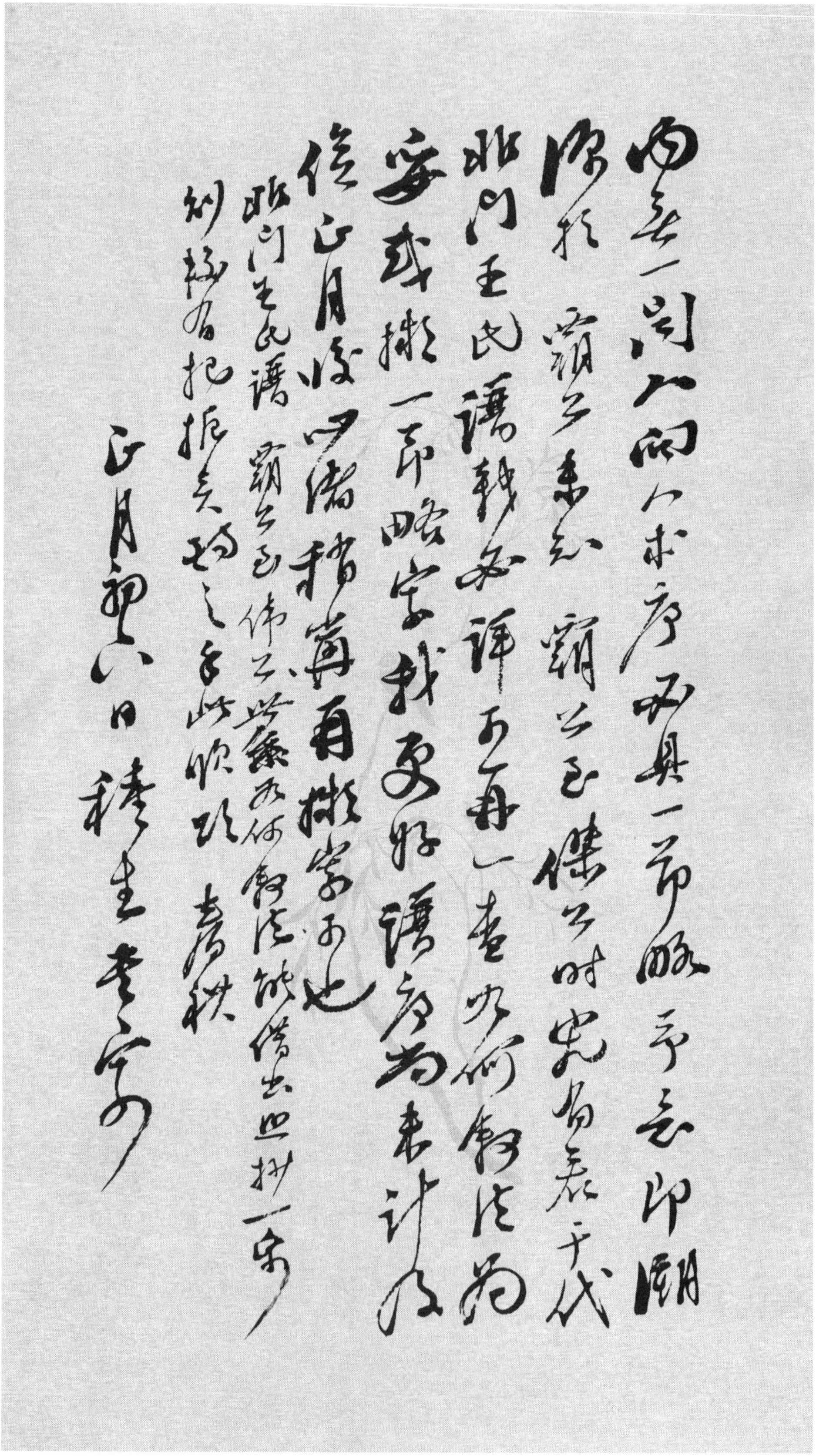

履翁仁兄大人閣下俗冗久未晤
教為歉 昨家魏小珊來函
五世兄益陽錢店管理錢房 值店中歇業被
搶 失去錢房流水一本 查錢房流水逐日皆
過入總簿 此簿現存 即被搶之日尚有各店來往之
人皆可查對 以絕弊端 所云須 五世兄赴益結

筹諭 敝本家隨往自應遵辦 惟 敝本家實
係病不能與救求我
先告知 五世兄一聲 俾免敦迫 出自
推愛盛情 照顧不異 感禱 敬請
大安 弟 先達 叩

十四

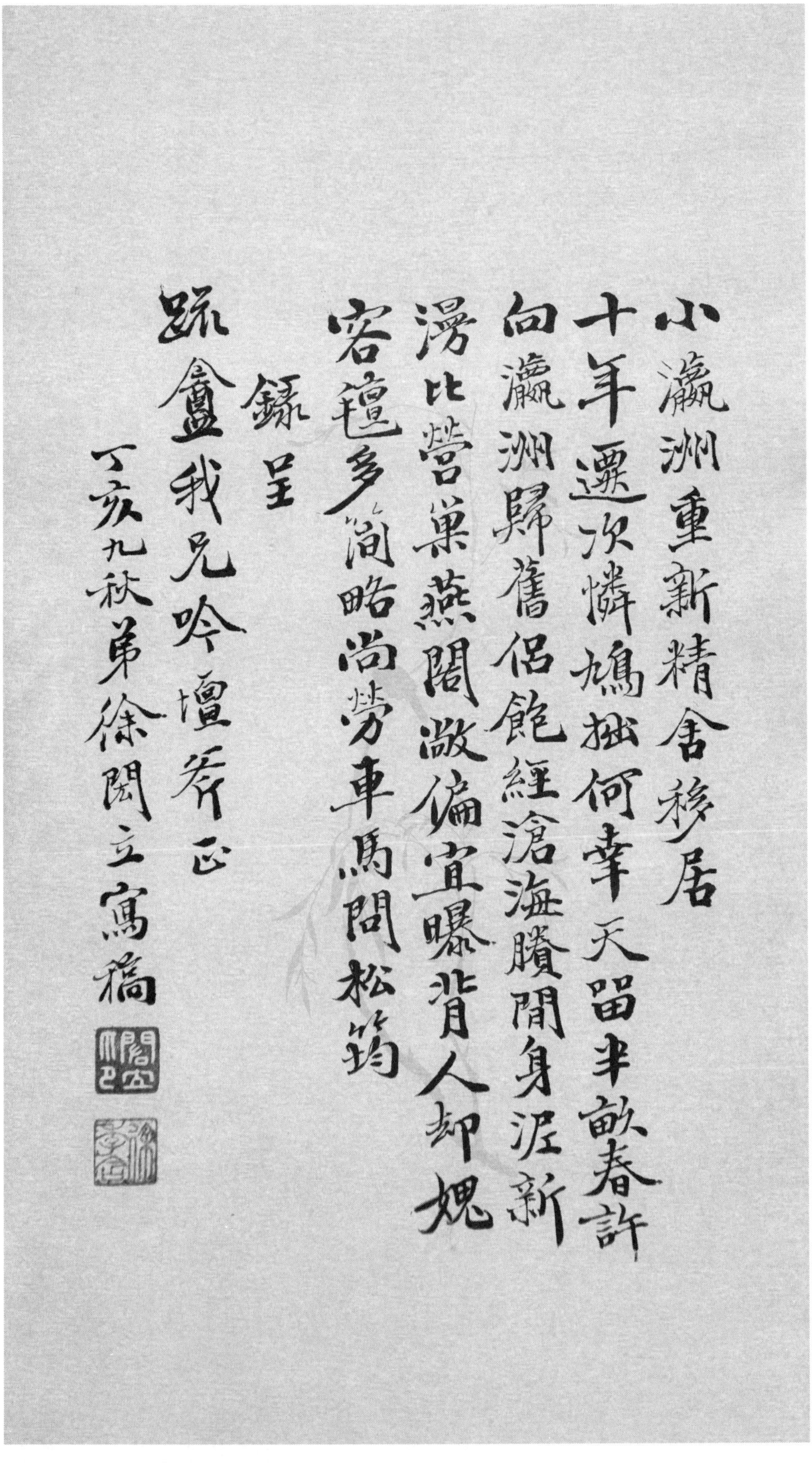
小瀛洲重新精舍移居
十年遷次憐鳩拙何幸天留半畝春許
向瀛洲歸舊侶飽經滄海賸閒身泥新
湧比營巢燕閣潋偏宜曝背人却媿
容喧多簡略尚勞車馬問松筠
錄呈
琮盦我兄吟壇斧正
丁亥九秋弟徐閎立寫稿

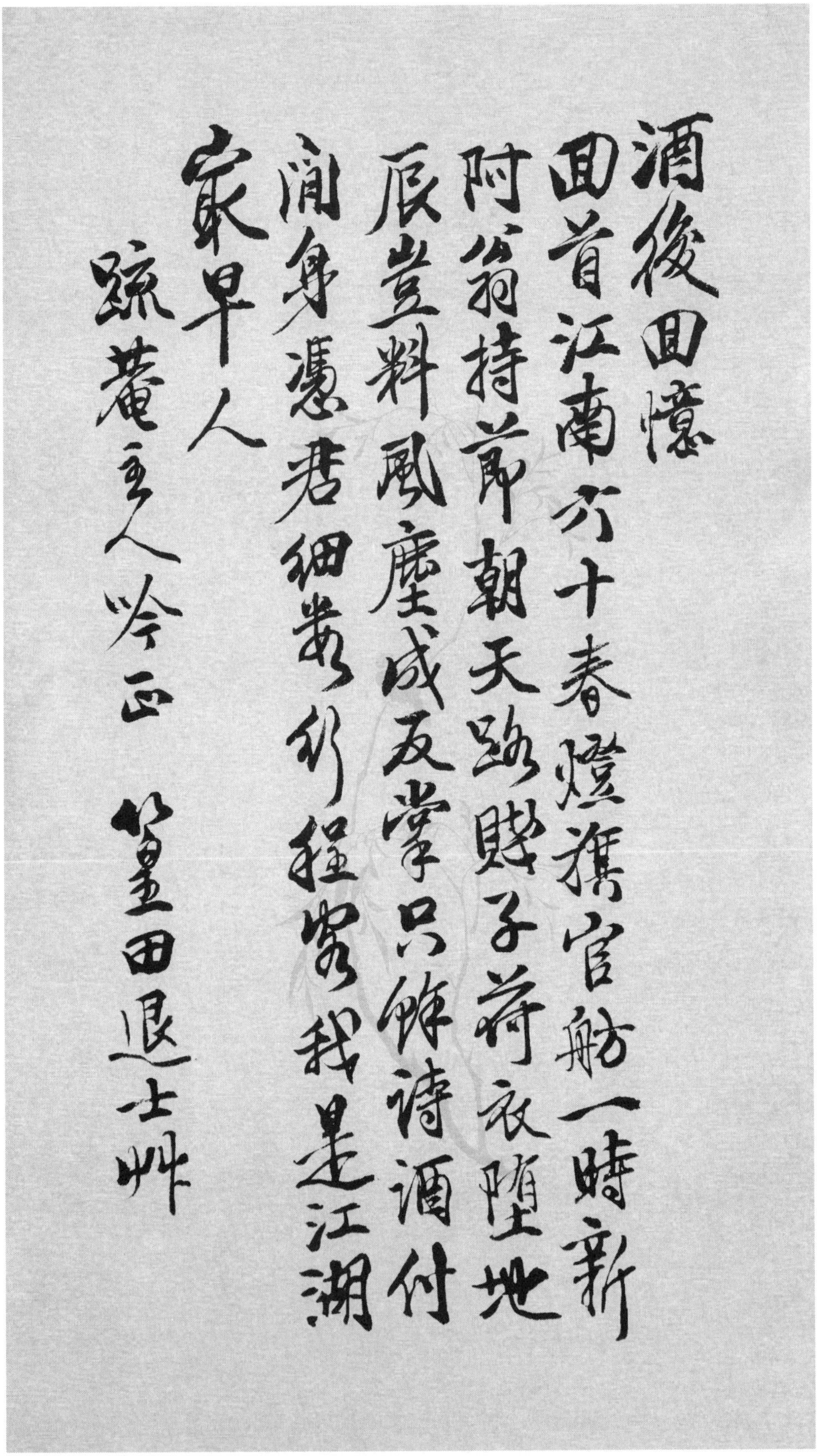
酒後回憶
回首江南六十春燈擕官舫一時新
阿翁持節朝天路賤子荷衣墮地
辰豈料風塵成反掌只餘詩酒付
閒身憑君細數行程裏我是江湖
家早人
疏菴主人吟正　篁田退士草

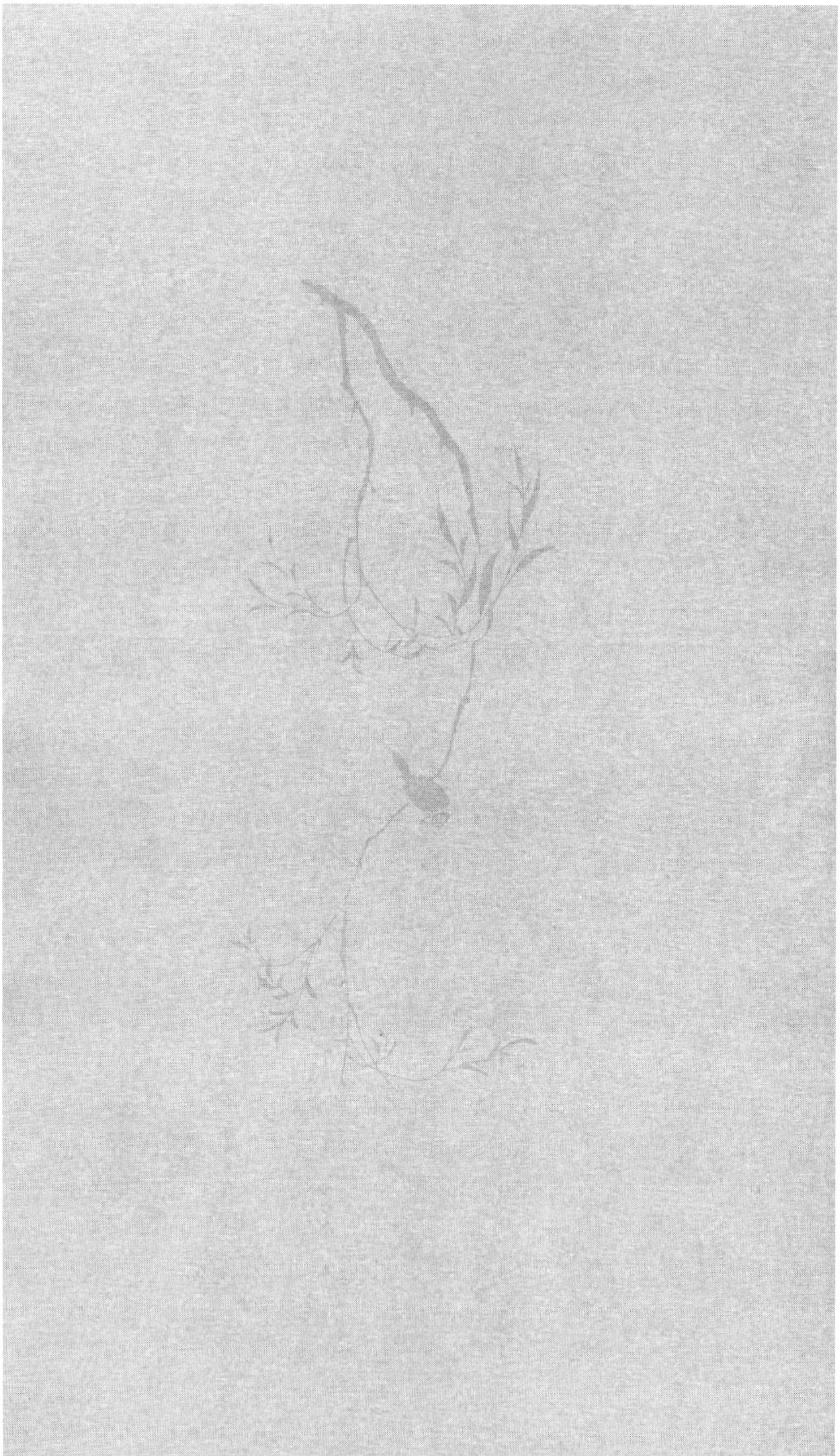

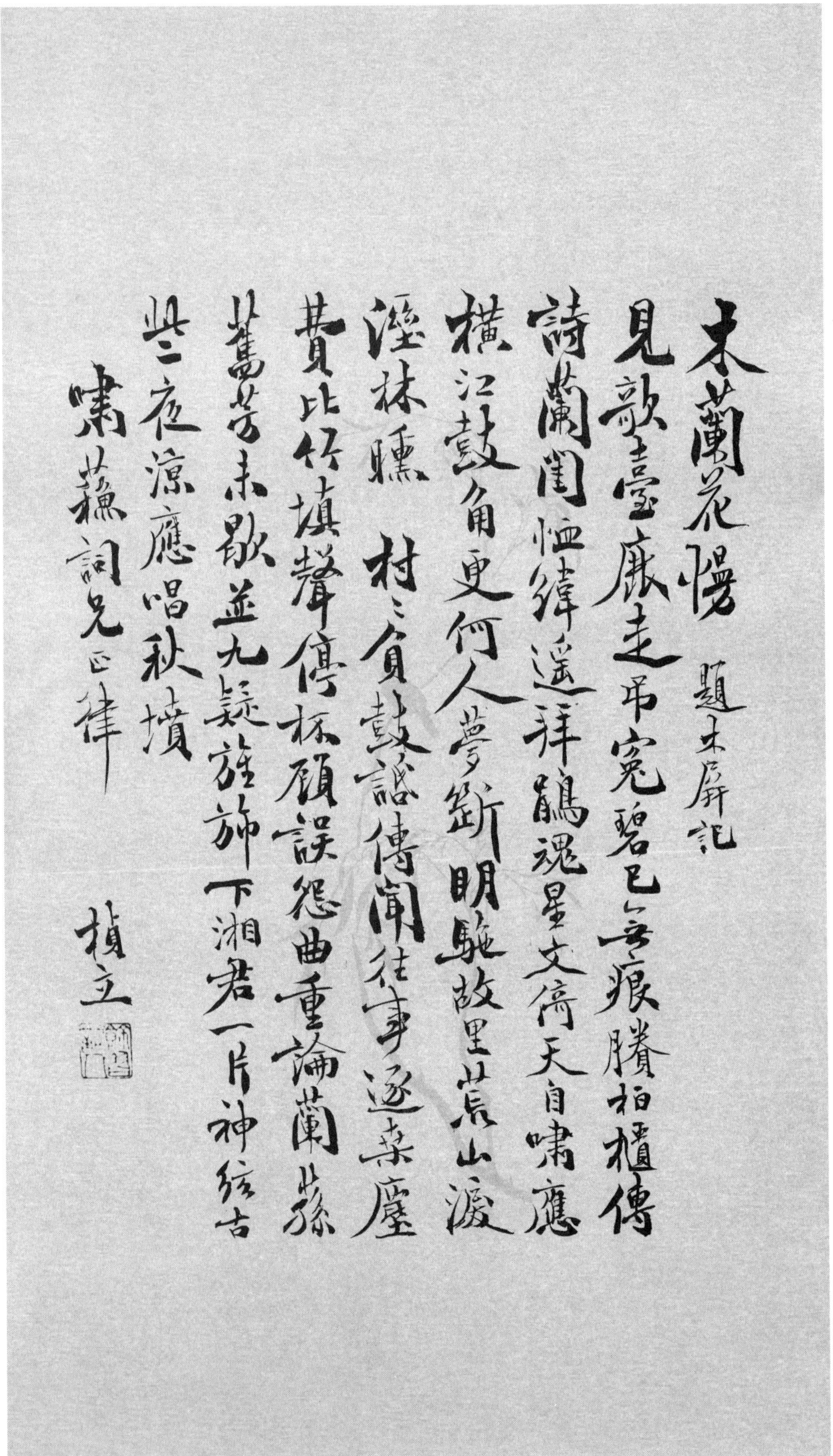
木蘭花慢
楨立

蝶戀花　為人題鏡，鏡銘有吳郡張氏朱鳥鳳皇四只封侯位至三公云云

古錦苔封塵不到，誰翦翠淞波漂漂，留餘照。不信清霜菱易老，也教蛾眉樣添新巧。古語公侯聞者禱，淺畫龍蛇，密字環朱鳥。勳業縱成身髮槁，尊鑪莫誤還山早。

嘯盦詞兄正律　楨立

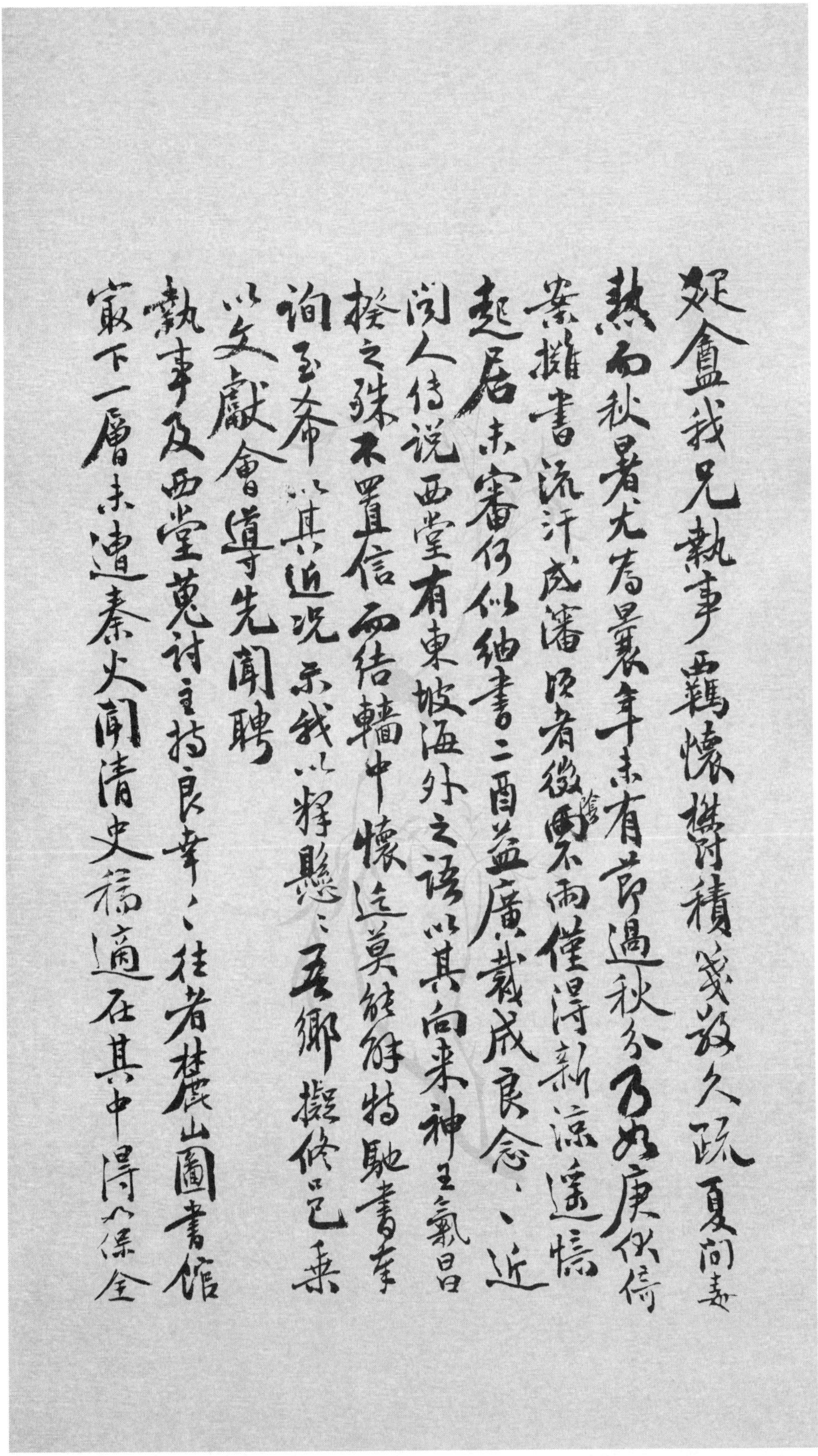

延龕我兄執事羈懷棲積暌教久疏夏間甚
熱而秋暑尤為異常年來有節過秋分乃如庚伏倚
案攤書流汗成瀋頃者微陰不雨僅得新涼遙憶
起居未審何似紬書二酉益廣藏成良念良念近
聞人傳說西堂有東坡海外之語以其向來神王氣昌
揆之殊不置信而結轖中懷迄莫能釋特馳書奉
詢至希以其近況示我以釋懸懸吾鄉擬修邑乘
以文獻會導先聞聘
執事及西堂蒐討主持良幸良幸往者棲霞山圖書館
家下一層未遭秦火聞清史稿適在其中得以保全

書想已遷逸酉洞先外舅陳伯屏中丞有傳在
清史中其喆弟留㬊廳因知 讳文㴝 有傳在循吏
中先以 清暇並其他鄉賢達列傳商捡付守官
録為一帙不勝大願 史稿已成星鳳舍此不圖後將無
攈想
高明必同此懷 偌書倉餘年當必一啓之也 弟以此邦
重修邑志 重違邦人之意 勉強竭駑鈍為之 而舊
志顛倒錯亂殊非不可促梳 又謨奪淆訛 在在須徵哉
籍人物傳中則履歷無行考語八字 逐寫列似類
書下筆又無依實 乃知曠代逸才如湘綺先生 桂

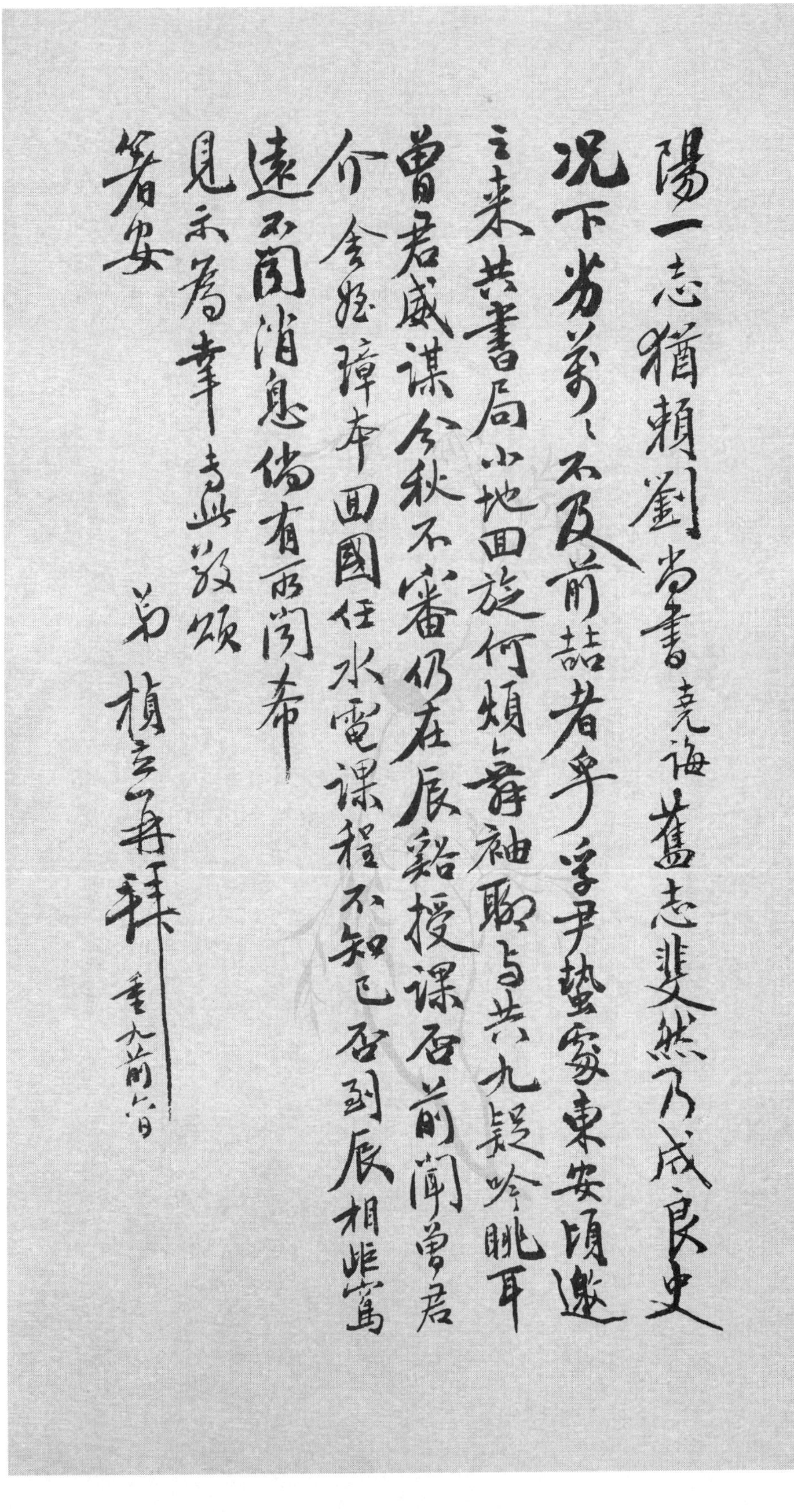
陽一志猶賴劉尚書堯誨舊志斐然乃成良史
況下筆戔戔不及前喆者乎。尹塾家東安頃邀
之來共書局小地回旋何煩飾辭聊與共九疑吟眺耳
曾君威謀今秋不審仍在辰谿授課否前聞曾君
介金繼璋來回國任水電課程不知已否到辰相距寫
遠不聞消息倘有所聞希
見示為幸。專此敬頌
著安
弟 楨立再拜
重九前六日

疏庵我兄先生執事 頃奉
惠書兼荷 寄彩箋具教 相憶
公去歲六十生辰萍轉蓬飄中愧不曾省記
述懷諸作並見清蒼 子姓依趁琴書靜
契儻然自得壽者之徵 更約十年詩篇首之句
用放翁詩句言為祝 忽忽遂及十年 [illegible]
遠及搏騖歲月之易 今茲不可無詩遂成一
首為古稀之歲悟今日之游 南陽山有甘谷菊

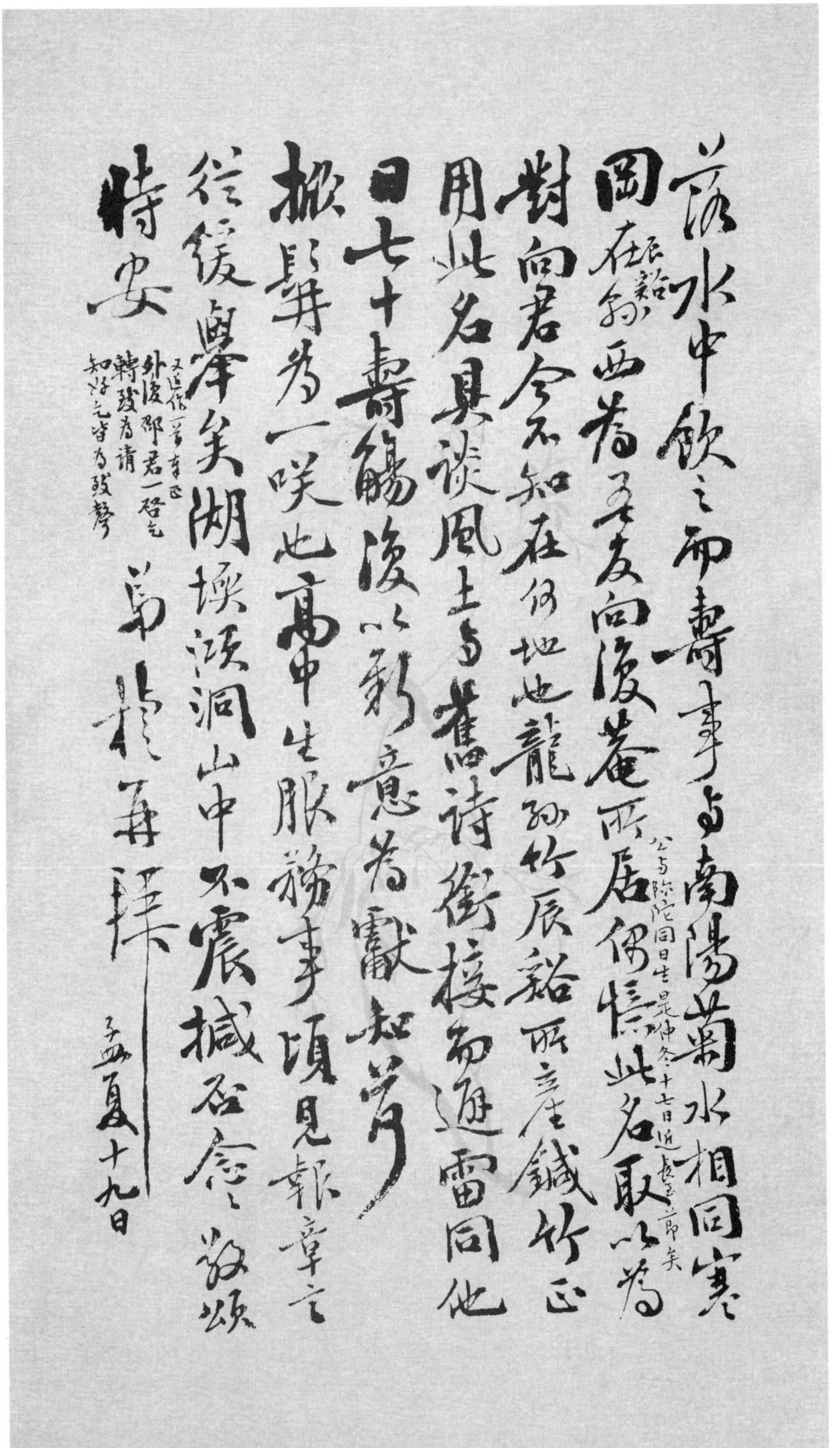
菊水中飲之而壽事與南陽菊水相同寒
園在辰谿西為吾友向復菴所居偶憶此名取以為
公与陈陀同日生是仲冬十七日近長吾一歲矣
對向君令不知在何地也龍孫竹辰谿所產鐵竹正
用此名其談風土之舊詩銜接勿遲雷同他
日七十壽觴後以新意為獻知等
擬題為一笑也高中生服務事項見報章之
從後興舉矣湖壞溪洞山中不震撼否念念 敬頌
時安 弟植頓拜 乙丑夏十九日
又近作一首奉正
外復鄧君一啟乞轉致為請
知好之皆為致聲

疏盦我兄先生執事：奉讀初旬惠書並誦
大詩除夕元辰三首，作家六春蟠胸萬藏而離孫索果，
令子聯詩已空鷲魂轉譜清興，至於嘉占已近吉語，當
向湯卷詩書，因茲屢頌矣。前者填詞一印，偶發狂言，
乃承嘔噦之餘，似有引繩之避，患青田之一割為白璧
之微瑕，毛羽自憐，風懷擬削，然而仰御頭白（湘綺詩句：仰御頭白蘭堂老），
已無擲果之嬿，豈局年侵，詎有簪花之媿，空中樓閣，湯
現何妨，場上張瞿是非誰管，要無讖於左對，奚取
喻於旁觀，又況詩無達詁，義取斷章，特振振其有詞，
何嗣之其如畏乎。承

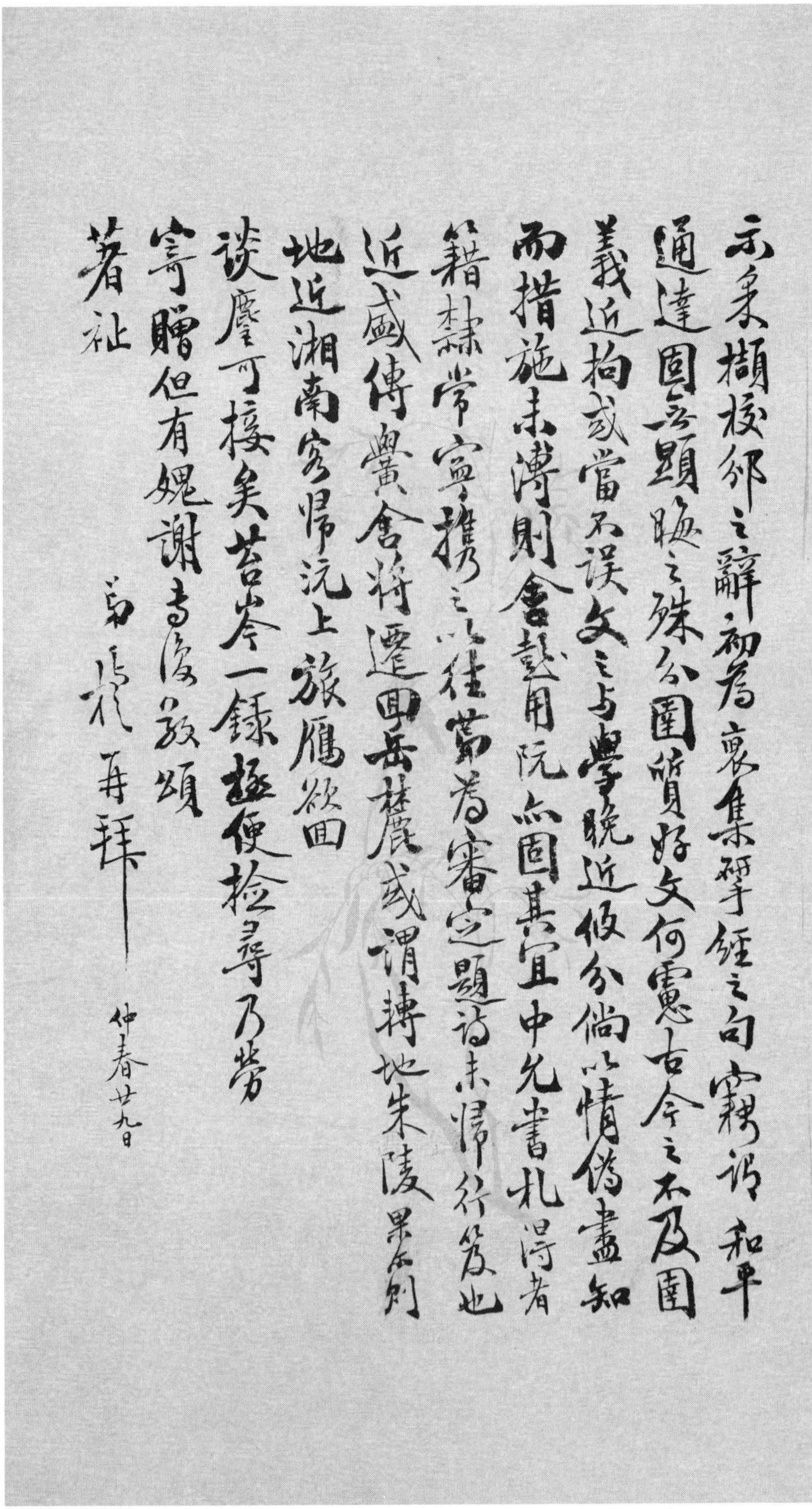
示來擷校邠之辭初爲裒集羣經之句審辨詞和平
通達圓無題曉之殊公圃質好文何慮古今之不及圃
義近拘或當不誤文之与學曉近彼分倘以情僞盡知
而措施未溥則會藝用阮亦固其宜中允書札得者
籍隸常寧攜之以往箸爲審定題詩未歸行篋也
近覷傳豐含將遷四岳麓或謂搏地朱陵果爾則
地近湘南家歸沅上旅雁欲回
談麈可接矣苔岑一録極便撿尋乃勞
寄贈但有媿謝書復致頌
著祉　弟[illegible]再拜　仲春廿九日

疏蓭詞兄以得詩蓀詩篇見示和韻乞

正

中箱西去畹蘭滋重見槐堂月構枝

文手故應操左券擲髯還為寫新辭

落階菊秀羅含宅紙閣人調馬氏飴

尊夫人携子歸居耒陽

他日詩書吟湯卷看携瑜珥

送湘湄　辛巳初春楨立寄稿

疏庵吾兄執事前奉
惠詩甚欲步和而詩思良澀未能
即復而
和章乃至益媿對無似累塵雜
務皆復遲卷啟弥歎仄也前以左
生事函來然復告以此太瑣屑勿遽干
齒宿人倘從旁他處著手更佳旋聞

授書而未即造謁，乃荷
西遣康君頃聞亦已達所，頗欲矣聞
天隱情兒學时，履聲籟籟，殆索挽詩
自僅作二聯，其第二聯為穎川，特以寫去
西堂入城曾晤談，神采甚佳，可喜。以
園牡丹以出長候花时，當邀共賞。復頌
時安

弟 樸存 拜 驚蟄日

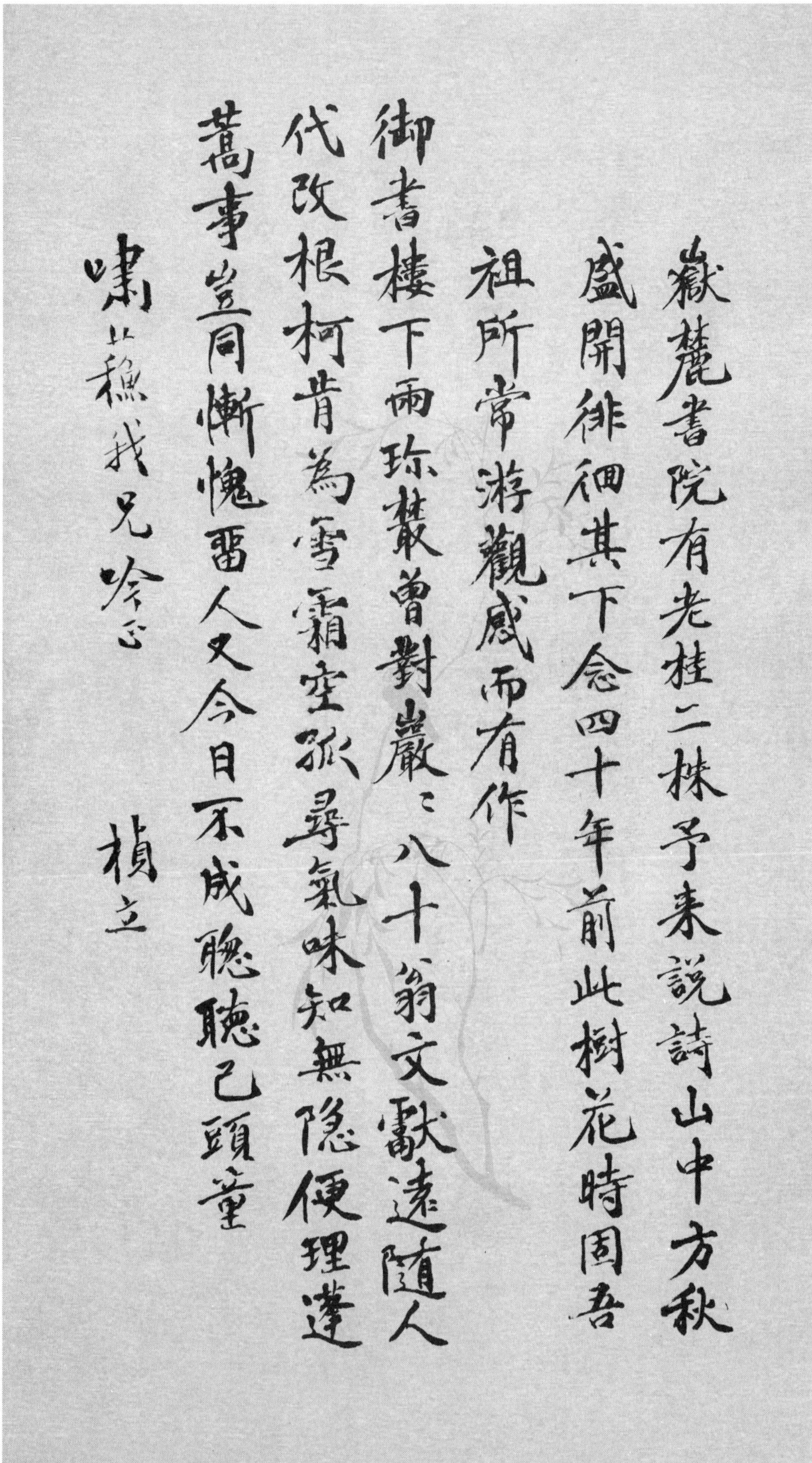
嶽麓書院有老桂二株予來說詩山中方秋
盛開徘徊其下念四十年前此樹花時固吾
祖所常游觀感而有作
御書樓下兩珎栽曾對巖巖八十翁文獻遠隨人
代改根柯肯為雪霜空孤尋氣味知無隱便理蓬
萬事豈同慚愧畱人又今日不成聰聽已頭童
嘯蕉我兄吟正　楨立

大作太平記傳奇原稿新本另鈔本乞借一讀以將前為新本為人借去也頃
肅葊我兄時安　弟積之頓首
鳳皇臺疏盦
王肅葊先生

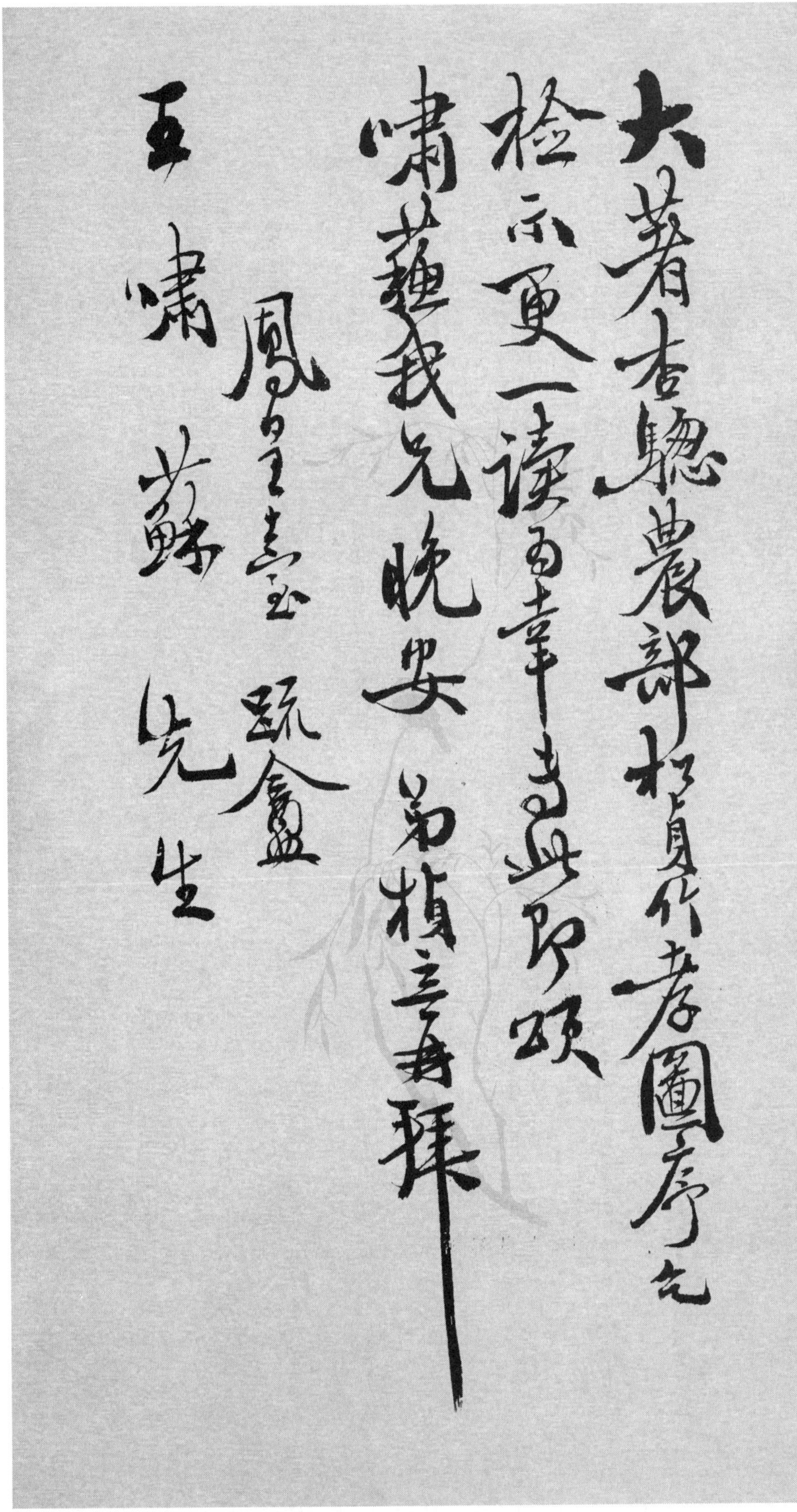
大著杏驄農部杜貞作孝圖序乞
檢示更一讀為幸專此即頌
嘯蘇我兄晚安　弟楨立再拜
鳳五主事　致意
王嘯蘇先生

鐵崖履硯歌

有携楊廉夫履硯過余者其右方刻文曰嬉春之硏八十不再嫁老婦東維子用池中刻曰是硏爲呂志學所藏余過東丘蘭若遂携以歸感按志學名敏毘陵人青丘兔藻集中送呂山人入道者也匣蓋鐫印文曰沈翰珍藏翰字詠孫山陰人官湖南知縣工書殁二十年矣題以歸之

有黠者繼陶家泓何年著履人間行濡頭溉腹百不惜鳳琶龍笛啾相兄琢磨詩篇淪井史雲錦百樣資渠呈一從古節誓舊帚春氣悲喜難爲名深裛宛轉刻至骨什襲忽伴藏經籯颿道人俗好寧顧盼黃庭對寫心還嬰

東丘枇杷飽過從（乕丘志東丘即東山青丘有東丘蘭若見枇杷七絶）石交鏤證林泉盟扣舷湖上泱棃雨翻使
新句催先戊流傳忽忽五百載色山地穴神輸迎山陰吏隱負具癖典衣買
護如頭睛寂憐舐筆恣槃礴抱蓺耄死清湘域前修韵事儵聚眼金
聲玉德堪誇評吾生丁世豈類此白衣肎換黃絶輕秋蟲欲學嗟自苦枕
訣縱覷愁難賡尚餘墨戲顏嗜古筆即不逮棊同情緣生有作終勾
壞差許不變通精試手還此璞坐歎息不獨磨人慙客卿

嘯蕪我兄吟壇正句

癸酉秋日楨立初稿

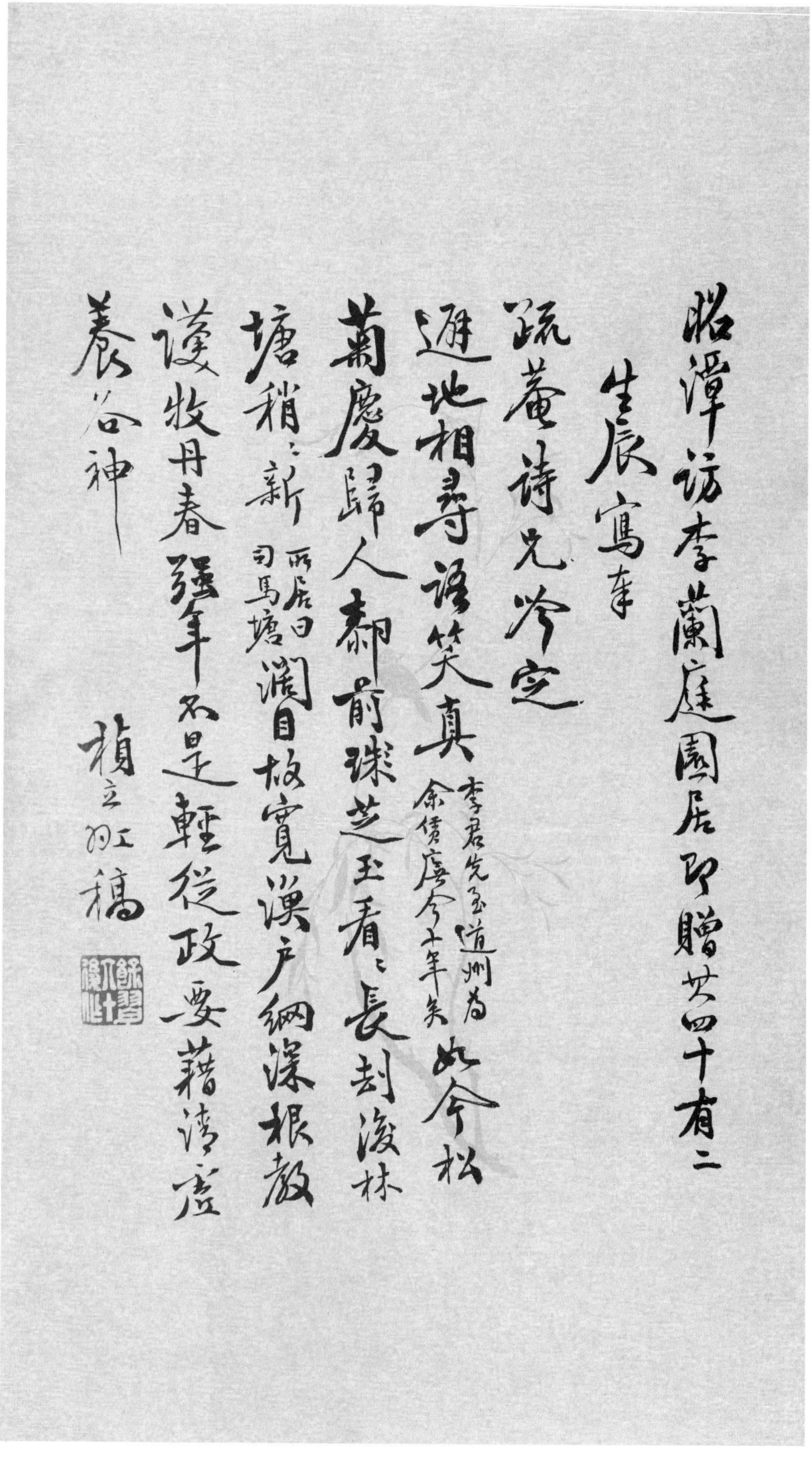

湘潭訪李蘭庭園居，即贈其四十有二生辰。寫奉

疏庵詩先吟定

遯地相尋語笑真（李君先至道州為余儐，今十年矣），如今松菊慶歸人。郗前謝芝玉看看長，封後林塘稍稍新（所居曰司馬塘）。濶目故寬漢户網，深根敢謾牧丹春。強年不足輕從政，要藉詩虛養谷神。

楨之初稿

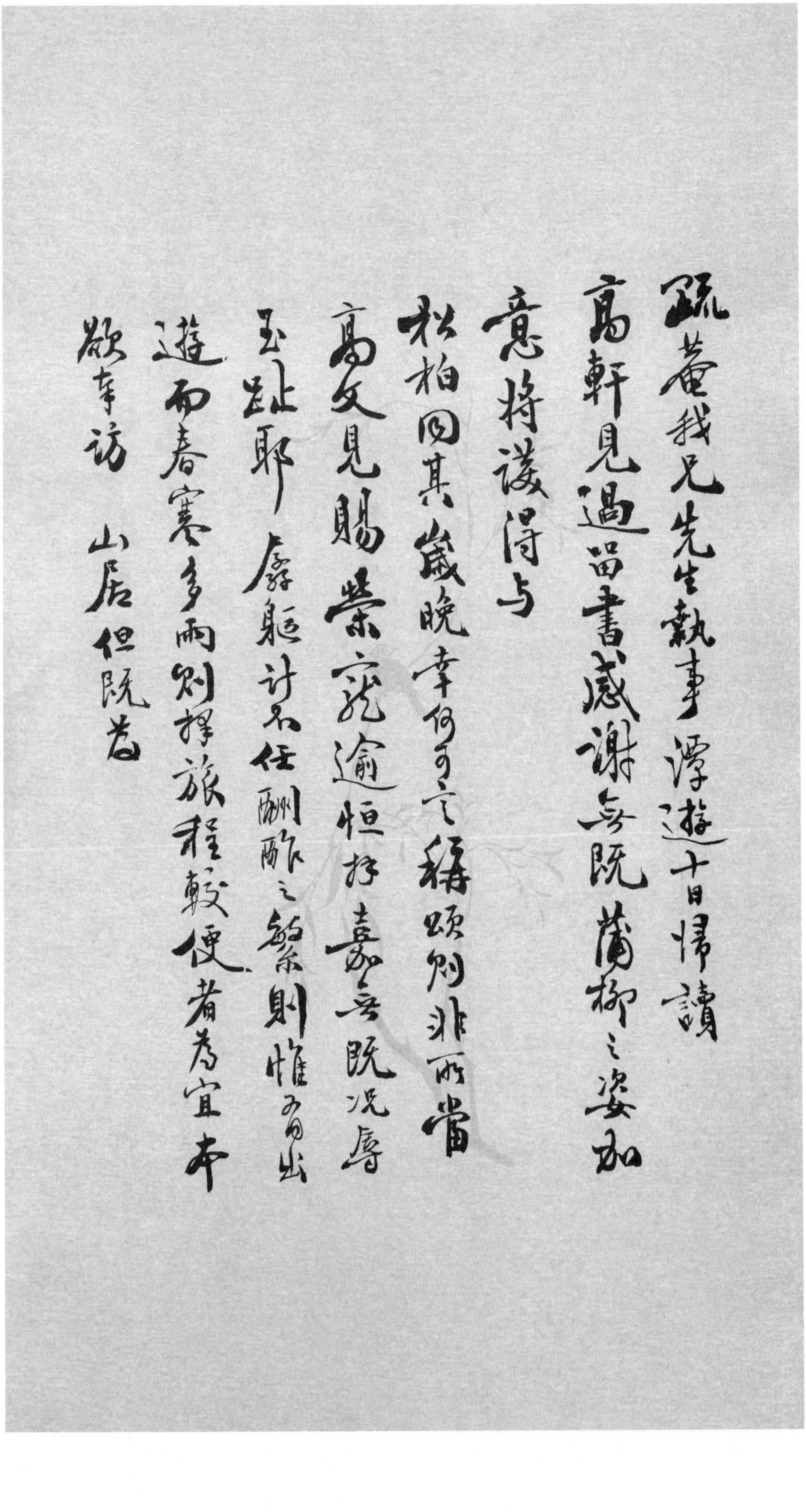
疏菴我兄先生執事浮游十日歸讀
高軒見過留書感謝無既蒲柳之姿加
意將護得与
松柏同其歲晚幸何可言拜頌則非所當
高文見賜榮寵逾恒拜嘉無既況辱
玉趾耶辭謝不任酬酢之繁則惟有出
遊而春寒多雨則擇旅程較便者為宜本
欲奉訪 山居但既卷

洵臨金所知則不宜趁樓且畏人知兼以渊行
未能詣謝知獲諒也 值雨必苦泥濘乃買舟上滬蓬窗偃息四
時即達臨潭棲止溪樓次晨雨作不能出戶
市廛稍復未克觀光主人發篋陳書差
能遣日中間一至城中觀李園花木以惺園
中牡丹海棠皆其所贈主人索詩卒吟一律
別紙乞正 此外尚未作一詩備可知矣昨見
放晴即歸今又寒雨惜別海棠山茶尚留花

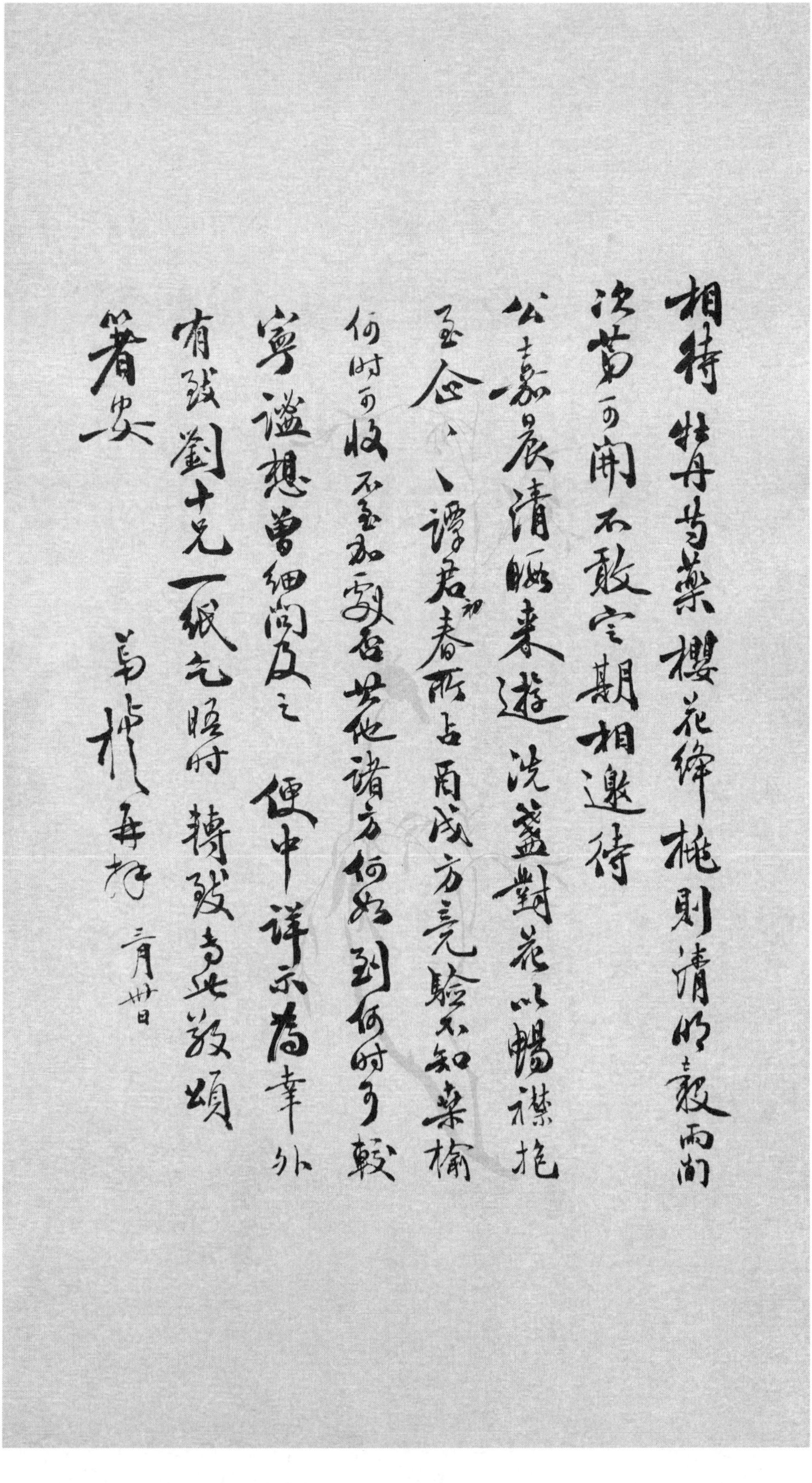
相待牡丹芍藥櫻花緋桃則請於去歲兩開
後第可開不敢定期相邀待
公去歲晨清晦來遊 洗盞對花以暢襟抱
至念 譚君初春所占丙戌方竟驗否不知榮榆
何時可收不至加害否 其他諸方何如 到何時可較
寧謐 想曾細閱及之 便中詳示為幸 外
有致劉十兄一紙乞照轉 轉致為此叙頌
著安
弟楨再拜 二月廿日

疏盦我兄以立春雨雪詩見示用元韻奉和乞正

乍退墻陰雪皚皚又眼中與春鋪道路帶雨作冥濛椽近憎牀溼檻栽嶺谷風湯聞歌凜冽芳景待王融

椽近二字改樓灑

晨起見晴光既而雪復作有懷疏盦因又賦此

欲晴還黯絮團團似為春歸臘未闌風定冷英多著樹畦深生菜緩登盤稅添場務屠蘇薄庚擻陰何稍拙乾頗憶山陰王子渡江應惜短篷寒

丁亥歲除前一日楨立貢稿

人日立春試筆
綠勝帶春來冉冉小園觀物已駸
駸風光欲作暄妍意草木應蘇
忍待心油卜問年酬積庚菜盤
添味要論金杜門稍喜容疏懶靜
撚苔枝伴坐吟（山梅盛開五兄以一枝見寄）
疏菴
湘生兩兄吟正 弟楨 貢稿

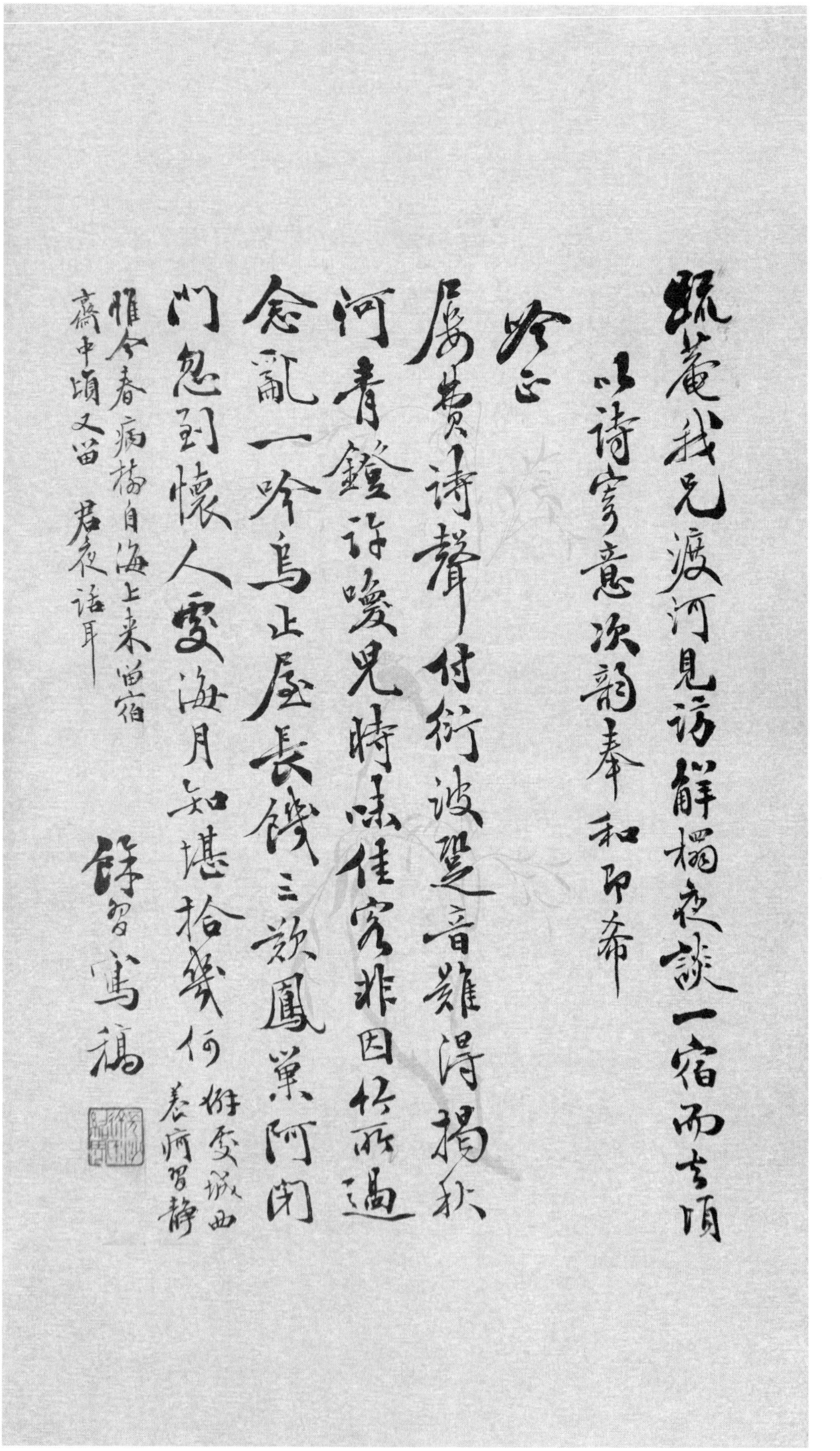
疏庵我兄渡河見訪觧攜夜談一宿而去頃
以詩寄意次韻奉和即希
吟正
屢費詩聲付衍波望音難得揭秋
河青鐙話嗳見時味佳客非因任所過
念亂一吟烏止屋長饑三歎鳳巢阿閑
門忽到懷人夢海月知堪拾幾何　僻叟城西巷府習靜
惟今春病榻自海上來留宿齋中頃又留　君夜話耳
鐸習寓稿

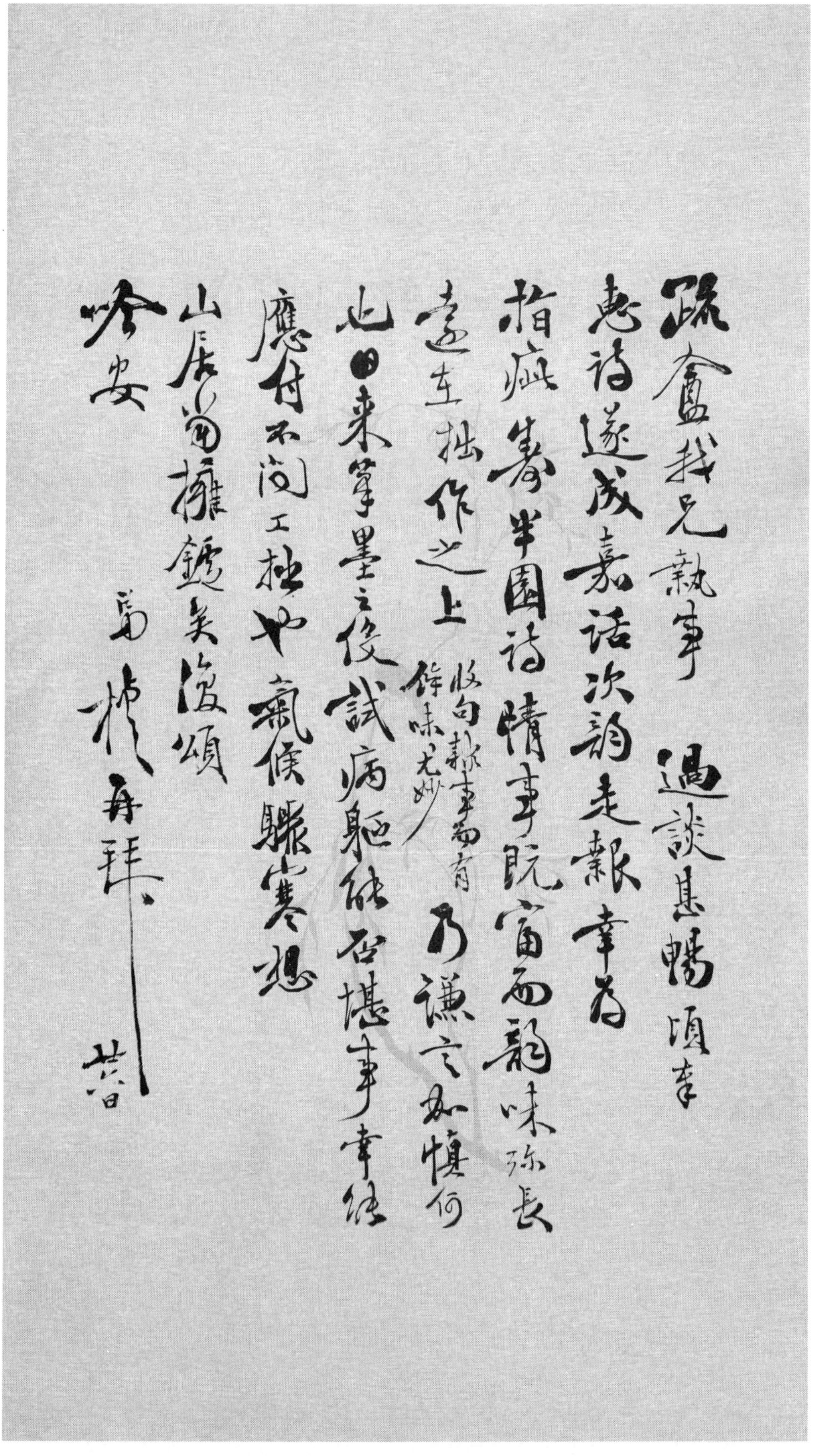
跡盦我兄執事 過談甚暢 頃奉
惠詩遂成嘉話次韵走報 幸為
指疵 春半園詩情事既富而韵味弥長
遠在拙作之上 收句叙事而有餘味尤妙 乃謙之如慎何
近日來筆墨之役試病軀能否堪事 幸徐
應付不問工拙也 氣候驟寒 想
山居當擁爐矣 復頌
吟安 弟 楨 再拜 廿日

疏盦我兄執事：昨於報端讀大作水渡河墓碑，斟酌盡善，組織弥工，歡喜贊歎者久之。有以處（？）兹貢拙見於下，請更酌之。第三句而字可刪，第四句六字易實字何如。尚有啟田（上下文皆有有字，或易以壘字，或兩易其他字）。固（柏舟以不倒用為佳，湘竹或改竹筍，或改竹箭）。憐玉石之俱毀（憐字易傷字為佳，下文喬木摧傷字或易亮字或精字）。心類丹柏之吊皇墳而莫見（或有謂皇有坪實藩有坪皇墳堆實藩墳堆者，則皇以作藩為宜）。用摧頹二字为佳。亦註。以上所陳，初嫌瑣細，既而思之，姑援加贖識小之義，獻諸詩人愛好之前，不今可乎？

右函昨月所書，未以付郵，頃誦寫稿，知柏舟係手民印倒，其他拙見仍奉裁定。

苗模附識

疏盦我兄先生執事：昨承過舍，知
公於麓山得一枝之寄，既以為慰，又悵然隔一衣帶水，
未必常入城市耳。頃奉
書並讀 新詩，知有安硯之樂，次韻一首，元
正戢與較前益佳，偶一供案，仍不敢多勞也。復頌
吟安
弟楨立再拜 立冬日

次韻奉和移家麓山之作
覓林心事久盤桓，但見書巢託古懽。入舍打頭
官似冷，把茅蓋頂事元難。野雲渡水身鷗泛，
大嶺環松許鶴安。（昔年居麓山曾賃舍，最喜松濤入聽）我亦辛勤成小
築，只誇餘地種花看。

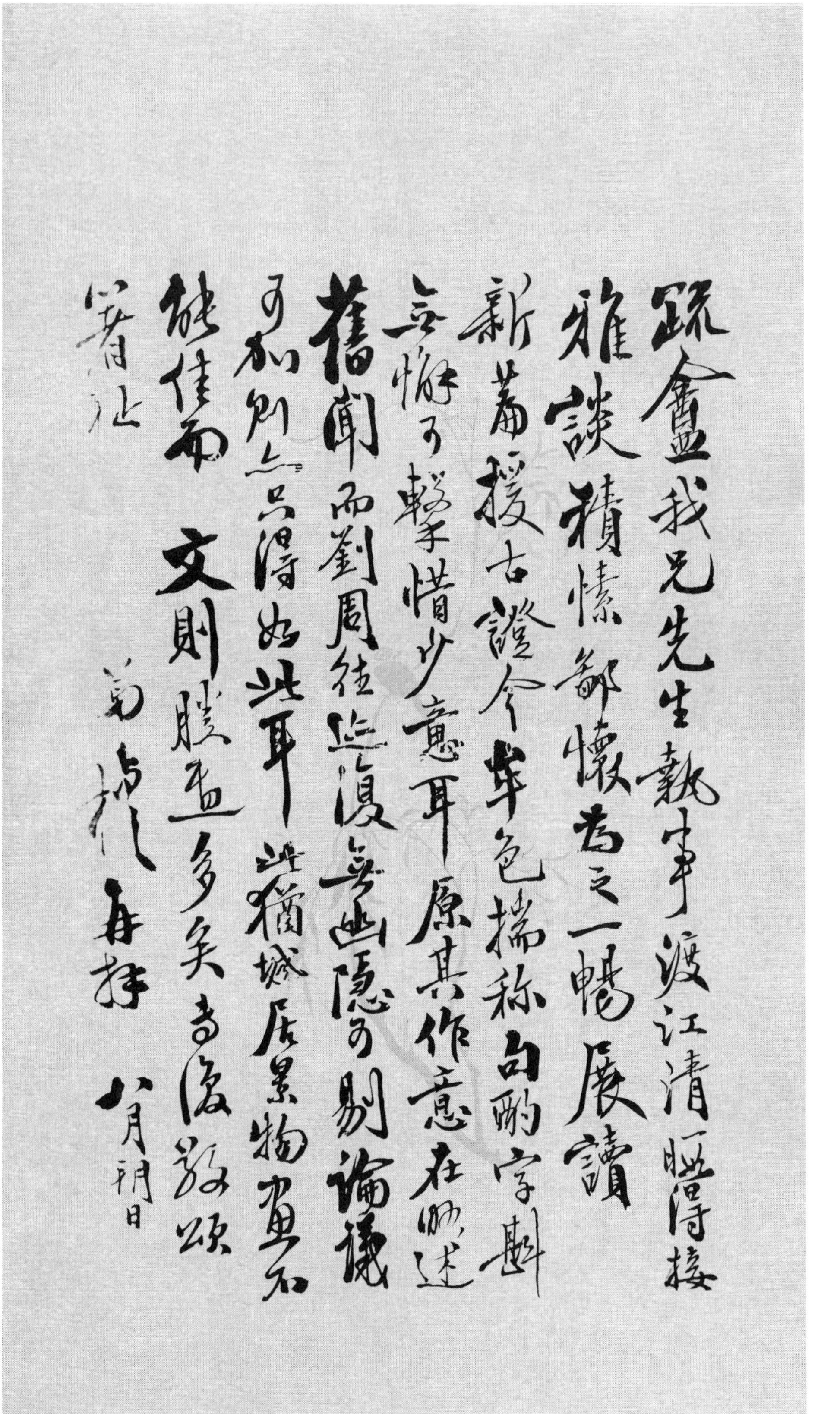
疏盦我兄先生執事：渡江晤譚，接
雅談，積愫爲之一暢。展讀
新著，援古證今，牟色揣稱，句酌字斟，
無懈可擊，惜少意耳。原其作意，在所述
舊聞，而劉周往返復無隱，可別論議
可加，則亦只得如此耳。此猶城居景物，不
能佳也。文則勝者多矣，幸復教。順
頌著祉。　弟 [illegible] 再拜　八月朔日

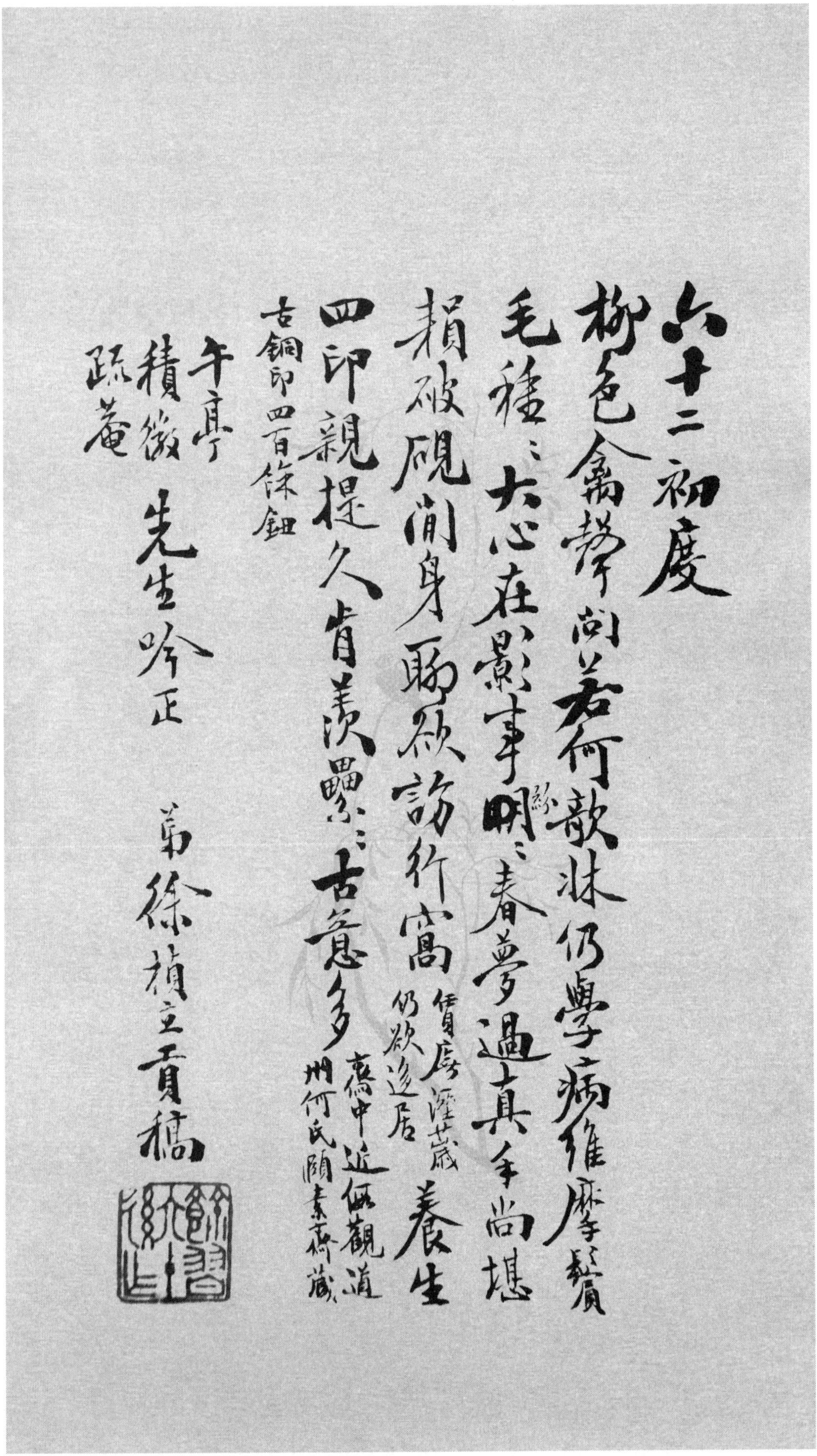
六十二初度
柳色禽聲尚若何 散牀仍學病維摩 手顫
毛種種大心在 影事明明春夢過 真率尚堪
捐破硯 閒身聊欲訪行窩 賃居滬莊 仍欲遷居 養生
四印親提久 肯羨纍纍古意多 嘉德中近假觀道州何氏頤素齋藏
古銅印四百餘鈕
午亭 積微 先生吟正
疏菴 弟徐楨立貢稿

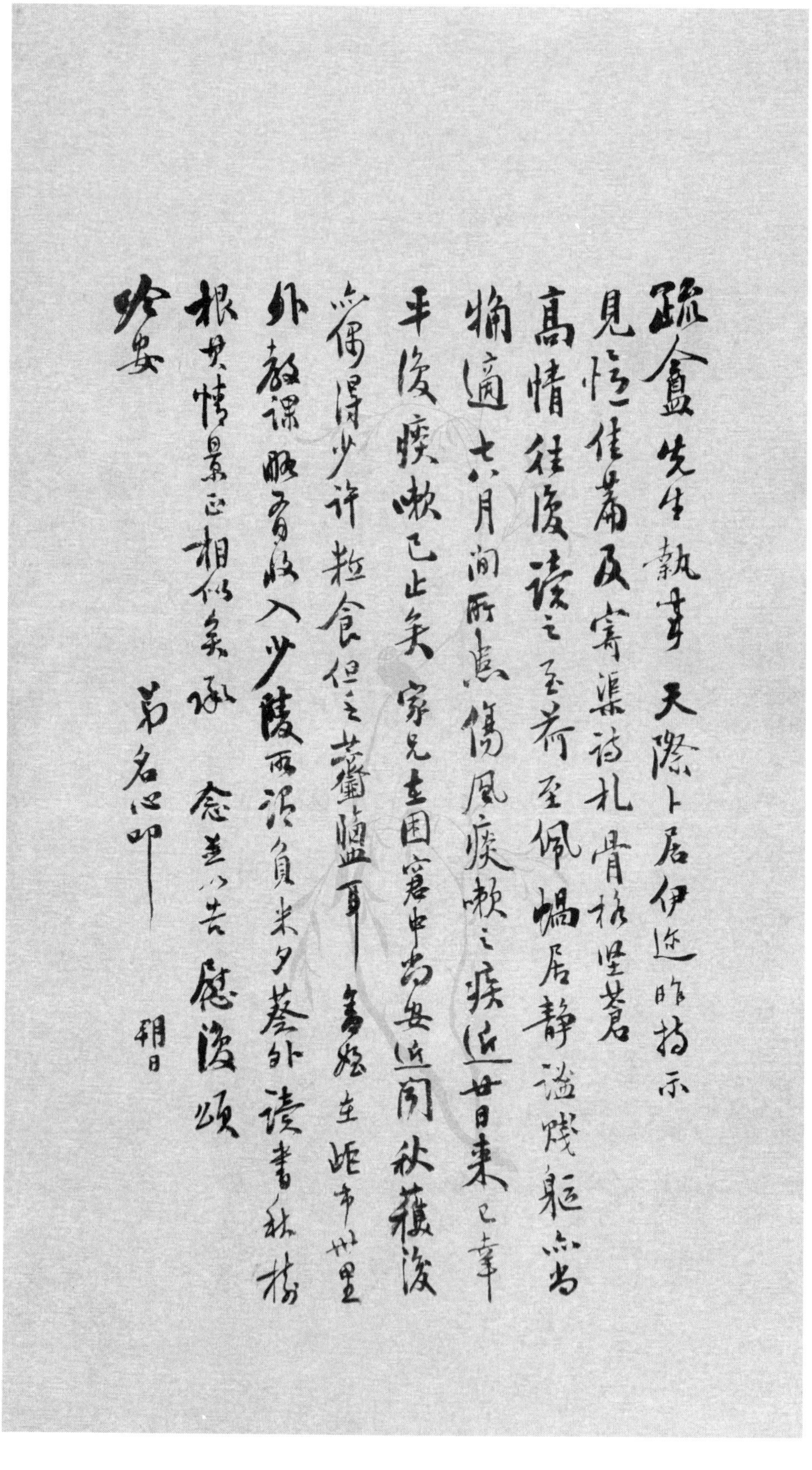
疏盦先生執事 天際卜居伊邇 昨指示
見惠佳篇及寄渠詩札 骨格堅蒼
高情往復 讀之至荷至佩 竭居靜謐 殘軀亦尚
猶適 六月間所患傷風痰嗽之疾 近廿日來已幸
平復 痰嗽已止矣 家兄左困寓中尚安 近聞秋獲後
少得少許粒食 但之藿鹽耳 舍姪在距市卅里
外教課 頗有投入少陵所謂負米夕葵外讀書秋樹
根 其情景正相似矣 承 念并以告 慰 復頌
珍安 弟名心叩 朔日

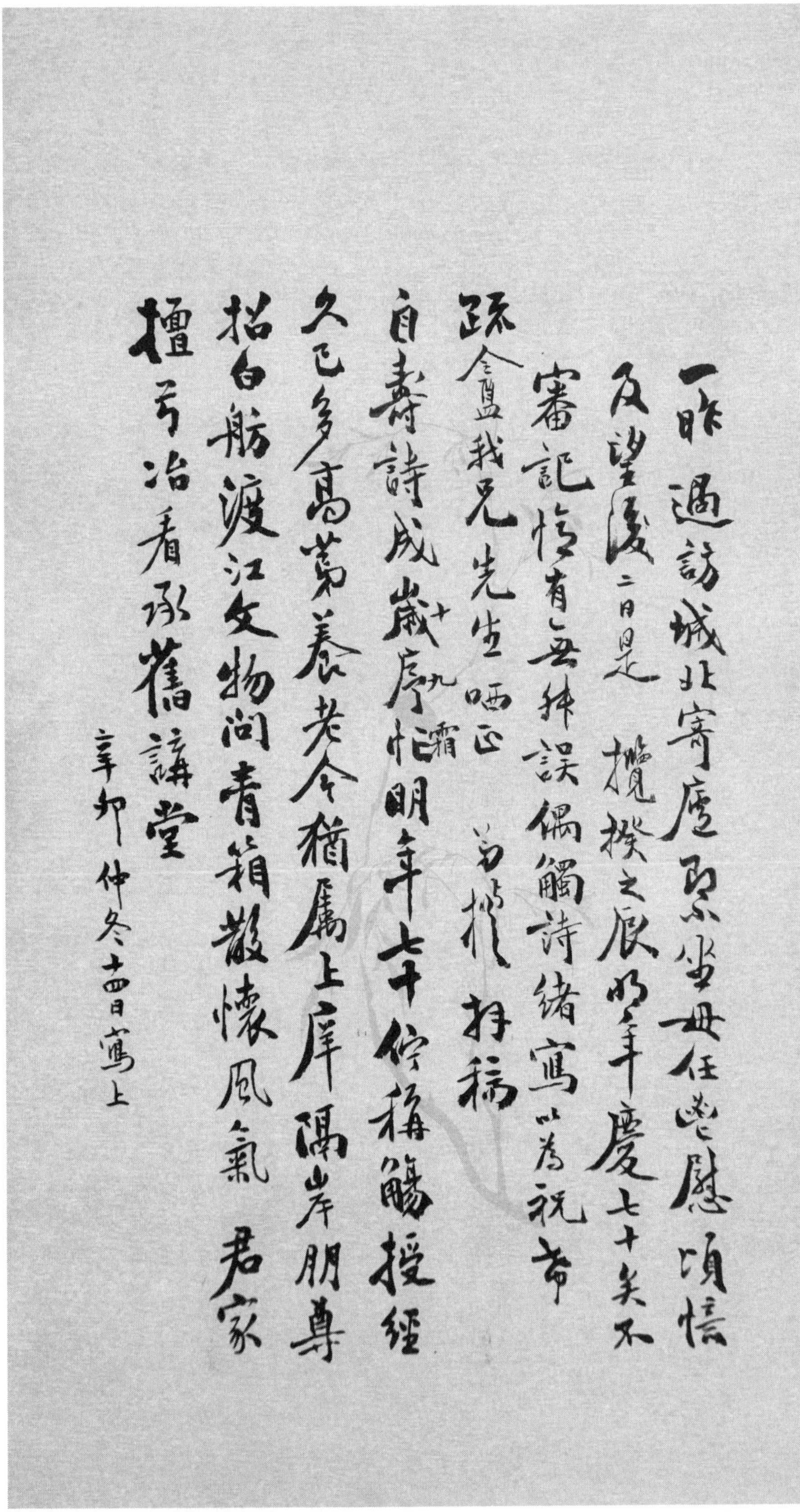
一昨過訪城北寓廬奉坐毋任悠愍頃悟
及望後二日是 攬揆之辰明年慶七十矣不
審記憶有無錯誤偶觸詩緒寫以為祝希
跡金盦我兄先生哂正 弟楨 拜稿
自壽詩成歲序忙十九霜明年七十停稱觴授經
久已多高第養老今猶屬上庠隔岸朋尊
招白舫渡江文物問青箱撒懷風氣君家
擅好治看承舊講堂
辛卯仲冬十四日寫上

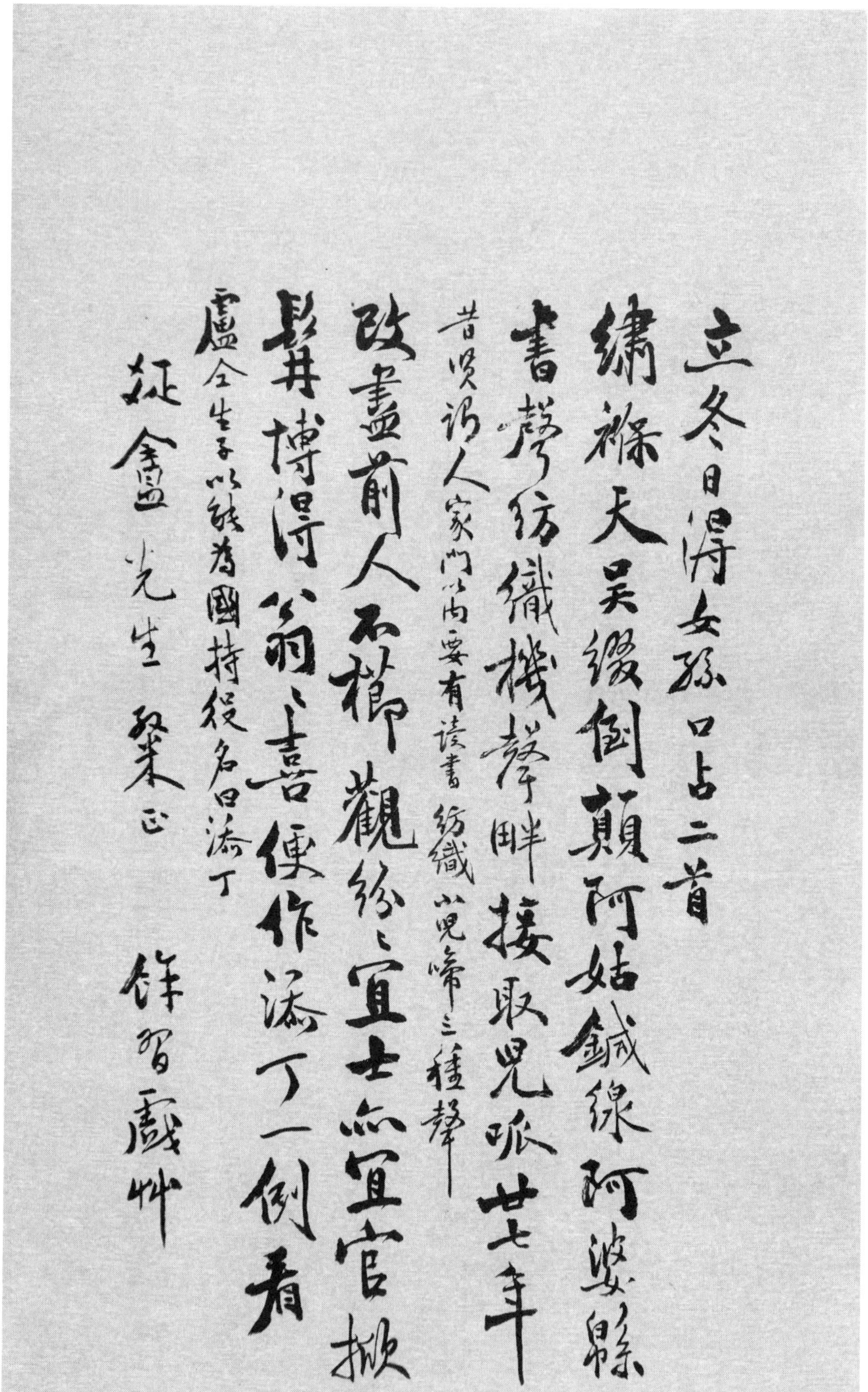
立冬日得女孫口占二首
繈褓天吴綴倒顛，阿姑鍼線阿婆緜。
書聲紡織機聲畔，接取兒啼廿七年。
昔賢謂人家門内要有讀書、紡織、小兒啼三種聲
改盡前人不櫛觀，紛紛宜士亦宜官。撇
髯弄博得翁翁喜，便作添丁一例看。
盧仝生子以錢為國持役名曰添丁
征鑑先生 發粲正 鍾習戲艸

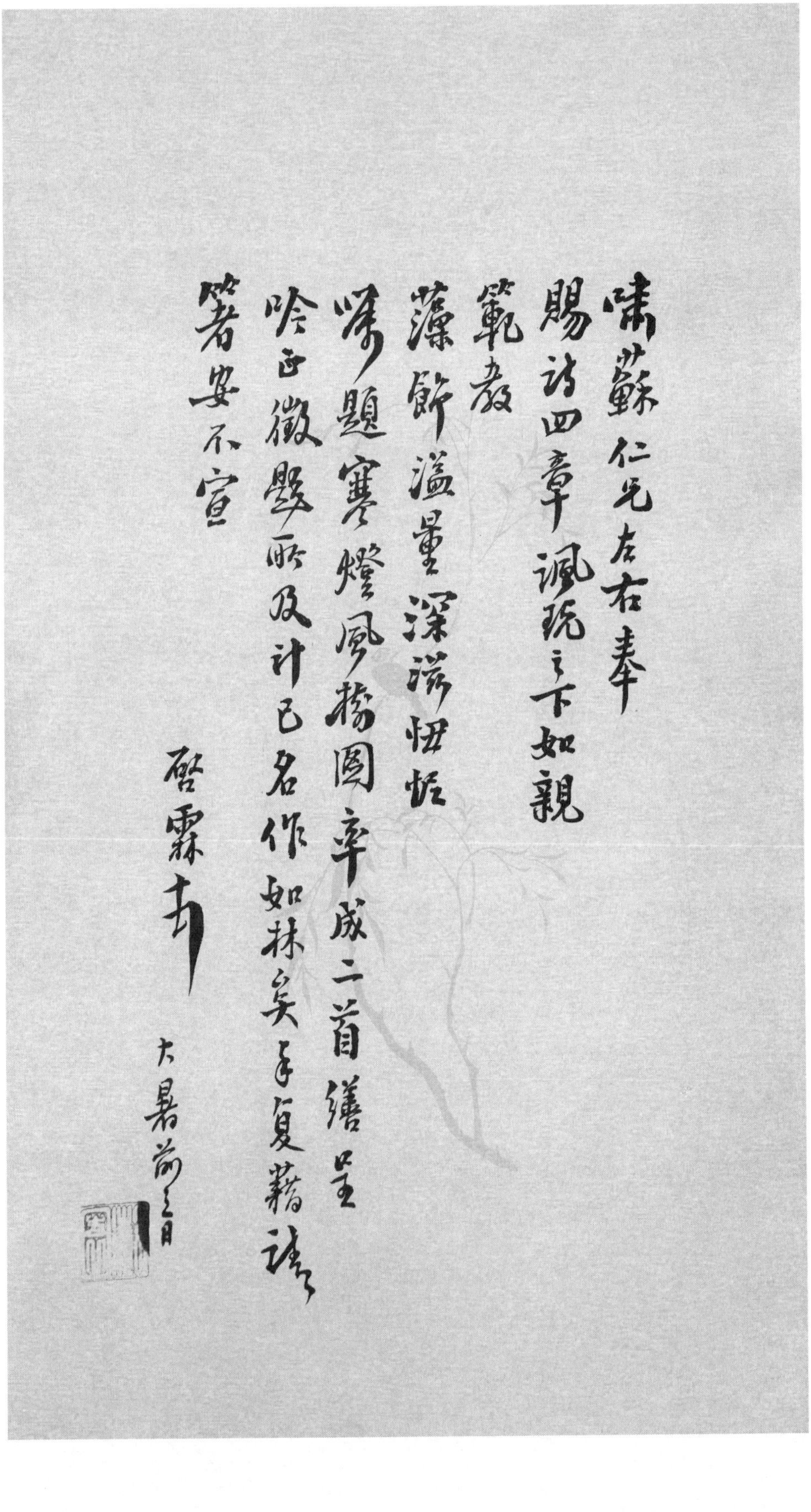
嘯蘇仁兄左右奉
賜詩四章諷玩之下如親
範敎
藻飾溢量深滋忸怩
寄題寒燈風樹圖率成二首繕呈
吟正徵題所及計已名作如林矣手復藉請
著安不宣
啓霖上
大暑前三日

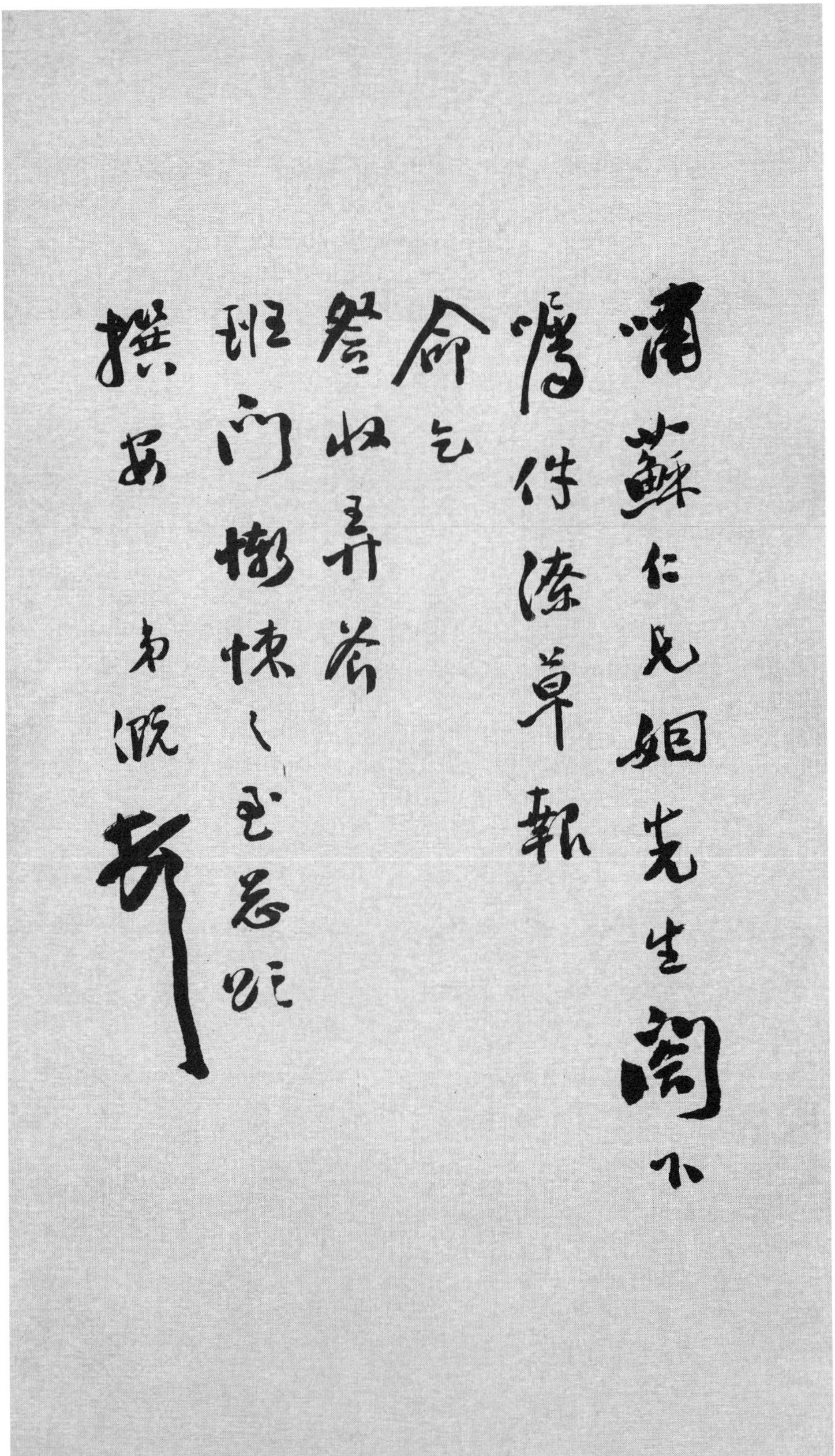
蒲蘇仁兄姻先生閣下
囑件潦草報
命乞
察收弄卷
班門慚愧〻〻匆〻即
撰安　弟溉拜